Prof. Dr. Boris Bigalke
El Enigma de la Pirámide de Marte

AF281087

Prof. Dr. med. Boris Bigalke trabaja como médico jefe y director del Centro de Cualificación DGK CardioMRI en el Centro Alemán del Corazón de la Charité (DHZC), Campus Benjamin Franklin, Clínica de Cardiología, Angiología y Medicina Intensiva. También practica la medicina complementaria con la Medicina Tradicional China (MTC), la Medicina Tradicional Tibetana (MTT) y la teoría del movimiento del yoga como actividad secundaria. Prof. Bigalke es especialista en medicina interna y posee especializaciones y cualificaciones adicionales en cardiología, acupuntura, medicina nutricional DAEM/DGEM® y resonancia magnética especializada. Tras estudiar medicina humana en la Universidad Libre de Berlín, prosiguió su carrera científica y clínica en la Universidad Eberhard-Karls de Tubinga. Su formación complementaria le llevó a la cirugía en el LIJ Medical Center, Albert Einstein College of Medicine, Nueva York, EE.UU., a la MTC en el Centro Colaborador de la OMS, Pekín, China, y a la MTT en el Qusar Tibetan Healing Centre, Dharamsala, Himachal Pradesh, India.

Durante una estancia de investigación de larga duración, también trabajó en el King's College de Londres, División de Ciencias de la Imagen e Ingeniería Biomédica Londres, como Profesor Asistente/Honorary Lecturer.

También cursó un Máster en Administración de Empresas (MBA) en Gestión Sanitaria en el Magna Carta College de Oxford (Reino Unido) y un Máster en Derecho (LL.M.) especializado en Derecho médico en la Universidad Internacional de Dresde.

En 2021, el profesor Bigalke presentó su candidatura a astronauta de la Agencia Espacial Europea (ESA). De entre más de 22.500 solicitantes cualificados, fue uno de los 100 mejores candidatos de Alemania. Aunque no llegó a ser astronauta, siempre le han fascinado e inspirado los viajes espaciales y nuestro vecino planeta Marte.

Prof. Bigalke fue elegido mejor médico de Alemania en la categoría de medicina deportiva cardiológica en FOCUS-Gesundheit 2021, y en las categorías de hipertensión y medicina nutricional en 2023 y 2024 sucesivamente.

Prof. Dr. Boris Bigalke

El Enigma de la pirámide de Marte:

Ecos del Horizonte Rojo

Dirección para correspondencia:
Professor Boris Bigalke, MD, MBA (Oxford, UK), LL.M.
Klinik für Kardiologie, DHZC – Charité Campus Benjamin Franklin
Hindenburgdamm 30, D-12203 Berlin, Alemania

Información bibliográfica de la Biblioteca Nacional Alemana
La Biblioteca Nacional Alemana incluye esta
publicación en la Bibliografía Nacional Alemana;
Los datos bibliográficos detallados están disponibles en Internet
se puede acceder a través de http://dnb.dnb.de.
El análisis automatizado de la obra para obtener
información, en particular, sobre pautas, tendencias y correlaciones
correlaciones de acuerdo con §44b UrhG ("minería de textos y datos")
está prohibido.
Este libro fue traducido por Prof. Dr. Boris Bigalke de la edición original en alemán titulada:
"Das Rätsel der Marspyramide: Echos vom roten Horizont"

© 2024 Prof. Dr. Boris Bigalke
Editorial:
BoD • Books on Demand GmbH, In de Tarpen 42, 22848 Norderstedt (Alemania)
Impresión:
Libri Plureos GmbH, Friedensallee 273, 22763 Hamburg (Alemania)
ISBN: 978-84-117-4824- 7

Para todos los que quieran inspirarse para Marte!

Índice

Introducción

Marte: El planeta rojo con un rico legado histórico y cultural

Marte, el cuarto planeta desde el Sol en nuestro sistema solar, ha cautivado la imaginación humana durante milenios. Conocido como el "Planeta Rojo" debido a su distintivo aspecto rojizo, Marte ha sido un elemento destacado en el cielo nocturno y ha desempeñado un papel importante en diversas culturas a lo largo de la historia.

Relación con Mesopotamia

Los sumerios, que vivieron en Mesopotamia alrededor del año 3.500 a.C., son una de las primeras civilizaciones conocidas que realizaron y registraron observaciones astronómicas. Los sumerios observaron los cinco planetas conocidos en la época (Mercurio, Venus, Marte, Júpiter y Saturno) y les dieron nombres. Marte recibió el nombre de "Nergal", en honor a su dios de la guerra.

Relación con el antiguo Egipto

En el antiguo Egipto, Marte era conocido como "Her Desher", que significa "El Rojo", una referencia directa a su color. Los egipcios seguían meticulosamente la órbita de Marte, lo que contribuyó a su comprensión de la mecánica celeste. El nombre de la capital egipcia, El Cairo (árabe: القاهرة, pronunciado "al-Qāhira"), tiene una interesante relación con el planeta Marte. El nombre "al-Qāhira" significa "El Conquistador" o "El Vencedor", y se le dio a la ciudad cuando se fundó en el año 969 d.C. Marte se elevaba en el cielo en la época de la fundación de la ciudad, y el nombre se eligió para reflejar la influencia percibida del planeta y simbolizar la fuerza y la victoria.

Ares o Marte en la antigua Grecia y Roma

El tono rojizo del planeta también influyó en los antiguos griegos y romanos. Los griegos lo llamaron "Ares" en honor a su dios de la guerra, simbolizando su color rojo sangre y la violencia y destrucción asociadas a la guerra. Los romanos, por su parte, le dieron el nombre de "Marte", en honor a su dios de la guerra, reflejando así su énfasis cultural en las proezas marciales y la conquista. Esta convención ha perdurado hasta nuestros días, y Marte sigue evocando temas de conflicto y agresión en las referencias culturales.

Más allá de su significado mitológico y cultural, Marte ha sido objeto de investigación científica. Sus similitudes y diferencias con la Tierra lo convierten en un candidato privilegiado para estudiar la formación planetaria, el clima y la posibilidad de vida extraterrestre.

La ley de Titius-Bode y el planeta desaparecido

En el siglo XVIII, la ley de Titius-Bode, una regla empírica que sugería un patrón en las distancias de los planetas al Sol, predecía la existencia de un planeta entre Marte y Júpiter. Cuando los astrónomos no encontraron un planeta en esa zona y descubrieron el cinturón de asteroides, surgió la hipótesis de que podría haber existido un planeta, pero que fue destruido o no llegó a formarse. El cinturón de asteroides contiene numerosos cuerpos pequeños que orbitan alrededor del Sol entre Marte y Júpiter. Los mayores objetos del cinturón de asteroides son Ceres, Vesta, Pallas e Hygiea, y Ceres está clasificado como planeta enano. La masa combinada del cinturón de asteroides sigue siendo mucho menor que la de la Luna de la Tierra, lo que sugiere que si existió allí un planeta, debió de ser relativamente pequeño.

¿Impacto en Marte?

La idea de que un planeta destruido en el cinturón de asteroides pudiera haber tenido efectos catastróficos en Marte es intrigante, pero en gran medida especulativa. En teoría, esto podría haber ocurrido de varias maneras:

Impacto de asteroides

Si un planeta del cinturón de asteroides se desintegró, sus fragmentos podrían haber colisionado con Marte, provocando una gran formación de cráteres y afectando potencialmente a su clima y geología. La superficie de Marte muestra indicios de impactos masivos, como las cuencas de Hellas y Argyre, que podrían estar relacionados con este tipo de sucesos.

Efectos atmosféricos y geológicos

Los impactos repetidos de grandes asteroides podrían haber contribuido a la pérdida de la atmósfera de Marte y a la alteración de su campo magnético.

pérdida de la atmósfera de Marte y a la alteración de su campo magnético, dos factores críticos para mantener unas condiciones estables
y habitables.

Vida y Vivir en Marte

Una de las razones más convincentes para estudiar Marte es la
búsqueda de agua y vida. Los indicios de la existencia de agua líquida
en el pasado, como los cauces secos de los ríos y los minerales que se
forman en presencia de agua, sugieren que Marte tuvo en el pasado
condiciones adecuadas para la vida. Hasta la fecha, las misiones
tenían como objetivo descubrir si alguna vez existió vida microbiana
en Marte.

La ecuación de Drake y la paradoja de Fermi

La ecuación de Drake y la paradoja de Fermi son conceptos centrales
en el debate sobre la probabilidad de vida extraterrestre y civilizaciones inteligentes en el universo.

La Ecuación de Drake se desarrolló para estimar el número de civilizaciones tecnológicamente avanzadas de nuestra galaxia que podrían
ser capaces de comunicarse con nosotros. Pero muchos de estos pa-
rámetros siguen siendo muy inciertos y se basan en estimaciones.

En cambio, la paradoja de Fermi se refiere a la aparente contradic-
ción entre la alta probabilidad de que existan civilizaciones extraterrestres (basada en la ecuación de Drake y en el enorme tamaño del
universo) y la falta de pruebas claras de la existencia de tales civilizaciones o de contacto con ellas.

Algunas posibles explicaciones de la paradoja de Fermi son:

Hipótesis de la Tierra Rara: La vida compleja es extremadamente rara y las condiciones que dieron lugar a la vida en la Tierra son únicas.

El Gran Filtro: Hay una o varias etapas en el desarrollo de la vida que son extremadamente improbables, por lo que pocas civilizaciones llegan a enviar señales interestelares.

Autodestrucción: Las civilizaciones tecnológicas tienden a autodestruirse (por ejemplo, mediante guerras, destrucción del medio ambiente u otras catástrofes) antes de llegar a la comunicación interestelar.

Aislamiento e inaccesibilidad: Las civilizaciones pueden aislarse deliberadamente o ser tecnológicamente incapaces de enviar o recibir señales.

Limitaciones tecnológicas: Nuestra tecnología podría no ser lo suficientemente avanzada como para detectar o reconocer señales de otras civilizaciones.

Discrepancias temporales: Las civilizaciones pueden haber existido o existir, pero están demasiado alejadas en el tiempo, por lo que sus señales aún no nos han llegado o ya han pasado de largo.

La terraformación de Marte: Transformar el Planeta Rojo en una Nueva Tierra

Marte es el principal objetivo de la futura exploración humana debido a su relativa proximidad y a su potencial de habitabilidad. El principal objetivo de la terraformación de Marte es crear un entorno en el que los seres humanos puedan sobrevivir y prosperar. Esto implica aumentar la temperatura del planeta, engrosar su atmósfera e introducir agua y oxígeno. Un método para calentar Marte consiste en introducir en la atmósfera gases de efecto invernadero como el dióxido de carbono (CO_2), el metano (CH_4) y los fluorocarbonos. Estos gases atraparían el calor del Sol, elevando la temperatura del planeta. Otro método consiste en colocar grandes espejos en órbita alrededor de Marte para reflejar la luz solar en la superficie, aumentando directamente la temperatura. El calentamiento de los casquetes polares podría liberar grandes cantidades de agua, formando lagos y posiblemente ríos, creando así un ciclo hidrológico más parecido al de la Tierra. La transformación de Marte en una segunda Tierra representa no sólo un monumental esfuerzo científico, sino también una profunda declaración de ingenio y aspiración humanos.

Designación y biografía de los tripulantes

En un futuro no muy lejano, cuando las maravillas tecnológicas de la Tierra alcanzaron su cenit, la United Mars Expedition fijó su mirada en el orbe carmesí que había tentado a la humanidad durante siglos.

La humanidad se encontraba en el precipicio de su mayor aventura. Seis astronautas, escogidos en distintos rincones del planeta, se embarcaron en un peligroso viaje que redefiniría nuestra existencia. Su destino: Marte, el enigmático planeta rojo que ha seducido a generaciones con sus secretos. Sus orígenes diversos y personalidades opuestas crean una mezcla volátil.

La selección de los seis astronautas para esta misión sin precedentes a Marte no fue un proceso ordinario. Cada miembro del equipo fue meticulosamente elegido no sólo por sus excepcionales habilidades, sino por su capacidad de adaptación, innovación y colaboración en condiciones extremas. La misión requería una combinación única de talentos: perspicacia científica, destreza en ingeniería, resistencia física y, sobre todo, fortaleza mental para enfrentarse a lo desconocido.

El viaje de estos seis astronautas comenzó mucho antes de que pisaran Marte. Comenzó con su riguroso entrenamiento y el inflexible proceso de selección que puso a prueba no sólo sus capacidades, sino su determinación y unidad como equipo. Eran algo más que colegas: eran una familia unida por la misión común de explorar lo desconocido y desvelar los misterios de Marte.

Su selección de élite no era sólo un testimonio de sus capacidades individuales, sino de su potencial como unidad cohesionada. Cada miembro aportaba algo único y, juntos, eran más que la suma de sus partes. Al embarcarse en esta misión pionera, llevaban consigo las esperanzas y los sueños de la humanidad, dispuestos a afrontar cualquier reto que se les presentara con valentía, innovación y trabajo en equipo.

El inicio de su viaje marcó el comienzo de una nueva era en la exploración espacial, que pondría a prueba los límites de la resistencia y el ingenio humanos. Este viaje prometía descubrimientos que remodelarían nuestra comprensión del universo. Y fue este equipo de élite de seis astronautas el que se situó al frente de esta monumental misión, dispuesto a hacer historia.

¡Adentrémonos en su viaje!

Designación (Nacionalidad):
Comandante John Harris (EE.UU.)

Cargo:
Comandante de Misión

Funciones:
Éxito general de la misión, seguridad de la tripulación y de la nave espacial

Características biográficas:
Piloto experimentado de las Fuerzas Aéreas, John Harris es un líder sin pelos en la lengua. Es un militar muy condecorado. Perdió a su mujer en un accidente de tráfico que aún le atormenta, pero con la ayuda de su ca-reer militar, en el que tuvo que experimentar muchos golpes trágicos, lo ha sobrellevado bien e incluso ha salido fortaleci-do. Su musculatura oculta un corazón que anhela aventuras más allá de las fronteras dc la Tierra.

Designación (Nacionalidad):
Dra. Emily Clarke (Reino Unido)

Cargo:
Piloto, Primer Oficial

Funciones:
Control principal de la nave espacial, análisis científico y experimentos en geología.

Características biográficas:

Emily Clarke es una experimentada piloto y la geóloga del equipo. Tiene un asombroso número de publicaciones y becas de investigación en el campo de la vulcanología. Es una empollona y ha pasado por la vida muy orientada a los resultados y los objetivos. Está decidida a descubrir los secretos que se esconden bajo la superficie de Marte, y quizá también bajo su superficie personal, porque aún no ha encontrado pareja.

Designación (Nacionalidad):
Dr. Iván Petrov (Rusia)

Cargo:
Médico, Segundo Oficial, Copiloto

Funciones:
Atención sanitaria de la tripulación,
control de apoyo de la nave espacial

Características biográficas:

Iván Petrov, médico y piloto militar, es de complexión atlética y actitud melancólica. Se doctoró en medicina en Alemania. Es doble especialista médico como cirujano y cardiólogo. Tiene mucho talento para tocar con pasión música folclórica tradicional con la guitarra clásica, lo que permite hacerse una idea de su melancólica alma rusa. Su pasado guarda cicatrices que ni siquiera el vasto paisaje marciano puede borrar.

Designación (nacionalidad):
Dra. Wei Li (China)

Cargo:
Especialista de misión

Funciones:
Interpretación específica de la misión de reliquias arqueológicas prehistóricas

Características biográficas:

Wei Li, ingeniera y lingüista, desafía los estereotipos. Su pequeña estatura oculta su feroz determinación. Fue campeona olímpica de tiro con arco. Domina ocho lenguas modernas y es experta en lenguas clásicas "muertas" como el sumerio y el egipcio antiguo. Descifra jeroglíficos antiguos con facilidad y desentraña el pasado. Para mantener el equilibrio físico, practica kungfu Shaolin con regularidad.

Designación (Nacionalidad):
Teniente Coronel Sophie Dubois
(Francia)

Cargo:
Ingeniera de vuelo, Copiloto

Tareas:
Mantenimiento técnico, control de apoyo de la nave espacial.

Características biográficas:

Sophie Dubois es piloto de helicóptero con un diploma universitario de élite en ingeniería. Es cinturón negro 2° Dan de kárate Shotokan y domina los 27 katas (movimientos prescritos de boxeo en la sombra). Se siente atraída por los misterios de Marte como una polilla por la llama.

Designación (nacionalidad):
Prof. Dr. Klaus Müller (Alemania)

Cargo:
Responsable científico

Funciones:
Análisis científico y experimentos de exobiología

Características biográficas:

Calvo y discreto, Klaus Müller es biólogo y químico. Es uno de los pioneros en desarrollar un enfoque novedoso para tratar patógenos resistentes y encontrar formas de promover la investigación sobre la longevidad. Gracias a su formación humanista, domina el latín y el griego antiguo, pero también habla cinco lenguas extranjeras modernas (alemán, inglés, español, mandarín y ruso). Gracias a su conocimiento del Mandarin, automáticamente tiene acceso especial a Wei Li y viceversa. ¿Tiene potencial para más? Su exterior estoico oculta una pasión por comprender la vida, tanto terrenal como extraterrestre.

Descripción de la nave espacial

Profundicemos en los detalles de la nave espacial, un elegante transbordador interplanetario de última generación. Se la designa como The Ares Horizon en honor-or del antiguo nombre griego del dios de la guerra, el colgante romano llamado Marte.

Diseño de la nave espacial

El Ares Horizon utiliza un sistema de propulsión de vanguardia que combina principios magnéticos y ruedas de reacción. He aquí cómo funciona:

Propulsión magnética:

- La nave cuenta con una serie de potentes electroimanes colocados estratégicamente a lo largo de su casco. Estos imanes interactúan con el campo magnético de la Tierra y el viento solar.

- Ajustando la polaridad de estos imanes, el Ares Horizon puede maniobrar sin propulsores tradicionales. Puede atraerse o repelerse de cuerpos celestes cercanos, alterar su actitud e incluso girar, todo ello sin gastar combustible.

Propulsores iónicos:

- Para viajes interplanetarios de larga duración, el Ares Horizon utiliza propulsores iónicos.

- Estos motores aceleran iones (normalmente xenón) a altas velocidades, generando un empuje eficiente.

- La propulsión iónica minimiza el consumo de combustible y prolonga la duración de la misión.

Ruedas de reacción:

- El Ares está equipado con un conjunto de ruedas de reacción de precisión. Estos dispositivos giroscópicos permiten a la nave espacial cambiar su orientación alterando el momento angular.

- Cuando la tripulación necesita ajustar su trayectoria o estabilizar la nave, las ruedas de reacción giran hacia arriba o hacia abajo, ejerciendo un par de torsión sobre la nave espacial.   - This system eliminates the need for conventional thrusters, reducing mass and streamlining operations.

Anillo de gravedad artificial

Alrededor del eje central de Ares Horizonte hay un enorme anillo giratorio, llamado "Anillo de Gravedad". Así es como funciona:

Fuerza centrífuga:

- El Anillo de Gravedad gira a una velocidad constante, creando una fuerza centrífuga que simula la gravedad para la tripulación en su interior.

- A medida que los astronautas se desplazan hacia el exterior, experimentan una atracción gravitatoria cada vez mayor. En el borde exterior del anillo, la fuerza se aproxima a la gravedad terrestre (1 g).

- Esta transición gradual mitiga la incomodidad asociada a los cambios rápidos de gravedad.

Viviendas y laboratorios

- El Anillo Gravitatorio alberga viviendas, laboratorios y zonas de recreo. Cada sección está orientada radialmente, lo que permite a los ocupantes caminar por la superficie interior.

- El suelo del anillo se convierte en la dirección "hacia abajo" debido a la fuerza centrífuga, proporcionando una sensación familiar de gravedad.

- Los miembros de la tripulación hacen ejercicio, comen y duermen en este entorno, manteniendo la salud física durante las largas misiones espaciales.

Retos de ingeniería

- La construcción del Anillo Gravitatorio requiere materiales avanzados para soportar las inmensas tensiones de la rotación.   - Los ingenieros equilibraron cuidadosamente el anillo para evitar bamboleos o vibraciones.

- El núcleo interior permanece inmóvil, albergando sistemas críticos como el centro de mando, los controles de propulsión y el soporte vital.

Centro de mando y puente

Situado en el núcleo estacionario, el centro de mando alberga sistemas críticos:

Navegación:

Rastreadores estelares avanzados, radares y sensores ópticos guían al Ares Horizon por el espacio.

Comunicación:

Transceptores de alta frecuencia mantienen el contacto con la Tierra y otras naves espaciales.

Pilotaje:

Una ventana panorámica permite a la tripulación observar los cuerpos celestes durante las maniobras manuales.

Soporte vital y sostenibilidad

El Ares Horizon prioriza el bienestar de la tripulación:

Generación de oxígeno:

Los biorreactores basados en algas producen oxígeno mediante fotosíntesis.

Reciclaje del agua:

Los sistemas de filtración purifican las aguas residuales, garantizando un suministro sostenible.

Hidroponía:

El huerto del barco proporciona productos frescos y bienestar psicológico.

Sistemas de emergencia:

Cápsulas de escape: Distribuidas por todo el casco, estas pequeñas cápsulas permiten una evacuación rápida en caso de fallo crítico.

Escudos antirradiación:

Paneles desplegables protegen contra las erupciones solares y los rayos cósmicos durante los viajes interplanetarios.

Conclusión

El Ares Horizon representa la cumbre de la ingeniería de la humanidad: una elegante nave de última generación que tiende puentes entre mundos, desafía la gravedad y transporta las esperanzas de seis astronautas dispuestos a desentrañar los misterios de Marte.

Capítulo 1: Salida

La cuenta atrás resonaba en la sala de control, cada dígito era un tamborileo de expectación. El comandante John Harris, con su uniforme impecable, estaba de pie en el centro del módulo de mando. Sus ojos recorrían los monitores, cada uno de los cuales mostraba datos vitales: el estado de los motores de fusión, los sistemas de soporte vital y la trayectoria que los llevaría más allá del alcance de la Tierra.

A su lado, la Dra. Emily Clarke, la geóloga pelirroja, se ajustaba las gafas. Sus dedos trazaron el contorno de Marte en la carta estelar.

"Realmente estamos haciendo esto", murmuró. "Dejar nuestro hogar".

El Dr. Iván Petrov, el atlético médico y piloto ruso, asintió. Su mandíbula apretada delataba la mezcla de excitación y nervios.

"Da", dijo. "Al mundo carmesí".

La Dra. Wei Li, la pequeña ingeniera y lingüista china, comprobó la matriz de comunicación.

"Nuestras familias", susurró. "Están mirando".

La Tte. Col. Sophie Dubois, la esbelta francesa aficionada a la aventura, se revolvió un mechón de su pelo rubio.

"La aventura nos espera", declaró. "Y misterios más allá de lo imaginable".

El profesor Klaus Müller, el calvo biólogo y químico alemán, apretaba su cuaderno.

"Nuestra misión", dijo, "es desentrañar esos misterios".

El lanzamiento

El pórtico se replegó, mostrando el Ares Horizon. Su elegante casco brillaba bajo los focos. La tripulación se ató a sus sillones de aceleración, con los corazones latiendo al ritmo de la cuenta atrás.

"Motores en línea", informó Iván.

El comandante Harris se agarró a los reposabrazos. "Encendido, y... ¡despegue!"

Los motores de fusión rugieron y sus llamas azules se tragaron la plataforma de lanzamiento. La gravedad de la Tierra se liberó y el

Ares Horizonte ascendió como una flecha plateada que surcaba el cielo.

Los astronautas sintieron la presión familiar que los empujaba hacia sus asientos.

A Emily se le cortó la respiración.

A Wei se le pusieron blancos los nudillos.

Sophie tarareaba una melodía, una balada francesa que cantaba su abuela.

Klaus garabateaba notas, capturando los datos en bruto de su ascenso.

¿Y Iván?

Sonrió, con la adrenalina corriendo por sus venas.

"Nos vamos", dijo. "Lo dejamos todo atrás".

La vista desde arriba

Durante varios meses, el equipo se ha entrenado para este momento. Por fin lo han conseguido.

A medida que la atmósfera se diluía, el orbe azul de la Tierra se encogía. Los astronautas se soltaron, flotando en microgravedad.

Emily apretó la cara contra el visor.

"Mira", susurró. "Nuestro hogar".

Klaus se unió a ella y dijo:"Sí, es impresionante, ¡qué belleza azul! Es una pena que sigamos haciendo guerras y contaminando el medio ambiente con semejante joya. Los políticos deberían subir aquí para reconsiderar sus acciones".

A Emily le gustaba poder compartir su impresión con Klaus. Le gustaba estar en su compañía, ya lo había sentido durante las misiones de entrenamiento en la Tierra. Sin embargo, se mantenía sensato y frío con sus reacciones emocionales, ¿duraría eso?

Wei también disfrutó de la impresionante vista, pero también se dio cuenta de la togeth-erness de Emily y Klaus. No podía explicar racionalmente por qué le molestaba. Borró el pensamiento y se rindió a la sensación de ingravidez.

Ahora comenzó a ejecutar una voltereta, con el eco de su risa.

"Somos ingrávidos", dijo. "Como bailarinas cósmicas".

Sophie se unió a ella, girando.

"Próxima parada", dijo, "Marte".

Capítulo 2: El largo viaje

A pesar de los avances en la tecnología de propulsión, el viaje entre la Tierra y Marte dura entre 6 y 9 meses. La franja horaria de la misión se ha elegido en función de la distancia más cercana entre la Tierra y Marte, conocida como oposición, que se produce aproximadamente cada 26 meses. Sin embargo, la distancia en cada oposición varía debido a la naturaleza elíptica de las órbitas de ambos planetas. Las oposiciones más cercanas, conocidas como oposiciones perihélicas, se producen cuando Marte está cerca de su perihelio (el punto de su órbita más cercano al Sol) mientras que la Tierra está cerca de su afelio (el punto de su órbita más alejado del Sol). Estas oposiciones perihélicas se producen aproximadamente cada 15 o 17 años. Durante los viajes largos, los astronautas están expuestos a la radiación cósmica procedente de dos fuentes principales:

La radiación cósmica galáctica: consiste en partículas de alta energía procedentes de otras partes de nuestra galaxia, principalmente protones e iones más pesados. Esta radiación está continuamente presente y es difícil de proteger.

Eventos de partículas solares: Se producen cuando el sol expulsa al espacio grandes cantidades de partículas cargadas, principalmente protones. Estos eventos son difíciles de predecir y pueden producir estallidos de radiación particularmente intensos.

La rutina cósmica: Trabajo

Investigación científica:

Emily pasó horas analizando muestras de rocas de meteoritos marcianos traídas de la Tierra. Catalogó meticulosamente la composición mineral y buscó pistas sobre la historia geológica de Marte.

Klaus, el biólogo, estudió los efectos de la radiación cósmica en los microorganismos. Sus placas de Petri flotaban en el laboratorio, revelando la resistencia de la vida incluso en el espacio.

Mantenimiento de ingeniería:

Wei jugueteó con los sistemas de la nave espacial. Recalibraba sensores y se aseguraba de que los reactores de fusión funcionaran sin problemas. Su diminuto cuerpo se apretujaba en espacios reducidos y su caja de herramientas flotaba a su lado.

Navegación y correcciones de rumbo:

El comandante Harris e Iván colaboraron en los ajustes de trayectoria. Calculaban las hondas gravitatorias alrededor de los planetas, optimizando el consumo de combustible. Sus conversaciones eran una mezcla de física e intuición.

Descanso y ocio

Ciclos de sueño:

La tripulación seguía un estricto horario de sueño. En las habitaciones de la tripulación, poco iluminadas, flotaban en sus sacos de dormir, atados a las paredes. En la microgravedad, soñaban con la Tierra: rostros familiares, campos cubiertos de hierba.

Realidad virtual:

Sophie se escapaba a paisajes virtuales. Nadaba en océanos digitales, escalaba montañas pixeladas y bailaba con avatares de sus seres queridos. La línea entre realidad y simulación se difuminaba.

Lectura y cine:

Iván devoraba la literatura rusa clásica. La Guerra y la Paz de Tolstoi flotaba a su lado, con sus páginas cuidadosamente pasadas.

Emily veía viejas películas de la Tierra: nostalgia de un mundo que habían dejado atrás.

Camaradería

Comidas compartidas:

La cocina se convirtió en su centro común.

Wei preparaba fideos salteados, Klaus hacía café y Sophie contaba historias de cafés franceses. Reían, intercambiaban recuerdos y saboreaban delicias liofilizadas.

Diarios personales:

Cada astronauta llevaba un diario digital:

El comandante Harris escribía crónicas sobre retos de liderazgo, mientras que Emily escribía poesía sobre atardeceres marcianos y Wei anotaba sus sueños, extrañas visiones de paisajes alienígenas.

Sesiones de formación:

En fechas fijas, los miembros de la tripulación impartían conferencias a los demás sobre sus campos de investigación y experiencia, excepto el comandante Harris. Aunque se graduó en la academia militar con el rango de oficial, no es un investigador o científico típico. Por lo tanto, prefirió actuar como anfitrión durante estas sesiones.

Música:

La guitarra de Iván resonaba por los pasillos y se convirtió en el corazón de su viaje. Tocaba melodías melancólicas, canciones populares y melodías improvisadas. La tripulación se reunía, flotando, con los ojos cerrados, perdida en la música. A veces Sophie cantaba, con una voz inquietantemente bella. Pero Sophie también cantaba a capela, por ejemplo viejas canciones marineras o melodías cadenciosas de chansons francesas.

Emily, con su precisión de geóloga, tocaba ritmos en el casco, convirtiendo la nave en una improvisada batería.

Wei, con sus dedos bailando sobre teclas invisibles, componía melodías celestiales con los ritmos de las baladas chinas.

Y Klaus, durante las noches tranquilas, improvisaba armonías con su equipo de laboratorio: un vaso de precipitados como campana, una pipeta como flauta. Su música entrelazaba los hilos dispares de sus culturas, creando una sinfonía cósmica que resonaba a través de los años luz.

Sophie e Iván armonizaban perfectamente como conjunto.

Observando las estrellas:

En los momentos de calma entre experimentos y cálculos, la tripulación se reunía en la cúpula de observación. La Tierra, un lejano orbe azul, se encogía cada día que pasaba. Marte, una mancha rojiza en el horizonte, llamaba a la puerta. Emily se maravilló ante las constelaciones, las mismas estrellas que habían guiado a los navegantes a través de los océanos durante siglos. Señaló Orión, la Osa Mayor y la Cruz del Sur. Iván, por su parte, compartía historias del cosmos que se habían transmitido de generación en generación. Trazaron líneas imaginarias entre las estrellas, conectando su propio viaje con los antiguos mitos.

Deporte en gravedad cero:

La microgravedad de la nave espacial permitió actividades lúdicas. Wei, privilegiada por su diminuta figura, ejecutaba un salto mortal perfecto, y su risa resonaba por los pasillos metálicos. A veces se reunía con Sophie para practicar artes marciales asiáticas; Wei estaba entrenada en kungfu Shaolin, Sophie en kárate Shotokan.

Klaus flotaba sin esfuerzo, intentando dar patadas de bicicleta y volteretas en el aire. Jugaban a versiones modificadas de fútbol, baloncesto e incluso natación sincronizada. El comandante Harris arbitraba sus partidos y de vez en cuando se unía a ellos para hacer un mate a gravedad cero.

Sophie desafió a todos a una carrera a gravedad cero, sin que la inmensidad del espacio mermara su espíritu competitivo. Además, también fue capaz de inspirar a Iván para que tomaran juntos clases de artes marciales, ella como karateka cinturón negro y él como especialista en Systema. Los dos parecían formar un buen conjunto, y no sólo en el terreno musical. Las vibraciones entre ellos obviamente funcionaban bien a distintos niveles. Tenían literalmente un estrecho contacto...

La tensión psicológica

El Ares Horizon surcaba el espacio y su tripulación encontraba consuelo en esos sencillos placeres.

Sin embargo, a medida que las semanas se convertían en meses, el aislamiento carcomía sus mentes. La Tierra era un recuerdo lejano, un punto azul pálido. Echaban de menos la lluvia, el viento y el olor a tierra.

Iván le confió a Sophie:"Sueño con abedules".

Ella asintió, comprendiendo el dolor y añadió:"Y echo de menos el sonido de las olas del mar, el piar de los pájaros y los olores de la madre naturaleza".

Sophie sintió la necesidad de abrazar a Iván. Se acercó con cautela y él la dejó. El abrazo les sentó bien a los dos. Iván le dijo a Sophie:"Sabes que esto libera la hormona del abrazo, la oxitocina, así que los dos nos sentiremos mejor rápidamente. Sin embargo, nuestro abrazo podría ser dan-geroso si también se liberan dopamina y vaso-presina, entonces no puedo garantizarte nada". Le guiñó un ojo y Sophie rió brevemente.

En efecto, Sophie se sintió mejor rápidamente, pero ocultó que ahora experimentaba sensaciones de familiaridad y afecto interior. ¿Acaso se trataba ya de dopamina y vasopresina? ¿Se trataba de una simple explicación bioquímica y, por tanto, de una reacción hormonal? En cualquier caso, disfrutó del momento y dejó atrás los pensamientos melancólicos.

Y así, se aferraron el uno al otro -su familia cósmica- encontrando consuelo en las risas compartidas, las confesiones susurradas y la lejana promesa de Marte.

Capítulo 3: Sesiones de conferencias

Como se ha descrito anteriormente, durante el largo vuelo de la Tierra a Marte, la tripulación tiene un programa organizado para pasar el tiempo. Una de las citas jeur-fixe son las sesiones de conferencias.

Destino: Excursión a la vulcanología

Hoy le toca a Emily dar su visión geológica sobre el destino.

"Por favor, abróchense el cinturón, el destino de nuestro vuelo será Cydonia Mensae", ha comenzado Emily la conferencia.

"¿No suena como un balneario, verdad? Estoy deseando disfrutar del sol, la playa, las bebidas y las palmeras con música caribeña de fondo", intervino Klaus.

"Tengo que decepcionarte, Klaus", respondió Emily. "La región de Cydonia en Marte se encuentra en la hemiesfera norte del planeta, dentro de la zona de transición entre las tierras altas del sur, fuertemente craterizadas, y las llanuras más suaves del norte".

"Por cierto, ¿de dónde viene el nombre de Cydonia?", preguntó Iván.

Emily se detuvo un momento y pronunció "Um, er..."

Klaus se apresuró a ayudar, ya que había disfrutado de una educación en lenguas clásicas en el instituto:

"El nombre "Cydonia" procede de la antigua palabra griega que designaba la ciudad de Kydonia (la actual Chania), en la isla de Creta.

En la mitología griega, Kydonia estaba asociada a un tipo de fruta que más tarde se conoció como membrillo". Emily continuó ligeramente impresionada con un rubor rojizo en la cara:"Sin embargo, esta región se caracteriza por mesas (colinas de cima plana y laderas escarpadas) y buttes (similares a las mesas pero más pequeños). Por ejemplo, los buttes también se encuentran en la Tierra, en Monument Valley, Utah, y se han utilizado a menudo para decorados de películas del Oeste americano primitivo."

"Su tono altanero muestra una especie de falta de respeto hacia nuestra herencia cultural", dijo el comandante Harris un poco deslucido en su honor.

"Bueno, la historia británica es mucho más profunda e insignificantemente más antigua, ¿no?", replicó Emily.

"Yo protesto", inyectó Wei, "China tiene definitivamente la historia cultural más antigua y rica entre todos los que estamos aquí".

"Sí, los dos tenéis razón. No os preocupéis, seguid", asintió el comandante Harris a Emily.

"Se cree que estas formaciones de la región de Cydonia han sido moldeadas por la erosión causada por el viento, el agua y, posiblemente, la actividad volcánica", Emily continuó su conferencia. "La región de interés para nuestra misión es el siguiente volcán y sus alrededores", proyectó la siguiente imagen en la pared.

Sophie despertó de su letargo y preguntó:
"¿Cómo puedes estar tan segura de que esto es un volcán y no un cráter de impacto de un meteorito?".
"Es una muy buena pregunta", respondió Emily. Y continuó:
"En geología, lo primero que observamos es la forma y la simetría: Por un lado, los volcanes suelen tener forma cónica o de escudo con pendientes suaves. Tienen una abertura o cráter central llamado cráter de la cumbre. Por otro lado, los cráteres de impacto suelen tener forma circular con bordes afilados, a menudo elevados, y pueden tener una montaña central o elevación central en su interior, creada por los efectos de rebote del impacto."

"Bueno, eso es plausible. Así que esto es un volcán", respondió Sophie.

"No tan rápido porque también tenemos que mirar el mate-rial circundante", la aleccionó Emily. "Los alrededores de los volcanes suelen mostrar flujos de lava solidificada y depósitos piroclásticos. Estos materiales pueden estar distribuidos radialmente alrededor del volcán. Alrededor de los cráteres de impacto suelen encontrarse mantos de eyectas y cráteres secundarios formados por material eyectado. Este material suele ser caótico y distribuirse en anillos concéntricos alrededor del cráter".

Con una mirada pícara, Klaus lanzó otra pregunta:

"Pero seguro que tendrías un tercer aspecto como "tres cosas tienen encanto", ¿no?".

"Klaus, admítelo, te has saltado en secreto las clases de química y biología para estudiar geología", le guiñó ella los ojos.

Klaus le devolvió el guiño. Casi tuvo la sensación de que estaba flirteando. Pero probablemente se equivocaba.

Emily volvió a serenarse, presentó otra colorida imagen del lugar y empezó a recitar de nuevo:

"Bueno, está la espectroscopia: El análisis espectral puede proporcionar información sobre la composición mineralógica de la superficie. Los volcanes suelen mostrar evidencias de rocas volcánicas como el basalto, mientras que los cráteres de impacto pueden mostrar una gama más amplia de materiales expuestos por el impacto. Combinando estos métodos, los científicos pueden determinar con precisión si un rasgo concreto de Marte es de origen volcánico o se formó por el impacto de un meteorito".

Continuó mostrando otra imagen dividida de tres cráteres.

Emily continuó señalando primero el cráter de la izquierda:"Olympus Mons: Un gran volcán en escudo con una altura de unos 22 km...", se detuvo para continuar con un énfasis:"13,7 millas para el americano".

"Sí, sí, siempre nos lo dicen por el incidente del Mars Climate Orbiter de 1999", respondió molesto el comandante Harris.

El Orbiter se destruyó debido a un error de conversión de unidades entre los equipos de software de la nave espacial. En concreto, el equipo de navegación utilizaba unidades métricas (newton-segundos) para los cálculos, mientras que el contra-tor utilizaba unidades imperiales (libra-segundo). Esta discrepancia hizo que la nave entrara en la atmósfera de Marte a una altitud muy inferior a la prevista.

Emily sonrió triunfante, aunque tuvo que reconocer que los británicos también se negaron a adoptar el sistema métrico durante mucho tiempo. Continuó:

"Y el monte Olimpo tiene una amplia y poco profunda caldera en la cima. La forma y los flujos de lava son típicos de la actividad volcánica".

Luego señaló la imagen del centro explicando:"En contraste el cráter Gale: Un cráter de impacto con una montaña central (Monte Sharp) y bordes afilados y aterrazados, típicos de las estructuras de impacto".

"Entendido", intervino Klaus, "¿pero qué diferencia hay entre el cráter de la foto del medio y el de la derecha?".

"¡Eres muy impaciente, Klaus!", respondió Emily sonriendo. "Esto no es ni un volcán ni un cráter de impacto, sino un pingo. Los pingos son colinas cubiertas de hielo que se forman en regiones de permafrost debido al movimiento ascendente y la congelación de las aguas subterráneas. Una de las zonas donde se han identificado características similares a los pingos es Utopia Planitia, una gran llanura en el hemisferio norte de Marte."

"Pero no estamos aquí sólo por los volcanes", murmuró Iván. "Si no, la señora Li no estaría aquí sentada, ¿verdad?".

Wei aprovechó la ocasión para hablar:"Claro, se trata de la renovada especulación sobre las ruinas prehistóricas de una civilización con pirámides y la "Cara en Marte" basada en nuevos datos de imágenes de satélites y sondas terrestres. Evidentemente, hemos sido engañados durante mucho tiempo para enfrentarnos a la realidad no deseada. El hecho es que estos novedosos hallazgos no son simples formaciones de piedras o montañas al azar".

Klaus sonrió con entusiasmo a Wei, lo que no pasó desapercibido para Emily. No podía explicarse por qué le interesaba tanto la interacción no verbal entre Klaus y Wei, pero de algún modo le desagradaba. ¿Qué le pasaba? Un sentimiento de rencor y malhumor estaba dentro de ella. Emily se sintió obligada a retomar el cetro de la conferencia:"Como geóloga, debo decir que el misterio de Cydonia Mensae y la "Cara Marciana" ilustra la tendencia humana a interpretar algo a partir de datos visuales poco claros, un fenómeno conocido como pareido-lia. Mientras que las imágenes iniciales del orbitador Viking 1 en 1976 alimentaron im-aginaciones y especulaciones, las

51

posteriores imágenes de alta resolución y los análisis científicos han proporcionado una clara comprensión de los procesos geológicos naturales que actúan en la región."

"Muy bien, ya es tarde. Gracias por la profunda mirada al interior de la geología y por su encanto británico. Mañana Wei nos dará una conferencia sobre pirámides y culturas antiguas. Tengo curiosidad por saber cómo Wei ampliará nuestros horizontes. Buenas noches". Al decir esto, el comandante Harris se dirigió directamente a sus aposentos.

Parecía cansado. Las comprobaciones rutinarias del sistema de hoy han sido duras y agotadoras para todos. Así que todos los demás no hicieron aspavientos y se dirigieron rápidamente a sus camarotes también.

Emily intentó echar un vistazo a Klaus, pero él ya estaba concentrado de camino a la cama.

Sophie chocó con Iván al levantarse de sus sillas. Ambos sonrieron con una pequeña chispa en los ojos. Iván, muy caballeroso, dejó pasar primero a Sophie. Sophie se volvió de nuevo con una mirada seductora antes de dirigirse decidida a su litera. Iván se sintió feliz, un sentimiento que anhelaba desde hacía mucho tiempo.

Pirámides

La noche siguiente tuvo lugar la anunciada conferencia de Wei. Los miembros de la tripulación se reunieron para escuchar su presentación.

Emily se engañó a sí misma pensando que era indiferente a la interacción entre Klaus y Wei. Sin embargo, se sentó deliberadamente enfrente de Klaus sólo para escrutar cualquier reacción entre ellos. Sophie volvió a sentarse junto a Iván. Accidentalmente le tocó el brazo al sentarse. Con una mirada tímida, dijo un rápido "¡Perdón!". Iván le susurró:"Ahora volvemos a chocar. ¿Estamos cargados magnéticamente?".

Iván guiñó un ojo encantadoramente en dirección a Sophie, pero discretamente para que los demás miembros de la tripulación no se dieran cuenta. Ella le devolvió el guiño en secreto y él se humedeció los labios. Hubo un ligero crujido entre ellos.

Wei empezó su conferencia de la siguiente manera:

"Las pirámides, sobre todo las del antiguo Egipto, son logros monumentales de la historia de la humanidad que representan el cenit de la arquitectura, la ingeniería y la organización de las primeras civilizaciones. Estas enormes estructuras de piedra, construidas principalmente como tumbas para faraones y otras figuras significativas, han fascinado a historiadores, arqueólogos y turistas durante siglos".

Wei mostró al público la primera imagen de una pirámide egipcia clásica.

Klaus preguntó de repente:"¿Qué sabemos ahora realmente más sobre el propósito y el significado de una pirámide?".

Wei se volvió para dirigirse directamente a Klaus:

"Ahora pensamos que el objetivo principal de las pirámides era servir de tumbas para los faraones y los miembros de la élite de la sociedad. Se creía que eran las moradas del más allá, que garantizaban el paso seguro y la inmortalidad de los difuntos. Las pirámides formaban parte de complejos mayores que incluían templos, pirámides más pequeñas para las reinas y mastabas (estructuras funerarias) para los nobles, todas ellas diseñadas para apoyar el viaje del faraón en la otra vida".

Klaus comentó:"Bueno, eso sería algo para encontrar la clave de la longevidad y quizá de la inmortalidad".

Iván se volvió hacia Klaus y asintió:"Sí, la medicina de la longevidad sigue siendo un reto. ¿Puedes darnos una conferencia mañana sobre tu logro científico, Klaus?".

Klaus se rió entre dientes:"Claro, si no os morís de aburrimiento entonces y pensáis que estoy suficientemente cualificado porque aún no he ganado un Premio Nobel". Emily sonrió a Klaus. Le gustaba el humor de Klaus.

El comandante Harris intervino como anfitrión:"Por favor, continúe Wei".

Wei declaró lo siguiente:"El interior de las pirámides solía estar decorado con intrincadas tallas y textos del Libro de los Muertos, destinados a guiar al difunto en el más allá. Las cámaras funerarias contenían el sarcófago del faraón y diversos ajuares funerarios, como joyas, alimentos y artefactos, destinados a mantener al rey en el otro mundo."

"¿No se cuestiona la teoría de la cámara sepulcral en las pirámides egipcias al haberse encontrado tumbas de faraones en el Valle de los Reyes, cerca de Luxor?", intervino Klaus.

Emily se regodeó del comentario de Klaus a Wei.

Wei respondió con frialdad y calma:"La teoría de que las pirámides se construyeron como tumbas para faraones no es necesariamente errónea, aunque muchos faraones de épocas posteriores fueron enterrados en el Valle de los Reyes, cerca de Luxor. Para entender esto es necesario reconocer el desarrollo histórico de las prácticas funerarias egipcias y la evolución de la construcción de tumbas reales. Pero eso iría más allá del alcance de esta sesión y distraería de lo que intento conseguir en primer lugar."

Klaus se encogió de hombros. En el fondo, no era su intención dudar de la competencia de Wei ni tratar de superarla. Pero Wei no le preocupaba. Sobre todo, incluso tuvo que admitir en secreto que el carácter de una mujer luchadora le resultaba bastante atractivo. Pero él no estaba aquí en una misión para salir con mujeres, se dedicaba por completo a la ciencia. Al menos eso se decía a sí mismo como autoprotección o armadura. ¿O también debería permitirse los sentimientos? ¿No sería eso equivalente a debilidad?

Las divagaciones de Klaus se interrumpieron cuando Wei volvió a alzar la voz:"Pregunta tipo test: ¿Qué vemos aquí?"

Proyectó la siguiente diapositiva.

Iván comentó inmediatamente:
"Me gusta la arquitectura de esta pirámide".

Wei corrigió a Iván:
"¡Error, esto es un zigurat, no una pirámide!".

"Entonces, ¿cuál es la diferencia?" replicó Iván.

Wei le explicó:"Los zigurats se distinguen de otras estructuras antiguas por su diseño único y escalonado. A diferencia de las pirámides de lados lisos de Egipto, los zigurats se construyen con una serie de plataformas sucesivamente más pequeñas apiladas unas sobre otras, creando una apariencia escalonada.

Los zigurats construidos en las antiguas ciudades de Mesopotamia, sobre todo en las actuales Irak e Irán, son pirámides escalonadas formadas por una serie de plataformas apiladas.

La base de un zigurat suele ser rectangular o cuadrada, y cada nivel sucesivo retrocede hacia el interior, formando una pirámide escalonada. En la construcción de un zigurat se utilizaban ladrillos de barro secados al sol para la estructura central, mientras que el exterior solía revestirse con ladrillos cocidos para protegerlo de la intemperie. Estos ladrillos se unían con betún, una sustancia natural parecida al alquitrán que proporcionaba impermeabilización adicional. Estas estructuras se construyeron en las antiguas ciudades de Mesopotamia, sobre todo en las actuales Irak e Irán, y tenían una función principalmente religiosa. Cada ciudad tenía un zigurat, que servía de templo a la deidad de la ciudad. El más famoso es el zigurat de Ur, dedicado al dios de la luna Nanna. Los zigurats simbolizaban el monte sagrado, que se consideraba la conexión entre el cielo y la tierra. Estos edificios no sólo eran centros religiosos, sino también lugares de poder social y político. Los sacerdotes que administraban los zigurats desempeñaban un papel central en la administración de las ciudades-estado. Los monumentales zigurats servían como signos visibles del apoyo divino y la prosperidad de la ciudad".

Ahora Wei continuó su conferencia con la siguiente diapositiva.

"Supongo que esto es otro zigurat entonces, ¿no?" Iván se adelantó. Sophie tiró del brazo de Iván.

Wei sonrió y respondió:
"Te equivocas de nuevo, Iván. Esto es una pirámide maya.
En Mesoamérica, sobre todo en las culturas maya y azteca, también se construyeron pirámides que tenían funciones tanto religiosas como políticas. Estas pirámides, como las de la ciudad maya de Chichén Itzá o la pirámide azteca de Tenochtitlán, eran a menudo plataformas de templos en las que se realizaban rituales y ofrendas a los dioses.

Las pirámides mesoamericanas solían estar vinculadas a consideraciones astronómicas y calendáricas. Servían como observatorios y su orientación y estructura estaban muy influidas por los movimientos de los cuerpos celestes. Las pirámides simbolizaban la geografía sagrada y la montaña cósmica que representaba el orden mundial".

Con una ligera vacilación, Wei presentó su última diapositiva.

No pudo evitar hacer un comentario dirigido a Emily, ya que no había olvidado su mirada hostil durante la clase de ayer:

"Sólo para quitar el viento de las velas de los geólogos empedernidos, la imagen se explica por sí misma, creo".

Emily lanzó una mirada diabólica a Wei.

¿Qué les pasaba? ¿Una rivalidad científica o algo más?

Pero Emily no tuvo tiempo de pensar porque ella, como todos los demás en la sala, se quedaron estupefactos al ver la siguiente diapositiva: Una pirámide de cinco lados en Marte con dos lunas en el cielo.

Un murmullo recorrió la habitación.

Sophie gimió:"¡Mon dieu!" y Klaus casi simultáneamente dijo:"¡Mein Gott!"

"¡Sí, esto no es falso, es una imagen confirmada de una pirámide marciana en efecto! La imagen ha sido tomada por la reciente sonda terrestre china. La imagen recibió el más alto nivel de confidencialidad: ¡alto secreto! A pesar de las diferencias políticas entre nuestros gobiernos, la exploración espacial internacional funciona bien. Se ha acordado a nivel gubernamental mantener al público al margen de estos nuevos descubrimientos".

Klaus fue el primero en recomponerse y preguntó:

"¿No tiene esto cierto parecido con las antiguas pira-midas egipcias?".
Emily asintió a Klaus como si quisiera darle su apoyo, aunque definitivamente no lo necesitaría.

Wei respondió:"Cierto, pero hay una diferencia significativa. La pirámide marciana tiene cinco lados, algo inaudito para una arquitectura comparable en la Tierra. Además, en la imagen distorsionada encontramos una especie de escritura jeroglífica en el exterior. La calidad de la imagen es demasiado baja para obtener una visión clara para su interpretación".

Wei hizo una pausa de unos segundos para comenzar con la siguiente frase:"Ahora todos sabéis para qué estoy aquí".

Todos estaban ansiosos por saber más de aquí en adelante. Se podía haber oído caer una aguja.

Tras una breve pausa de cinco segundos, todos aplaudieron. Ni siquiera Emily pudo negarse a hacerlo.

El comandante Harris se levantó e hizo una advertencia delante de su tripulación:"El Tío Sam me ha dado la orden de mantener la confidencialidad y daros la información en base a la necesidad de saber".

"¿Tío Sam? ¿Por qué no se nos ha informado de esto a los europeos?", dijo Emily desconcertada.

"¿Europeos? ¿Desde cuándo los ingleses se consideran europeos? Siempre sois oportunistas y de doble moral. Nunca os decidisteis a ser el Estado 51 o a pertenecer a Europa", dijo Sophie en tono molesto.

Klaus corrió hacia su homóloga europea y le dijo,"Sea como fuere, lo que es más importante, ¿por qué no se nos ha informado de esto desde el principio? Estoy de acuerdo con Emily, los europeos, unos u otros, pueden pagar mucho dinero, pero no mandan en ningún momento. Obviamente aquí sólo se nos considera aguadores".

Cuando Klaus dijo este "estoy de acuerdo con Emily", otro rubor rojo apareció en la cara de Emily, como ya había experimentado ayer.

Ahora el comandante Harris se sintió obligado a proporcionar información adicional:

"Entiendo perfectamente tu malestar ante esta situación. Sin embargo, todo lo que se ha dicho y se dirá aquí es estrictamente clasificado. Se le prohíbe proporcionar cualquier información a sus familiares y amigos en casa. Según sus registros personales, ninguno de ustedes está casado ni tiene hijos, por lo que el riesgo de una fuga de información es mínimo."

"¿Bajo la autoridad de quién nos ha dado una orden de silencio? Según mis informaciones, aquí no tenéis ninguna jurisdicción", reaccionó Iván, que hasta ahora había guardado un notable silencio.

"No seas hipócrita, Iván", dijo Klaus. "Si no, no habrías hecho tu comentario sobre el papel de Wei durante la conferencia de Emily de ayer".

Y lo volvió a hacer, el nombre de Emily salió de los labios de Klaus.

Emily estaba encantada.

"Así que admítelo, Iván. Has sido informado previamente a través de tu servicio de inteligencia", continuó Klaus.

"En absoluto, era simple lógica" replicó Iván. Klaus dejó esto sin comentar, pero le dedicó una sonrisa irónica.

Ahora volvió a tomar la palabra el comandante Harris:"Muy bien, les debo una explicación. El gobierno estadounidense y los chinos tenían un acuerdo secreto para no revelar ninguna información específica sobre los verdaderos objetivos de esta misión, hasta que fuera inevitable. Sí, este punto ha llegado ahora. Y ahora reformulo mis palabras: Me disculpo con todos ustedes. Les ruego que no faciliten nada al mundo exterior todavía. Debemos hacer una declaración muy meditada. Cualquier denuncia puede perjudicarnos a nosotros, al control de la misión y a nuestros gobiernos, que tendrán que hacer frente a una nueva situación delicada. Porque nadie puede imaginar el efecto en nuestro planeta natal: las visiones religiosas del mundo se derrumban, estallan disturbios, los gobiernos son derrocados y las sociedades pueden acabar en el caos. Por tanto, nuestra responsabilidad es muy grande. Tened en cuenta las consecuencias".

Era tarde de nuevo y todos se dirigieron directamente a sus habitaciones tras una breve despedida. Esta vez ni siquiera quedó espacio para las señales de flirteo entre Iván y Sophie o entre Klaus y Emily o Wei respectivamente. Esta conferencia revolucionaria y el debate posterior afectaron a todo el mundo. Algunos sufrieron trastornos del sueño para la noche siguiente. Había demasiada información nueva, que debía ser procesada en sus cerebros. Para algunos, es la sacudida del mundo y de la visión religiosa, en particular para la Sofía católica. Cuando se cuestiona la historia divina de la creación, esto supone un problema importante para los católicos y los creyentes de muchas otras confesiones religiosas.

Además, la confrontación jurídica fue confusa para la mayoría de ellos. De acuerdo con el Tratado sobre el Espacio Ultraterrestre de 1967, ratificado por todos los principales países que realizan actividades espaciales, el espacio ultraterrestre, incluido Marte, no está sujeto a apropiación nacional por ningún medio y los Estados mantendrían la jurisdicción y el control sobre sus objetos espaciales registrados y su personal. Aunque el comandante Harris era el encargado de esta misión, la responsabilidad recae en las naciones y no puede ser anulada por otro, en realidad.

Sin embargo, quién está realmente al mando aquí y el omnipresente secretismo de la información han creado una atmósfera de desconfianza. El jarrón estaba agrietado y nadie sabía si se podía reparar y si se podía restablecer el espíritu de equipo.

Jeroglíficos

Al día siguiente, los miembros del equipo trabajaron en un autómata hasta la hora de la reunión de la tarde.

A pesar de la frialdad emocional que reinaba en los pasillos de la nave, las llamas del afecto volvieron a encenderse y siguieron parpadeando entre Iván y Sophie, así como por parte de Emily y Wei con respecto a Klaus, pero no por parte de Klaus hasta el momento.

Cuando todos hubieron tomado asiento, el comandante Harris comenzó con la siguiente declaración:"Queridos compañeros, después de la revelación de ayer y la discusión crítica, una vez más quiero expresar mis más profundas disculpas. Para restablecer la confianza con todos vosotros, he hablado antes con Wei y hemos llegado a la conclusión de mostraros todo el panorama. Es decir, ahora lo sabéis todo, quiero decir "todo" de verdad, sin dejar ningún secreto fuera. "Comprendo perfectamente sus preocupaciones, y puede que tengan sus dudas sobre mí, sobre los demás y sobre mi liderazgo. Puede que ahora cuestionéis mis órdenes. Pero lo que está en juego aquí tiene un propósito mayor y es mucho más de lo que cualquiera de ustedes pueda imaginar. Aunque nos conocemos desde hace muy poco tiempo, personalmente confiaría mi vida a cada uno de vosotros. Por lo tanto, sólo quiero pedirles que muestren un poco de fe" (para los entendidos, había citado con las últimas sen-tencias a una figura legendaria de la ciencia ficción que se parecía a él en muchos aspectos)".

El Comandante Harris hizo una breve pausa para reanudar su discurso:"Klaus, desgraciadamente tendré que pedirte que dejes para otro día tu conferencia sobre la longevidad de esta noche porque estamos dispuestos a hacer borrón y cuenta nueva, para darnos a todos un nuevo comienzo".

Klaus asintió en señal de comprensión y dijo:"No hay ningún problema. Estoy impaciente por saber qué más se ha dejado tras la montaña. Empecemos".

El comandante Harris se volvió hacia Wei y abrió la mano para indicarle el camino hacia la mesa del orador:"¡Por favor! Adelante, Wei!"

Wei jadeó y comenzó con sus palabras:"Mis queridos compañeros, mis queridos amigos. Sí, nos hemos encontrado con una situación difícil. Sin embargo, pronto puede ser más desafiante para todos nosotros y, por lo tanto, espero que las cuestiones puedan resolverse lo antes posible porque realmente no tenemos tiempo para conflictos internos aquí." Sophie agarró clandestinamente la mano de Iván, y él se dejó llevar. Iván sintió que Sophie tenía miedo y buscaba una especie de protección.

"Gracias a la ayuda de la tecnología óptica alemana", sonrió Wei a Klaus, que respondió benévolamente con un asentimiento y una sonrisa, algo que no pasó desapercibido a los ojos de águila de Emily, "hemos podido visualizar una imagen mejorada de los glifos en estas fotografías reconstruidas".

El bagaje de Klaus, con los beneficios de una educación clásica, le ayudó a reconocer y categorizar la inscripción de inmediato, y así, rápidamente pronunció:

"Esto me suena a escritura cuneiforme".

Wei sonrió y sintió ahora una especie de adoración mutua por los comentarios de Klaus.

Respondió en consecuencia:"Sí y no. Sé lo descabellado que puede parecer, pero lo cierto es que la inscripción marciana tiene en parte relación con las escrituras cuneiformes sumerias, pero también con los antiguos jeroglíficos egipcios. Mi equipo de reinvestigación ha reflexionado durante mucho tiempo para encontrar una traducción adecuada." Ahora escribió varios caracteres y/o jeroglíficos en la pizarra digital y continuó su monólogo:"La relación entre las lenguas sumeria y egipcia es un tema interesante en lingüística histórica, aunque ambas lenguas no están directamente relacionadas. Tanto el sumerio como el egipcio se encuentran entre las primeras lenguas escritas conocidas, con sus propios sistemas de escritura y características lingüísticas. He aquí un análisis detallado de su relación y características principales:

El sumerio es una lengua aislada, es decir, no tiene parientes conocidos y no pertenece a ninguna familia lingüística. Se hablaba en la antigua Mesopotamia, en la región correspondiente al actual sur de Irak. En cambio, el egipcio pertenece a la familia de las lenguas afroasiáticas, concretamente a la rama conocida como lenguas egipcias. Esta familia también incluye lenguas semíticas como el árabe y el hebreo, el bereber, el cusítico y el chádico. El egipcio se hablaba en el antiguo Egipto.

Los sumerios desarrollaron la escritura cuneiforme, uno de los primeros sistemas de escritura, en torno a los años 3500-3000 a.C.. Se utilizaba un estilete para hacer marcas en forma de cuña en tablillas de arcilla.

Los antiguos egipcios desarrollaron la escritura jeroglífica en la misma época. Los jeroglíficos son símbolos pictóricos tallados en monumentos y escritos en papiros. Las características lingüísticas son que el sumerio es aglutinativo, mientras que el egipcio es..."

El comandante Harris interrumpió a Wei:"Wei, por favor, hazlo comprensible para todos los presentes y ve al grano".

Wei estaba convencida de que su informe era adecuado para un público experto de lingüistas, pero no para una tripulación de astronautas multinacionales con diferente formación académica. Por lo tanto, saltó a los jeroglíficos clave y empezó a explicar:

"Se han encontrado repetidamente los tres jeroglíficos marcianos que guardan cierto parecido con las siguientes palabras de la lengua sumeria y del antiguo egipcio:

1. El Djed ⬚ es un antiguo jeroglífico egipcio. La representación visual del pilar Djed suele consistir en una columna vertical con cuatro barras horizontales en la parte superior, semejando un árbol estilizado o un pilar con una serie de travesaños".

Sophie intervino:"Desde el punto de vista de los ingenieros, esto se me parece mucho a un pilón".

Wei respondió y continuó:"Aunque puede observarse la similitud visual entre el pilar del Djed y un pilón telegráfico, no existen pruebas históricas ni arqueológicas que apoyen la afirmación de que los antiguos egipcios pretendían que el Djed representara un dispositivo tecnológico. La interpretación tradicional y ampliamente aceptada es que el pilar Djed es un símbolo religioso profundamente arraigado en el marco mitológico y cultural del antiguo Egipto. El pilar Djed simboliza el concepto de estabilidad y fuerza, y a menudo se interpreta como una representación de la columna vertebral del dios Osiris, asociado a la resurrección en el más allá y a la vida eterna. Además, simboliza la renovación del poder del rey y la estabilidad del universo.

El colgante del jeroglífico Djed en la cultura sumeria, que representa la estabilidad, la fuerza y la resistencia, puede verse en el concepto "Me", simbolizado por el signo cuneiforme

⤳ . Los "Me" eran decretos fundamentales o principios divinos que regían todos los aspectos de la existencia, incluido el mundo natural, la sociedad humana y las prácticas religiosas. Se creía que estos principios eran otorgados por los dioses y que eran intrínsecos al mantenimiento del orden y la estabilidad en el universo. Un ejemplo de la mitología sumeria que destaca la importancia del "Me" es el mito de Inanna y Enki, en el que Inanna, la diosa del amor y la guerra, viaja a la ciudad de Eridu para recibir el "Me" de Enki, el dios de la sabiduría. Este mito subraya la importancia de estos principios divinos para mantener el orden cósmico y social.

Aunque el pilar Djed y el concepto de "Me" proceden de dos culturas antiguas distintas, ambos simbolizan la importancia de la estabilidad, la continuidad y el orden divino en sus respectivas mitologías y cosmovisiones.

2. Este jeroglífico Djet ⃒ representa un brazo humano sosteniendo un disco solar, que simboliza el concepto de periodo o momento. Puede usarse en el contexto de palabras relacionadas con el tiempo como "hora" o "momento". El término sumerio "ĝeš" ◁ puede representar el concepto de tiempo o ciclos. Esto también concuerda con la visión más actual del tiempo. Aunque la física y el lenguaje modernos nos tienen acostumbrados a observar el flujo del tiempo de forma lineal, el aspecto cíclico parece ser más ingenioso. Así, algunas culturas representaban el tiempo de forma cíclica y no de α a Ω."

Klaus no dudó en comentar:"¿Así que te refieres a la "rueda del tiempo" como la hemos encontrado originalmente en la cultura maya o en los thangkas del Tíbet o debería decir más bien de China?".

Aunque Wei sentía una gran simpatía por Klaus, el último comentario la molestó un poco porque lo consideró una ofensa o insulto por parte del alemán.

Sin embargo, Emily se alegró en secreto de que Klaus lanzara esta crítica contra Wei.

Wei, que procedía de una familia diplomática y estaba acostumbrada a las provocaciones políticas, continuó con la enumeración de los jeroglíficos y dijo con despreocupación:"Los occidentales no entienden China, y punto".

3. Por último, el jeroglífico Netjer 𓁟 representa el concepto de deidad o dios en la escritura egipcia antigua. A menudo se utiliza como determinante o clasificador colocado tras los nombres de dioses y diosas en textos jeroglíficos para indicar sus sta-tus divinos. El símbolo representa una figura sentada con los brazos levantados, enfatizando la naturaleza divina y la autoridad del sujeto. En la escritura cuneiforme, una estrella de ocho puntas ✳ es su símbolo, que se utiliza como determinante Ding-ir/Diĝir".

Sophie ha planteado la siguiente pregunta precaria:"¿Cuál es realmente la conexión entre la velocidad de la luz y las coordenadas de las pirámides de Giza?".

Wei respondió con sobriedad:"La supuesta conexión entre la velocidad de la luz en el vacío, que es de aproximadamente 299.792.458 metros por segundo, y las coordenadas geográficas de la Gran Pirámide de Giza (29,9792° N) es probablemente una coincidencia y no un indicio de antiguos conocimientos científicos o de un diseño intencionado. Aunque es una curiosidad numérica interesante, no hay pruebas creíbles que apoyen la idea de que los antiguos egipcios diseñaran las pirámides con este conocimiento en mente."

Ahora le tocaba al comandante Harris moderar y concluir:"Una vez que hayamos aterrizado, tendremos que vigilar los artefactos y la tecnología alienígena, lo que será tarea de Emily y Sophie. Además, también tendremos que estar preparados para encontrarnos incluso con formas de vida biológicas, lo que será tarea especial de Klaus e Iván. Wei les echará una mano con el descifrado de criptografía. Habrá riesgos para la seguridad de la tripulación, pero también la oportunidad de hacer el mayor descubrimiento de la humanidad después de la navegación al Nuevo Mundo del explorador y navegante Cristóbal Colón".

El estado de ánimo del equipo mejoró notablemente tras la presentación, aunque los temores de Sophie predominen por el momento.

Longevidad

La rutina diaria de hoy ha transcurrido sin contratiempos. Sin embargo, la conferencia de ayer fue un golpe liberador. La tripulación parecía más relajada y había desarrollado confianza y seguridad entre ellos para afrontar los nuevos retos.

No obstante, todos esperaban con impaciencia la conferencia de Klaus. Aunque probablemente no aportaría gran cosa a la inminente misión en el planeta rojo, la conferencia prometía ser una distracción bienvenida. Klaus dio un paso al frente y habló con voz grave y sonora, utilizando una modulación de voz y un énfasis en las palabras individuales únicos. Casi se podría haber pensado que un actor de teatro se había perdido en el profesor. No era de extrañar que tanto Wei como Emily se enamoraran de él. Empezó haciendo hincapié en la palabra onomatopéyica "longevidad":"La longevidad, la duración de la vida de un individuo, ha sido un punto central del interés humano durante siglos. Los avances de la medicina, la tecnología y el estilo de vida han aumentado considerablemente la esperanza media de vida en las sociedades modernas. Entre los numerosos factores que contribuyen a la longevidad, los productos naturales -derivados de plantas, animales y minerales- desempeñan un papel crucial por sus potenciales beneficios para la salud. Se ha demostrado que estos productos naturales, que abarcan una serie de sustancias como hierbas, suplementos dietéticos y alimentos funcionales, influyen en los procesos de envejecimiento y favorecen una vida más sana y larga".

Klaus hizo una pausa de unos segundos para continuar:"Los productos naturales pueden influir en la longevidad a través de varios mecanismos. Entre ellos se encuentran las propiedades antioxidantes, los efectos antiinflamatorios, la mejora de los mecanismos de reparación celular y la modulación de las vías metabólicas".

Klaus continuó presentando diapositivas con imágenes de vino tinto, hierbas y pescado para demostrar sus posibles beneficios tanto en estudios con animales como con humanos. Se ganó especialmente la atención de Wei cuando empezó a explicar los caracteres chinos que se refieren a Jiagulan 绞股蓝 o Xiancao 仙草 como la "hierba de la inmortalidad". El hielo de Wei se rompió por fin, se ha derretido literalmente. Klaus expresó su devoción y aprecio por la cultura china y la medicina tradicional china:

"El jiaogulan (Gynostemma pentaphyllum), a menudo conocido como "ginseng del sur" o "hierba de la inmortalidad", es una enredadera trepadora originaria de China y otras partes de Asia. Durante siglos, se ha utilizado en la medicina tradicional china por sus reputados beneficios para la salud, incluido el fomento de la longevidad. Desde hace varios años, la investigación científica ha comenzado a explorar los mecanismos que subyacen a los efectos del Jiaogulan, proporcionando pruebas que apoyan su potencial como hierba para aumentar la esperanza de vida y la salud en general".

Wei albergaba grandes esperanzas de tener una oportunidad en esta misión para acercarse a Klaus, pero sabía que no era la única competidora en este juego que miraba de reojo a Emily.

Klaus terminó su conferencia con las siguientes observaciones finales:"Sin embargo, algunas legislaciones nacionales impiden el uso de complementos alimenticios e infusiones. Además, las consideraciones prácticas de calidad, dosificación, biodisponibilidad e interacciones deben gestionarse cuidadosamente para maximizar sus beneficios y minimizar los riesgos. A medida que avanza la investigación en este campo, los productos naturales pueden ser cada vez más parte integrante de las estrategias encaminadas a promover una vida más larga y saludable".

Todos los presentes en la sala estaban cautivados por las posibilidades de la ciencia moderna. Pronto se acabaron los límites a la longevidad. Y no se trataba sólo de vivir más, sino también de la calidad de vida.

Iván también coincidió en varias ocasiones con los avances de la medicina en los últimos años. En última instancia, esto también ha contribuido a que una misión como la que están llevando a cabo actualmente sólo sea posible en primer lugar gracias a los esfuerzos mentales y físicos.

Pero lo más importante de todo es que se ha restablecido la armonía en la tripulación y el espíritu de equipo. El comandante Harris dio las gracias a Klaus y deseó a todos una buena noche de sueño.

Una cosa estaba clara: Wei tendría sueños muy especiales esa noche. Se sintió profundamente conmovida porque pocas veces había visto a un occidental tratar su cultura con tanta empatía y comprensión. Pero no fue sólo el nivel racional e intelectual lo que la conmovió profundamente, algunos lo llamarían atracción sapiosexual, también fue emocionalmente conmovedor. Algo había sucedido en su interior que ella, como mujer controlada mentalmente que había ganado concursos de inteligencia de alto rendimiento con un coeficiente intelectual de 160, ya no podía controlar. Nunca antes había experimentado una sensación semejante, e incluso la asustó en cierto modo, porque ya no era ella misma. Había crecido con una autodisciplina incondicional y se lo habían enseñado constantemente en su educación, ya fuera en casa con su familia o en la escuela.

Pero no era la única que se conmovía interiormente.

A Emily también le fascinó la charla de Klaus. Aunque, al igual que Wei, es sin duda una científica hasta la médula, Emily también se sintió conmovida por dentro. No fue tanto por el contenido de la conferencia, sino por el metanivel. Los gestos y las expresiones faciales de Klaus, las vibraciones de su voz profunda y cálida que, de alguna manera, la excitaban. Emily anhelaba cualquier oportunidad favorable para acercarse a Klaus. Pero siempre existía el temor de ser rechazada por él. Definitivamente tenía un carácter diferente al de Sophie, que como francesa tenía un comportamiento despreocupado y atractivo sexual. Emily no puede explicar su ascendencia británica. Las británicas tienen un carácter más reservado que las francesas, pero esto también puede arruinar sus posibilidades de encontrar pareja.En cualquier caso, Emily tendrá sueños intensos la noche siguiente, si es que consigue conciliar el sueño, porque tiene que pensar en Klaus todo el tiempo. Está por ver si esto es beneficioso para su salud y su longevidad, como se menciona en la charla de Klaus.

Capítulo 4: Amor y rivalidad

El primer beso

El vuelo espacial de la Tierra a Marte fue una sinfonía de expectación y aislamiento. Los seis astronautas, cada uno una nota en esta posición cósmica, orbitaban en el vacío, con sus corazones resonando al son de los motores de la nave.

Sophie estaba sentada junto a la ventana de observación, su aliento empañaba el cristal. La Tierra, una lejana gema azul, retrocedía tras ellos. Iván se acercó, sus pasos silenciosos en la baja gravedad.

"Precioso, ¿verdad?" dijo Iván, con un suave acento ruso. Sus ojos marrones contenían galaxias.

Sophie apartó la mirada de las estrellas. "Sí. Pero también es aterrador. Nos precipitamos por el espacio, dejando atrás todo lo que conocemos".

Iván se inclinó más cerca, sus alientos se mezclaron. "A veces el miedo y el asombro son dos caras del mismo cometa".

Se rió, un sonido frágil en la cabina estéril. "Los cometas se queman. ¿Crees que nosotros también nos quemaremos?".

Le cogió la mano y entrelazó sus dedos. "No si encontramos nuestras propias constelaciones".

Y así, en la tranquilidad de la noche interplanetaria, compartieron secretos. Sophie habló de sus sueños infantiles, de polvo de estrellas y misterios ancestrales. Iván confesó su miedo a olvidar el aroma de la Tierra: los bosques húmedos, la sal del mar.

Cuando Marte asomó por delante, el corazón de Sophie se aceleró. Los labios de Iván estaban a escasos centímetros y el universo contuvo la respiración. Saboreó el sabor del aire reciclado, sintió el zumbido de la nave contra su piel.

"¿Sobreviviremos a esto?", susurró.

El beso de Iván fue una respuesta, una ignición de anhelo y posibilidad. Sus labios se encontraron y el tiempo se replegó sobre sí mismo. La Tierra, Marte y todos los mundos olvidados giraron a su alrededor.

Cuando se separaron, las mejillas de Sophie se sonrojaron. "Todavía nos duele", dijo.

"Pero ahora", replicó Iván, "nos lanzamos juntos".

Y así, entre constelaciones e ingravidez, Sophie e Iván encontraron su órbita, una trayectoria que desafiaba la gravedad y la lógica. El amor, como el cosmos, no tenía límites.

La nave zumbaba en el vacío interplanetario y sus paredes metálicas envolvían a la tripulación en una frágil burbuja de existencia. El amor de Sophie e Iván se había convertido en un secreto susurrado entre cartas estelares y paquetes de raciones. Pero los secretos, como las órbitas, tienen una forma de cambiar.

Iván y Sophie dominaban el arte de la discreción en el lugar de trabajo. Evitaban las miradas persistentes, las conversaciones susurradas y las citas a la hora de comer. Nada de besos robados en el armario de suministros, sólo camaradería profesional.

Sophie deslizaba notas crípticas en el bolsillo de Iván durante las reuniones de equipo. Un papel doblado con un corazón dibujado en la esquina: una promesa silenciosa.

Se encontraron en la máquina de café, intercambiando sonrisas codificadas. El calor de la taza reflejaba el calor de su amor oculto. Sophie e Iván se quedaron, con el secreto compartido en sus ojos.

La tripulación se adaptó. Algunos sonrieron con complicidad; otros enarcaron las cejas. Wei, siempre atento, guiñó un ojo a Sophie.

El amor de Iván y Sophie se convirtió en un secreto a voces: un cometa recorría los diarios de la misión.

Sophie e Iván encontraron consuelo en el observatorio de la nave, una pequeña cámara con un techo abovedado que simulaba el cielo nocturno. Las estrellas parpadeaban, sus constelaciones eran familiares pero distantes. Sophie trazó el cinturón de Orión, rozando con el dedo un polvo de estrellas imaginario.

Iván estaba a su lado, con el aliento visible en el aire helado. "Los antiguos creían que las estrellas eran almas. Cada una era una historia por contar".

Sophie se inclinó hacia él. "¿Cuál es nuestra historia, Iván?".

Él vaciló, luego le cogió la mano. "¿Nuestra historia? Está escrita en la forma en que se iluminan tus ojos cuando descifras algoritmos de ingeniería. Está en la forma en que memorizo la curva de tu sonrisa durante las maniobras en gravedad cero".

A Sophie se le aceleró el corazón. "Pero nadie lo sabe".

"Exacto". Iván la miró fijamente. "Nuestro amor es un cometa, un secreto celestial. Pero los cometas brillan más cuando están más cerca del sol". Los ojos de Sophie brillaron como las estrellas. "¿Y qué pasa cuando nos acercamos demasiado?".

Iván sonrió suavemente. "Entonces brillamos para que todos nos vean, aunque sea por un momento fugaz. Porque esos momentos, Sophie, son los que hacen que el universo sea hermoso".

Ella suspiró, una mezcla de satisfacción y anhelo. "Siempre me he preguntado por el futuro, por lo que vendrá".

Iván le apartó suavemente un mechón de pelo de la cara. "El futuro es un misterio, como las estrellas que trazamos. Pero aquí, ahora, contigo, sé que es un viaje que merece la pena".

Sophie apoyó la cabeza en el hombro de Iván, los dos juntos, rodeados por el cosmos infinito. Las estrellas del observatorio centelleaban, reflejando sus promesas y sueños silenciosos. El silencio era reconfortante, un marcado contraste con la bulliciosa vida de la nave.

"¿Qué crees que hay ahí fuera?". susurró Sophie, con los ojos cerrados, imaginando la inmensidad más allá de su barco.

"Posibilidades", respondió Iván en voz baja. "Nuevos mundos, nuevas experiencias. Pero no importa adónde vayamos ni lo que encontremos, mientras nos tengamos el uno al otro, siempre tendremos un hogar".

Sophie asintió, sintiendo la verdad en sus palabras. "¿Me prometes que siempre perseguiremos juntos las estrellas?". Iván le dio un suave beso en la frente. "Siempre, Sophie. Siempre".

Mientras permanecían allí, entrelazados en el abrazo del otro, las estrellas simuladas seguían brillando, testigos de su voto. El universo exterior, vasto y enigmático, aguardaba su exploración. Pero en ese momento, en su observatorio privado bajo un cielo nocturno digital, encontraron un uni-verso dentro del otro.

El momento de la revelación

Un día, mientras la tripulación se reunía para una sesión informativa rutinaria, la mano de Sophie rozó la de Iván por debajo de la mesa. Sus dedos se entrelazaron y la habitación se volvió borrosa a su alrededor. El comandante Harris no paraba de hablar de muestras de suelo marciano, pero Sophie sólo oía el torrente de sangre en sus oídos.

Wei se inclinó hacia ella. "Sophie", susurró, "tu secreto está a salvo conmigo. El amor es un lenguaje universal".

Sophie se sonrojó. "¿Cómo...?

Wei guiñó un ojo. "He visto cómo compartís barritas de proteínas. No es ciencia espacial".

Y entonces, durante un simulacro de emergencia, la voz de Iván crepitó por el intercomunicador. "Sophie, reúnete conmigo en el observatorio".

Ella flotó allí, con el corazón palpitante, mientras Iván entraba. Las estrellas brillaban sobre ellos, sus testigos silenciosos.

"Iván", dijo Sophie, "¿y si alguien se entera?".

Él le acarició la cara. "Entonces seremos un sistema estelar binario, una pareja que baila por el cosmos".

"Iván", susurró ella, "te quiero".

Su mano rozó la de ella. "Y yo a ti".

Y allí, bajo las constelaciones simuladas, Iván la besó. Sophie se aferró a él, con el corazón en espiral hacia el infinito. Cuando salieron del observatorio, la tripulación se quedó mirando. Sophie enarcó una ceja.

El comandante Harris se fijó en la forma en que se cruzaban los dedos y en el secreto que compartían sus miradas.

"Sophie", dijo con voz severa, "necesitamos honestidad entre la tripulación".

Sophie dudó, luego asintió. "Estamos juntos".

"Bueno", dijo ella, "supongo que hemos encontrado nuestro romance marciano".

Emily sonrió. "Es como "Romeo y Julieta" mezclado con "El marciano"".

Wei los observó con atención. Había visto suficientes comedias románticas como para saber cómo se desarrollaban. "El amor es como una tormenta de polvo marciano", reflexionó. "Impredecible y desordenado".

¿Y el comandante Harris? Suspiró. "Siempre que no interfiera con nuestra misión".

Los labios de Sophie se encontraron con los de Iván, un beso que trascendió el tiempo y el espacio. Sus almas se fundieron en el vacío, entrelazándose como constelaciones. La máquina zumbaba, amplificando sus emociones: su deseo, su amor. La historia de amor de Sophie e Iván pasó a formar parte del folclore de la nave, una leyenda susurrada entre las estrellas.

El amor estaba en el aire, pero no sólo para ellos...

Química celestial

Emily observaba a Sophie e Iván desde el otro lado del laboratorio. Sus risas resonaban en la cámara mientras se apiñaban sobre textos de protocolos técnicos. El roce de la mano de Sophie con la de Iván hizo que a Emily se le apretara el corazón. Siempre se había sentido atraída por Klaus, el estoico científico alemán, pero ahora Wei amenazaba con robarle su atención. Emily no podía dejar que Wei se ganara el corazón de Klaus. Había pasado años estudiando la geología de planetas lejanos, pero ahora su propio corazón era un terreno pedregoso. Klaus era brillante, enigmático y exasperantemente centrado en tareas científicas.

Una noche, mientras trabajaban codo con codo, Emily soltó:"Klaus, ¿crees en el destino?".

Klaus levantó la vista de sus notas. "¿El destino?"

A Emily le tembló la voz. "Tal vez estamos destinados a estar aquí", dijo. "No sólo por la ciencia, sino por algo más".

Klaus notó el intento de Emily de acercarse. "Emily", dijo, "estamos aquí por una razón. La pirámide contiene respuestas más allá de nuestros sueños más salvajes".

Emily apretó los puños. "Lo sé", respondió. "Pero a veces, Klaus, el amor es el mayor misterio de todos".

Emily la observó, dividida entre los celos y el asombro. Klaus se acercó, con la mirada fija en Sophie e Iván. "Emily", dijo en voz baja, "a veces el amor es el mayor descubrimiento de todos".

Conversaciones estelares

La cubierta de observación se convirtió en su santuario, un lugar donde la luz de las estrellas pintaba su piel y el zumbido de la nave se desvanecía en el fondo. Emily se apoyó en la ventana transparente, con los ojos fijos en los lejanos puntos de luz. Klaus estaba a su lado, con su mente analítica momentáneamente silenciada por la inmensidad del espacio. "¿Alguna vez te has preguntado", empezó Emily, con voz suave, "qué hay más allá de las estrellas? ¿Qué secretos esconde el universo?

Klaus tuvo la sensación de que Emily se burlaba un poco de él con aquella pregunta. Estudió su perfil: la curva de su mandíbula, las pecas que espolvoreaban sus mejillas. "Me lo pregunto", admitió. "Pero siempre he creído que las respuestas están en las ecuaciones, en los datos. No en la poesía del cosmos".

"Ah, pero la poesía también puede desvelar verdades", rebatió Emily. "La forma en que se arremolina una nebulosa, el nacimiento y la muerte de las estrellas, todo forma parte de una gran narrativa".

"Las narraciones no alimentan cohetes". dijo Klaus, pero había un atisbo de curiosidad en sus ojos. "¿Cuál es tu constelación favorita, Emily?".

Ella sonrió. "Orión. El Cazador. Es como un guerrero cósmico, siempre persiguiendo a las Pléyades por el cielo".

"¿Y tú?" preguntó Emily, devolviéndole la pregunta.

Klaus vaciló. "Casiopea", dijo finalmente. "La reina. Desafió a los dioses y pagó el precio. Un cuento con moraleja". "O tal vez una historia de coraje", reflexionó Emily. "Desafiar al destino, alcanzar lo inalcanzable".

Estaban allí de pie, dos científicos con corazones tan vastos como el universo. Los dedos de Emily rozaron los de Klaus y él no se apartó. "Quizá", dijo, "todos perseguimos nuestras propias constelaciones, nuestras propias verdades".

"¿Y cuál es tu verdad, Klaus Müller?" susurró Emily.

Él se inclinó más hacia ella y su aliento le llegó al oído. "Que el cosmos es más que ecuaciones", murmuró. "Que, a veces, el amor desafía la gravedad".

Momentos prohibidos

Los pasillos de la nave estaban poco iluminados y el zumbido de la maquinaria era un compañero constante. Emily y Klaus encontraban consuelo en estos espacios ocultos, sus momentos robados lejos de miradas indiscretas. Se reunían después de sus turnos, con el corazón acelerado mientras se apoyaban en las frías paredes de metal.

"Klaus", susurró Emily, su aliento cálido contra su mejilla. "No podemos seguir haciendo esto".

Él la acercó más, su mente analítica silenciada por el deseo. "Lo sé", murmuró. "Pero el amor desafía la lógica, Emily". Y entonces sus labios se encontraron, una colisión prohibida de anhelo y necesidad. Emily sabía a polvo de estrellas y Klaus se perdió en ella. Se exploraron mutuamente -la curva de su columna vertebral, las pecas de su cara- hasta que la gravedad artificial de la nave amenazó con separarlos. Pero Wei siempre estaba ahí, observando desde las sombras. Acorralaba a Klaus durante las comidas, entablaba debates técnicos con él y le invitaba a sus aposentos. "Somos exploradores", dijo. "Corremos riesgos".

Y así, Klaus se encontró dividido entre dos mujeres: la brillante geóloga que encendía su pasión y la ambiciosa ingeniera que desafiaba su mente. La risa de Emily resonaba en sus sueños, pero las promesas susurradas de Wei le perseguían.

"Klaus", dijo Wei, con voz grave y seductora. "Estamos a punto de descubrir algo. ¿No quieres que desentrañemos juntos los misterios del universo?".

Dudó, dividido entre la ambición y el deseo. Pero cuando Emily le besó bajo las estrellas, lo supo: estaba perdido. El amor había desafiado a la gravedad y ellos estaban atrapados en su atracción.

Y así, en aquellos momentos prohibidos, sus corazones se convirtieron en cuerpos celestes que chocaban, ardían y dejaban estelas de luz en la inmensidad del espacio.

El baile marciano

El salón de baile era improvisado, una fusión de elegancia terrestre y minimalismo marciano. La tripulación había transformado la bodega de carga en un espacio resplandeciente, con telas brillantes y estrellas holográficas. Emily llevaba un vestido carmesí que se ceñía a sus curvas, y Klaus tomó prestado un traje que le hacía parecer más elegante de lo que cualquier científico tenía derecho a ser.

Wei entró deslizándose, con los ojos fijos en Klaus. Su vestido era azul noche y llevaba el pelo recogido en un complicado moño. Se movía con elegancia, con pasos calculados. "Que gane el mejor científico", dijo, con una sonrisa demasiado dulce.

A Emily se le aceleró el corazón. Había bailado con Klaus en la plataforma de observación, pero esto era diferente: una declaración pública de deseo. Mientras la música giraba a su alrededor, cogió la mano de Klaus y entraron en la pista de baile holográfica.

"Eres un científico brillante", murmuró Wei, interrumpiendo. "Pero el amor requiere estrategia".

Emily apretó con fuerza a Klaus. Había estudiado geología marciana, pero este era un terreno diferente: un campo de batalla de corazones. Klaus dudó, dividido entre la ambición y el anhelo. Su mente analítica calculaba los riesgos, pero su corazón anhelaba algo más. El baile fue una colisión de deseo y rivalidad. El vestido carmesí de Emily rozaba el traje de Klaus, y el vestido azul noche de Wei giraba en elegantes círculos. La tripulación observaba: sus compañeros astronautas, el comandante Harris, incluso la IA de la nave, todos curiosos espectadores de este drama cosmico.

"Elige", susurró Emily a Klaus. "Elige las estrellas o las ecuaciones. Elígeme a mí".

Los ojos de Wei se clavaron en él. "Somos exploradores", dijo. "Corremos riesgos. Y el amor es el mayor riesgo de todos".

Y entonces Klaus hizo algo inesperado. Tiró de ambas mujeres en sus brazos - un abrazo celestial. "Tal vez", dijo, "podamos ex-plorar el amor juntos".

Y así, bajo las constelaciones holográficas, bailaron: un trío de corazones enredados en la gravedad de sus deseos acabaron en un ménage à trois. Las estrellas observaban, sus antiguos secretos susurraban a través de las paredes. El amor desafió a la lógica y, en ese momento, eran más que astronautas: eran aventureros cósmicos.

Rivalidad celeste

Los motores del Ares Horizon zumbaban con tensión. Emily y Wei habían compartido secretos susurrados y besos robados, pero ahora su relación había cambiado. Ya no eran amantes, eran rivales. Klaus era el punto de apoyo y la causa de su discordia celestial. Su mente analítica había diseccionado misterios científicos, pero era su presencia la que encendía la rivalidad. Emily le observaba desde el otro lado del laboratorio, con el pelo rojo echado hacia atrás en señal de frustración. Klaus estaba absorto en su investigación, despreocupado y ajeno a la colisión cósmica que se estaba gestando a su alrededor.

Wei, menuda y decidida, se acercó a Klaus durante un descanso. "Profesor Müller", le dijo, con voz dulce como la miel marciana, "¿ha considerado las implicaciones de la función de la pirámide?".

Klaus levantó la vista y entrecerró los ojos azules. "He estado analizando los datos", respondió. "Pero no necesito distracciones".

Emily, incapaz de resistirse, se unió a la conversación. "¿Distracciones como nuestros recuerdos compartidos?", bromeó. "¿O la forma en que los dedos de Wei trazaban constelaciones sobre mi piel?".

Las mejillas de Wei se sonrojaron y la mandíbula de Klaus se tensó. "Somos profesionales", dijo. "Nuestra misión es...

"- desentrañar secretos marcianos", remató Emily. "¿Pero qué hay de los secretos entre nosotros?".

Enfrentamiento estelar

La rivalidad fue en aumento. Emily y Wei competían por la atención de Klaus: miradas sutiles, debates intelectuales y discusiones nocturnas sobre artefactos extraterrestres. Klaus, dividido entre el deber y el deseo, se sentía atraído por ambas mujeres.

Una noche, Emily acorraló a Klaus en la plataforma de observación. "Nos estás evitando", le dijo. "¿Por qué?

Klaus vaciló. "Esta misión..."

"- más que ciencia", interrumpió Emily. "Somos ecos de Marte, ¿recuerdas? Nuestros corazones laten con la misma curiosidad que impulsó a las antiguas civilizaciones".

Wei, que espiaba desde las sombras, se adelantó. "Klaus", dijo, con voz temblorosa, "¿a quién eliges?".

Klaus estudió sus rostros: la ardiente geóloga y la enigmática ingeniera. "Elijo el conocimiento", dijo finalmente. "La estructura de las moléculas de esta sonda: ellas tienen la clave".

El corazón de Emily se hizo añicos. Se retiró a sus aposentos con lágrimas que le nublaban la vista. Wei la siguió, con su pequeño cuerpo lleno de determinación. "No podemos dejar que nos destruya", susurró.

Emily se secó las lágrimas. "Somos exploradores", dijo. "Pero también somos humanos". Juntos idearon un plan. Mientras Klaus trabajaba hasta tarde una noche, haciendo análisis químicos, se enfrentaron a él. "Elige", exigió Emily. "Nosotros o tus experimentos".

Klaus dudó, dividido entre el amor y el deber. "Yo...", empezó.

Pero Wei se adelantó, con ojos fieros. "Nos elegimos a nosotros mismos", dijo. "Nuestros corazones, nuestros deseos".

Y así, sabotearon el experimento químico, una traición cósmica. Klaus observó horrorizado la disolución de su sonda. Se quedó sin palabras, algo poco habitual en él, que era tan erudito y elocuente. Estaba completamente conmocionado. Tras unos instantes, sacudió la cabeza con resignación y dijo:"¿Sabes lo que acabas de hacer?"

A medida que la nave se acercaba a Marte, la tensión se mantenía. Emily y Wei estaban sentados juntos, con los dedos entrelazados. Klaus, antes su centro, era ahora un eco, una estrella lejana que se desvanecía en el fondo cósmico.

"Hicimos lo que teníamos que hacer", dijo Wei en voz baja.

Emily asintió. "¿Pero a qué precio?"

Y así, la rivalidad celeste dejó cicatrices: su amor fracturado, sus corazones resonando con pesar.

Y así, los tres astronautas se acercaron a Marte, con su danza cósmica alterada para siempre.

La "rivalidad celestial" entre las dos mujeres sería un cuento con moraleja: un recordatorio de que, incluso entre las estrellas, el amor puede arder tanto como consume.

Capítulo 5: Descenso
Aproximación a Marte

A medida que Marte crecía en el visor, la excitación de la tripulación se intensificaba. Se apiñaron alrededor de los paneles de control, practicando simulaciones de aterrizaje. El suelo marciano -rojo y misterioso- ya no era un concepto abstracto; era el suelo que pronto tocarían.

Ya está aquí.

Marte, el cuarto planeta desde el Sol, está acompañado en su viaje celeste por dos pequeñas e intrigantes lunas: Fobos y Deimos. Estas lunas, bautizadas con los nombres de los dioses griegos del miedo y el terror, respectivamente, son muy diferentes de la Luna terrestre y ofrecen una visión única de los misterios de nuestro sistema solar. Fobos es la luna más grande, mientras que Deimos es más pequeña, está más alejada y se ve menos afectada por las fuerzas gravitatorias de Marte, por lo que su órbita es más estable. A diferencia de Fobos, Deimos tiene una superficie más lisa y con menos cráteres, probablemente debido a una capa de regolito, o escombros sueltos, que cubre la luna. Sus cráteres más grandes son mucho más pequeños que los de Fobos, y su aspecto general es más apagado, con menos rasgos prominentes.

Navegando por el campo gravitatorio marciano

A medida que el Ares Horizon se acerca a Marte, pasa de un crucero constante por el vacío del espacio a una intrincada danza con la gravedad del planeta. La aproximación está meticulosamente calculada y requiere ajustes precisos de la trayectoria del Ares Horizon para garantizar que entra en el campo gravitatorio marciano con el ángulo y la velocidad correctos. El más mínimo error de cálculo puede suponer la diferencia entre una inserción en órbita satisfactoria y un fracaso catastrófico.

Inserción orbital: La maniobra crítica

La fase más crítica de la entrada en la órbita de Marte es la maniobra de inserción orbital. Consiste en encender el motor principal del Ares Horizon para ralentizarlo lo suficiente como para ser capturado por la gravedad de Marte. Este encendido, que suele durar varios minutos, se realiza con una precisión similar a la de enhebrar una aguja a millones de kilómetros de distancia. Durante este tiempo, la comunicación con la Tierra suele ser limitada debido al tiempo que tardan las señales en viajar a través de grandes distancias, lo que añade un elemento de sus-penso y tensión.

Experiencia visual y sensorial: El encuentro con Marte

La experiencia visual y sensorial es impresionante para toda la tripulación. Desde el espacio, Marte se perfila como un gran orbe de color óxido con características superficiales distintivas como el enorme volcán Olym-pus Mons, el vasto cañón Valles Marineris y los casquetes polares. A medida que el Ares Horizon se acerca, estas características se vuelven más definidas, ofreciendo una vista sin igual.

En el interior del Ares Horizon, la tripulación sentía las sutiles vibraciones y oía el zumbido de los motores mientras ejecutaban el encendido. Las pantallas de la cabina mostraban datos en tiempo real, proporcionando un flujo constante de información sobre la posición, velocidad y trayectoria de la nave espacial.

Entrar en la órbita de Marte es un logro monumental que epitomiza la cumbre de la ingeniería humana, la curiosidad científica y la búsqueda incesante de explorar lo desconocido. Este proceso, aunque profundamente arraigado en la física compleja y los cálculos precisos, es también un viaje marcado por el asombro, la anticipación y la profunda comprensión del lugar que ocupa la humanidad en el cosmos.

Sophie, con su pelo rubio flotando en la microgravedad, se inclinó hacia Iván. "Iván", susurró, "¿tocarás la guitarra para los marcianos?".

Él sonrió, ajustándose la correa de su guitarra acústica. "Tal vez", respondió. "Pero, ¿quién nos dice que no tendrán su propia música? Quizá nos enseñen una melodía que nunca hayamos oído".

La tripulación se preparó para trasladarse a la Mars Lander.

Aterrizaje

Durante su descenso, el módulo de aterrizaje en Marte se enfrentó a varios retos en su camino hacia la superficie marciana.

Durante los primeros 25 segundos del descenso en paracaídas, el módulo de aterrizaje eyectó su escudo térmico. El escudo térmico protegió al módulo de aterrizaje durante la entrada en la atmósfera, pero tuvo que ser desechado para permitir que los instrumentos del módulo de aterrizaje funcionaran con eficacia. Unos dos minutos después de que se abriera el paracaídas y un minuto antes del aterrizaje. El módulo de aterrizaje extendió sus tres patas. Estas patas proporcionaron estabilidad y garantizaron un aterrizaje seguro en la superficie marciana.

A medida que descendía, la nave utilizaba un radar para detectar su velocidad y medir la distancia al suelo. Estos datos en tiempo real permitieron al módulo de aterrizaje ajustar su trayectoria de descenso y garantizar un aterrizaje preciso.

El módulo de aterrizaje debía evitar peligros potenciales, como grandes rocas, cráteres o terrenos irregulares. Los sensores y algoritmos de a bordo le ayudaron a tomar decisiones en tiempo real para evitar cualquier obstáculo peligroso.

La delgada atmósfera de Marte planteó problemas durante el descenso. El módulo de aterrizaje tuvo que confiar en su paracaídas y en los retrocohetes para frenar eficazmente sin quemarse o estrellarse.

El módulo de aterrizaje se comunicó con la Tierra a través de los satélites de retransmisión en órbita marciana. Sin embargo, el retraso en las comunicaciones (debido a la gran distancia) obligó al módulo de aterrizaje a ejecutar el descenso de forma autónoma siguiendo instrucciones preprogramadas. El retraso medio de las comunicaciones en un solo sentido es de unos 12,5 minutos, dada la distancia media de 225 millones de kilómetros.

La superficie marciana se extendía ante ellos, una extensión estéril de arena color óxido y rocas dentadas. El comandante Harris entrecerró los ojos a través de la ventana del módulo de aterrizaje, con el corazón latiéndole a mil por hora. Dirigía un equipo de astronautas de élite en la misión más importante de la historia de la humanidad: la exploración de una antigua pirámide marciana. Se trataba de Marte, el planeta que había perseguido los sueños de la humanidad durante siglos. El módulo de aterrizaje marciano se estremeció al atravesar la fina atmósfera, con las llamas lamiendo su escudo térmico. El comandante Harris agarró el yugo de control con los nudillos blancos. El descenso era siempre la parte más peligrosa de cualquier misión, pero ésta era diferente. Había pilotado misiones de combate en los cielos de la Tierra, pero esto era diferente. Marte era implacable, una belleza desolada que escondía bien sus secretos.

A su lado, Emily se ajustaba la cinta roja del pelo y sus brillantes ojos verdes escrutaban el horizonte. Como geóloga del equipo, estaba ansiosa por descubrir los secretos ocultos bajo el suelo marciano. Había estudiado cada píxel del terreno marciano desde la órbita. Ahora estaba a punto de aterrizar en su superficie.

"Tranquilo, Comandante", la voz de Emily crepitó por el intercomunicador. "Estamos entrando en la fase final". Llevaba el pelo rojo recogido en un moño apretado y sus ojos verdes brillaban con determinación.

El comandante Harris ajustó los propulsores, guiando el módulo de aterrizaje en Marte hacia el lugar de aterrizaje designado: el cráter Bamberg, un importante hito geográfico en la región de Cydonia Mensae. El cráter Bamberg está cerca de un antiguo sistema de cañones. El sistema de cañones específico de Cydonia Mensae no tiene un nombre propio y conocido, como ocurre con los grandes accidentes marcianos, como el Valles Marineris, situado en el ecuador de Marte. Los valles y cañones de esta región suelen denominarse colectivamente como parte del terreno de Cydonia Mensae. Iván se ajustó el casco. Luego hizo crujir sus nudillos y flexionó sus fuertes brazos. Su atlético cuerpo se tensó contra las ataduras. Sus conocimientos médicos serían cruciales en este duro entorno. "Ya casi hemos llegado", dijo, con un acento muy marcado. "Recuerda el entrenamiento".

Wei comprobó sus instrumentos, su pequeña estatura ocultaba la fuerza que llevaba dentro. "Todos los sistemas en marcha", confirmó, sus ojos se encontraron con los de Klaus, que asintió con una tranquila seguridad.

"Aterrizaje en T menos 60 segundos", anunció Iván, con voz firme a pesar de la tensión palpable que llenaba la cabina.

Sophie se inclinó hacia delante en su asiento. "Ha llegado el momento", susurró. "El momento que todos estábamos esperando".

A su lado, Wei murmuró una oración en mandarín. Golpeó nerviosamente la consola con los dedos. Había pasado incontables horas descifrando los antiguos jeroglíficos marcianos que adornaban la pirámide que estaban a punto de explorar. Los símbolos prometían respuestas que podrían cambiar la historia de la humanidad.

Los propulsores del módulo de aterrizaje se encendieron, levantando una nube de polvo rojo. La superficie se precipitó hacia ellos: un mosaico de cráteres y antiguos cauces fluviales. Si los cráteres tenían su origen en el impacto de un meteorito o de un volcán, como habían aprendido con la conferencia de Emily, no se podía distinguir a esta velocidad. El corazón del comandante Harris latía con fuerza mientras guiaba el módulo de aterrizaje hacia una llanura.

El sol colgaba bajo, proyectando sombras alargadas sobre el árido paisaje. El tren de aterrizaje de la lanzadera se extendió y el polvo marciano se arremolinó al aterrizar.

Cuando el polvo se asentó, el equipo se desató y se puso en pie. La esclusa se abrió y pisaron suelo marciano. El cielo era rosa pálido y el sol un lejano disco naranja. Estaban a punto de hacer historia.

El silencio que siguió fue profundo.

El comandante Harris fue el primero en salir y sus botas se hundieron en el suelo rojizo. Los demás le siguieron, y sus cascos reflejaron el mundo alienígena que les rodeaba.

Iván salió, oteando el horizonte. El panorama le dejó sin palabras.

Wei se ajustó los auriculares del traductor. Estaba demasiado ocupada para disfrutar del paisaje. Quería cumplir su misión y no olvidarse de nada. Sophie contuvo la respiración. Sentía emoción, pero también miedo a lo desconocido que se avecinaba al mismo tiempo.

A diferencia de Sophie, Klaus se mantuvo frío y dispuesto a emprender la tarea sin vacilar. Aferró su bloc de datos.

"Bienvenido a Marte", dijo el comandante Harris, con la voz resonando en el interior del casco.

Emily, la Primera Oficial, se unió al comandante Harris en la escotilla exterior. "Lo hemos conseguido", dijo. "Ahora somos los únicos humanos en Marte".

Ahora Iván, el Segundo Oficial, se unió a ellos y dijo eufórico:"Averigüemos qué secretos esconde este planeta".

El comandante Harris asintió. "Pero, ¿qué nos espera aquí? ¿Qué dejaron atrás los antiguos marcianos?".

Tenían sus órdenes: explorar, recoger muestras y buscar señales de vida pasada. Pero el comandante Harris sintió que había algo más, una corriente subterránea del destino que les empujaba hacia los secretos marcianos. En el borde del cráter Bamberg, los astronautas tuvieron una impresionante vista del sistema de valles y desfiladeros. Este extraño paisaje será su nuevo hogar durante los próximos meses.

Mientras el polvo levantado por el aterrizaje seguía asentándose, Wei señaló el lejano horizonte. "¡Comandante, mire!"

El comandante Harris entrecerró los ojos. Allí, semienterrada en la arena, había una pirámide de cinco lados.

Y así, con el corazón lleno de expectación, partieron hacia la lejana pirámide, reliquia de una antigua civilización desaparecida hacía eones. Los vientos marcianos susurraban sus secretos y los astronautas avanzaban dispuestos a desentrañar los misterios del planeta rojo.

La tripulación era muy consciente de que éste sería un viaje que pondría a prueba su determinación, desafiaría sus creencias y revelaría los ecos de una civilización perdida en el tiempo.

Capítulo 6: El nuevo hogar

La pirámide de necesidades

Fue una caminata agotadora para los seis astronautas, pero ya se habían entrenado para ello en la Tierra durante meses.

Sin embargo, la gravedad en Marte, que es aproximadamente un tercio de la de la Tierra, ofrece tanto ventajas como desafíos para el rendimiento físico y la resistencia del ser humano. Aunque el peso reducido facilita el movimiento y ciertas tareas físicas, las implicaciones a largo plazo para la salud, como la atrofia muscular, la pérdida de densidad ósea y el desacondicionamiento cardiovascular, plantean retos importantes.

El cuerpo humano es muy adaptable y, con el tiempo, las personas que vivan en Marte podrán aclimatarse a la baja gravedad. Las rutinas de ejercicio diseñadas para imitar los efectos de la gravedad terrestre, como el entrenamiento de resistencia y el uso de equipos de ejercicio especialmente diseñados, han sido realizadas regularmente por todos los miembros de la tripulación durante los vuelos espaciales para ayudar a mantener la salud muscular y ósea. Se han establecido protocolos de rehabilitación obligatorios para el regreso a la Tierra tras largos periodos en Marte, ya que el cuerpo tendría que reajustarse a la mayor atracción gravitatoria de la Tierra.

Parecía que iba a pasar un tiempo interminable antes de que se acercaran a su destino real o "región de interés", como Emily la había llamado en su conferencia anterior: el volcán con la pirámide adyacente. Lenta pero inexorablemente, en el horizonte podían distinguir su hábitat y el vehículo de retorno a Marte (MRV), que debía llevarlos de vuelta a la órbita del Horizonte Ares. Estas cosas ya habían sido transportadas allí antes de su misión tripulada de hacía varios años.

Con el hábitat, era vital que los sistemas de soporte vital funcionaran y que los suministros fueran entregados sin daños por las sondas no tripuladas. De lo contrario, pasarían hambre y morirían de sed.

Los sistemas de la MRV también deben funcionar de forma fiable, de lo contrario quedarían atrapados aquí en el planeta. La energía se suministraría a través de paneles solares con baterías de reserva que no deberían estar rotas ni cubiertas por el polvo. Además, el MRV (con una tripulación habitual de 4 a 6 astronautas) debe proporcionar un sistema de soporte vital de 48 horas para el ascenso y el encuentro en órbita.

La producción de combustible en Marte para el MRV funciona mediante la reacción de Sabatier y la electrólisis de óxidos sólidos. Estos procesos aprovechan el abundante CO_2 de la atmósfera marciana y los recursos hídricos para producir metano y oxígeno, proporcionando una solución sostenible para las misiones de retorno a la Tierra y apoyando la presencia humana a largo plazo en Marte.

Sin embargo, la tecnología debe funcionar perfectamente a pesar de condiciones adversas como las tormentas de arena y la exposición a una intensa radiación ultravioleta en un planeta sin una atmósfera digna de mención como escudo protector. Las tormentas de arena marcianas son una característica notable del clima del planeta, se producen con regularidad y a veces a escala global. Aunque la delgada atmósfera del planeta limita la fuerza de los vientos en comparación con la Tierra, las finas partículas de polvo y las condiciones atmosféricas permiten una importante y frecuente actividad de tormentas de polvo.

Hablando del diablo, se acercaba una tormenta...

El comandante Harris fue el primero en llegar al hábitat seguido de las ingenieras que le respaldaban: Emily y Wei.

Al unísono, las ingenieras encendieron literalmente una luz roja antes de arrancar los sistemas y emitieron un sonido inconfundible:"¡Alto!".

Emily dijo:"Primero tenemos que hacer la prueba del sistema primario. Cuando todo funcione bien, daremos el pistoletazo de salida".

Tras realizar la primera prueba, levantaron los pulgares y dijeron a coro:"¡Comprobado!" y "¡Adelante!".

La esclusa liberó a sus pasajeros en una atmósfera respirable a temperatura ambiente. La temperatura exterior media en Marte es de aproximadamente -63°C (-81°F). Antes de que se quitaran los cascos, Iván agarró inesperadamente a Sophie por detrás y le gritó:"¡Para, Sophie!". Ella se asustó y gritó. "¿Qué pasa con el monstruo alienígena de ahí?".

Cuando Sophie vio que se había burlado de ella, le apartó con rabia.

El comandante Harris frunció el ceño y se quitó el casco. "Muy bien, tortolitos. Ahora déjense de juegos de parvulario, tenemos una misión seria que atender".

Debido a la tormenta que se avecinaba, decidieron no comprobar todavía el MRV, sino sentarse en su hábitat. Afortunadamente, todos los paquetes de alimentos habían llegado intactos.

De este modo, las necesidades básicas de la famosa jerarquía de necesidades de Maslow, a menudo representada como una pirámide, estaban aseguradas: tenían un refugio con camas para dormir, aire para respirar, comida y agua. Y todos estaban sanos y salvos, sin heridas.

Todo lo demás era puro lujo por el momento.

Resolver un dilema

El hábitat marciano zumbaba con los sistemas de soporte vital, pero no era inmune a los fallos. En primer lugar, los miembros de la tripulación se sintieron aliviados de que los sistemas primarios parecieran funcionar correctamente. Sin embargo, una fatídica noche, los sistemas automatizados del hábitat fallaron. Las luces parpadeaban y la temperatura descendía vertiginosamente. Las ingenieras del equipo, Emily y Wei, descubrieron rápidamente la causa: una de las unidades de calefacción del hábitat funcionó mal debido a un sensor defectuoso en un compartimento de la litera. La temperatura descendió rápidamente, poniendo en peligro el bienestar de la tripulación. Las ingenieras se apresuraron a encontrar el problema, pero la reparación tardaría horas. Mientras tanto, se formaba escarcha en las paredes y el aliento de la tripulación flotaba en el aire como volutas fantasmales. Por lo tanto, necesitaban aislar y apagar este compartimento de literas defectuoso.

El comandante Harris dijo:"Ahora tenemos que resolver el siguiente dilema: somos seis astronautas, pero sólo hay cinco camas disponibles. ¿Quién sacará la pajita más corta?".

Sorprendentemente, Emily sugirió:"Yo me sacrificaré, dormiré con Wei". Wei siseó de rabia.

Klaus se rió a carcajadas y dijo:"Wei, esto era ironía y el sentido del humor británico de Emily".

Emily se alegró al ver que Klaus entendía su humor y le guiñó un ojo. Todavía no le había perdonado su rechazo amoroso tras la "Rivalidad Celestial", aunque en secreto volvía a tener esperanzas.

El comandante Harris tomó la palabra:"Así que debemos establecer un sistema de rotación en el que cada persona se turne para dormir en una cama".

Sophie se estremeció, envolviéndose en una manta térmica. "Iván, la calefacción no funciona. Hace mucho frío aquí". Iván, igual de helado, asintió:"Tenemos que conservar el calor corporal. Una litera compartida es nuestra mejor opción".

Sophie se adelantó y dijo:"En absoluto. Como todos sabéis, Iván y yo estamos juntos, así que estaremos juntos en la cama. Problema resuelto".

Iván asintió y dijo de buena gana:"Lo que haces por el país y la misión...".

Subieron a la estrecha litera, con la respiración visible en el aire gélido. El pelo rubio de Sophie se desparramaba por la almohada, y los ojos marrones de Iván contenían una mezcla de preocupación y determinación.

"Trabajo en equipo, ¿verdad? dijo Sophie, castañeteando los dientes.

"Por supuesto", respondió Iván. "Sobreviviremos a esto juntos".

Mientras se acurrucaban, compartiendo calor y susurrando historias, Sophie se dio cuenta de que a veces la adversidad forjaba los lazos más fuertes. El mal funcionamiento del hábitat los había acercado, literal y metafóricamente.

Y así, bajo el cielo marciano, Sophie e Iván encontraron consuelo en su litera compartida, sus corazones se descongelaron incluso cuando la temperatura cayó en picado.

Sophie e Iván compartían litera, mientras que sus compañeros mantenían sus literas individuales.

El cielo marciano había estado engañosamente tranquilo: una extensión azul pálido que se extendía infinitamente. Pero al tercer día, a medida que la tripulación se alejaba de su hábitat en dirección a la pirámide marciana, el horizonte volvió a oscurecerse. Emily fue la primera en advertirlo: un lejano muro de polvo que se alzaba como una bestia espectral.

"Tormenta aproximándose", advirtió, con su voz crepitando por la radio. Los astronautas retrocedieron en busca de refugio. Al comandante Harris se le aceleró el corazón. Se habían entrenado para esto, pero las simulaciones no podían captar la furia de una tempestad marciana.

El viento aullaba, azotando finas partículas contra sus visores. La visibilidad se redujo a escasos metros. Klaus tropezó, los sensores de su traje detectaron cambios de presión. "¡Agárrate!", gritó, agarrándose a una roca.

La tormenta se los tragó enteros. Las herramientas geológicas de Emily desaparecieron en la vorágine. Emily se aferró al cable que la unía al habi-tat. La mente ingeniera de Wei calculó la tensión de sus trajes.

Y Sophie cantó. Su voz cortó el caos, una frágil melodía contra los elementos furiosos. "Seguimos aquí", cantó, "sofocando la ira de Marte".

Las horas se hicieron eternas. La tormenta azotaba su hábitat, con sus gemidos. La guitarra de Iván yacía abandonada, enterrada bajo la deriva roja. Pero aguantaron, seis almas aferradas a la vida, a un propósito. Cuando por fin amainó la tempestad, emergieron. El paisaje había cambiado: el lecho del río borrado, las rocas reordenadas. Los ojos de Emily se abrieron de par en par. "¡Mira!", dijo señalando. Se había abierto una fisura que revelaba capas de historia marciana: un diario geológico grabado por el viento y el tiempo.

Estaban al borde de la revelación, maltrechos pero intactos. Marte les había puesto a prueba y habían sobrevivido. Cuando el polvo se asentó, el comandante Harris susurró:"Seguimos siendo pioneros".

Y el planeta rojo susurró de vuelta, con secretos arremolinándose en su fino aire.

Capítulo 7: La pirámide marciana

El amanecer marciano proyectaba un resplandor rojizo sobre la antigua pirámide, cuyos cinco lados se alzaban majestuosamente desde el suelo del desierto. La estructura, parcialmente sepultada por el polvo y el tiempo, se cernía sobre los astronautas, un testamento silencioso de una civilización olvidada... El equipo, ya completamente aclimatado a su entorno, se preparó para su primera exploración a fondo del enigmático edificio.

El comandante Harris se situó en la base de la pirámide, con su imponente figura recortada contra el sol naciente. "Muy bien, equipo. Hagamos historia".

El exterior: Arquitectura impresionante

La pirámide, de casi 60 metros de altura, estaba construida con enormes bloques de una piedra negra vidriosa y desconocida. Estos bloques, encajados con tal precisión que ni siquiera una partícula de polvo marciano podría deslizarse a través de ellos, daban a la estructura una apariencia sin fisuras. Cada uno de los cinco lados de la pirámide estaba adornado con intrincadas tallas y jeroglíficos, cuyo significado se había perdido en el tiempo, pero cuya artesanía era evidente en cada detalle.

Emily, con sus instrumentos geológicos preparados, se acercó a la pirámide con una mezcla de reverencia y emoción. "La piedra utilizada aquí no se parece a nada que haya visto. No es originaria de Marte". Klaus, intrigado, se agachó junto a ella para examinar la roca. "Es casi como si hubiera sido importada, lo que implica un nivel avanzado de tecnología. Fascinante".

La superficie de la pirámide, aunque desgastada por milenios de exposición a los duros elementos marcianos, aún conservaba un brillo pulido. La superficie lisa, casi reflectante, captaba la luz de un modo que hacía que toda la estructura pareciera brillar desde dentro. A lo largo de la base, la piedra estaba cubierta de una fina capa de polvo marciano, que el equipo retiró con cuidado para revelar más detalles de las inscripciones.

Símbolos y jeroglíficos

Wei, ansiosa por demostrar su valía, se unió a Emily y Klaus, y su pequeña estatura quedó empequeñecida por las enormes piedras. "Tenemos que documentar todos los detalles. Los jeroglíficos podrían darnos pistas sobre su civilización".

Emily y Wei intercambiaron una mirada, su rivalidad anterior había desaparecido por su curiosidad compartida. Empezaron a registrar metódicamente las inscripciones, rozándose las manos de vez en cuando mientras trabajaban codo con codo.

Los jeroglíficos, grabados profundamente en la piedra, representaban escenas de la vida cotidiana, mapas celestes e intrincados patrones geométricos. Algunos de los símbolos eran familiares y se asemejaban a antiguas lenguas terrestres de origen sumeria y egipcia, como había expuesto Wei en su conferencia, mientras que otras inscripciones eran totalmente extrañas. Estas tallas contaban historias de una próspera sociedad marciana, sus notables logros y los enigmáticos misterios que definían su civilización.

Escenas de la vida cotidiana

Las secciones inferiores de la pirámide estaban adornadas con detalladas representaciones de la vida cotidiana en el antiguo Marte.

detalladas de la vida cotidiana en el antiguo Marte. Las tallas mostraban a seres marcianos, de forma humanoide pero con extremidades alargadas y ojos grandes y expresivos, dedicados a diversas actividades.

Agricultura y recolección:

Los marcianos cultivaban vastos campos de extrañas plantas tubulares que crecían en el árido suelo marciano. Utilizaban herramientas avanzadas que emitían haces de luz que parecían animar a las plantas a crecer. También había escenas de festivales de la cosecha, en los que los marcianos celebraban la abundancia de su tierra con música, danza y banquetes comunales.

Emily, fue la primera en hablar. "Las tallas muestran una sofisticada comprensión de su entorno. Las escenas agrícolas, en particular, sugieren que dominaban las técnicas para cultivar en el suelo marciano. Las herramientas que utilizaban emitían rayos de luz, posiblemente para estimular el crecimiento de las plantas. Esto implica que tenían conocimientos biotecnológicos avanzados".

Klaus asintió con la cabeza. "Ciertamente, Emily. Las plantas tubulares de-picadas no se parecen a nada en la Tierra, pero sus métodos de cultivo indican un alto nivel de agronomía. Si logramos entender estas técnicas, podríamos revolucionar nuestra forma de cultivar en entornos extremos, incluso en la Tierra".

Emily seguía muy concentrada en el trabajo de investigación, pero al mismo tiempo tuvo que admitirse a sí misma que los sentimientos de afecto hacia Klaus surgieron de nuevo en su interior.

Familia y estructura social:

Otro grupo de grabados representaba unidades familiares marcianas. Los padres

Los padres enseñaban a sus hijos, que parecían versiones reducidas de ellos mismos, su cultura y tradiciones. El énfasis en la comunidad y la transferencia de conocimientos sugiere una sociedad que valora la educación y la cohesión social.

Iván comentó estas representaciones de familias y estructuras sociales marcianas. "Estas tallas indican un fuerte énfasis en la comunidad y la educación. La transferencia de conocimientos era una piedra angular de su sociedad, lo que probablemente contribuyó a sus avances. Sus prácticas médicas, si es que alguno de los símbolos está relacionado con la asistencia sanitaria, podrían ir mucho más allá de lo que entendemos actualmente."

Emily añadió:"Las escenas familiares también sugieren que valoraban la cohesión social, lo que podría haber influido en su capacidad para alcanzar tales cotas tecnológicas y culturales."

Maravillas tecnológicas y arquitectónicas

Al subir por la pirámide, los grabados se centraron en los logros tecnológicos de los marcianos. Estas secciones ilustraban sus avanzados conocimientos de ingeniería y arquitectura.

Wei señaló una sección de grabados que mostraba los paisajes urbanos de los marcianos. "Sus ciudades eran obras maestras de la ingeniería. Las plataformas flotantes y los puentes interconectados sugieren que habían desarrollado tecnología antigravedad o algo similar. Fíjate en los conductos de energía: aprovechaban la energía del núcleo del planeta y la energía solar con una eficacia increíble".

Paisajes urbanos y estructuras:

Los marcianos vivían en extensas ciudades llenas de altísimas estructuras hechas de la misma piedra negra y vidriosa que la pirámide. Estos edificios estaban interconectados por intrincadas redes de puentes y pasarelas. Los grabados mostraban una bulliciosa vida urbana en la que los marcianos se desplazaban por senderos y plataformas flotantes por encima del suelo.

Fuentes de energía:

Varios paneles muestran a los marcianos aprovechando la energía del núcleo del planeta y del sol. Utilizaban dispositivos que parecían colectores solares y grifos geotérmicos. Un grabado especialmente detallado mostraba una gran central eléctrica rodeada de conductos que distribuían la energía a distintas partes de la ciudad.

Exploración celeste y astronomía

Las secciones superiores de la pirámide estaban dedicadas a la fascinación de los marcianos por las estrellas y su exploración del cosmos.

Mapas estelares y observatorios:

En la piedra estaban grabados intrincados mapas del cielo nocturno, que mostraban los conocimientos de los marcianos sobre constelaciones, planetas y acontecimientos celestes. Habían construido observatorios, representados como torres altas y esbeltas con grandes cimas esféricas, que posiblemente albergaban telescopios avanzados. Estos observatorios aparecían alineados con diversos cuerpos celestes, lo que indicaba la precisión de los cálculos astronómicos de los marcianos.

Iván se inclinó más cerca, su aliento empañó la visera de su casco. "Estos glifos", dijo, "hablan de alineación cósmica, de mapas estelares grabados en las mismas piedras".

Wei ajustó sus auriculares traductores. "Los marcianos entendían la navegación celeste", murmuró.

El comandante Harris estudió la base de la pirámide. "Estamos en el umbral del descubrimiento", dijo. "¿Qué hay dentro?"

Naves espaciales y viajes interplanetarios:

Una serie de tallas particularmente fascinantes representaban los esfuerzos de los marcianos en los viajes espaciales. Habían construido naves espaciales elegantes y aerodinámicas capaces de realizar viajes interplanetarios. Estas naves partían de grandes puertos espaciales y viajaban a otros planetas, lo que sugiere que los marcianos habían explorado ampliamente su sistema solar. Sophie estaba fascinada por las ilustraciones de naves espaciales. "Y sus capacidades de viaje espacial son asombrosas. Estas naves son elegantes, construidas para viajes interplanetarios. Si pudiéramos descifrar cómo propulsaban estas naves, podríamos adelantar décadas nuestros propios esfuerzos de exploración espacial".

Iván se unió a ella y dijo en un charme:"Bueno, ¿a dónde te gustaría que huyéramos juntos? ¿A la galaxia de Andrómeda?"

Sophie le guiñó un ojo tímidamente:"Me da igual, mientras no me dejes".

Iván hizo el gesto de un beso con la mano dirigido a ella desde su casco.

Prácticas culturales y espirituales

Las tallas también revelan la vida espiritual y cultural de los marcianos, aludiendo a sus creencias y rituales.

Templos y ceremonias:

Los marcianos construyeron grandes templos, representados con elevados arcos e intrincados mosaicos. En su interior celebraban ceremonias que parecían honrar acontecimientos celestes y fenómenos naturales. Las tallas mostraban a marcianos ataviados con elaboradas túnicas, reunidos en torno a altares y participando en danzas y cánticos rituales.

Jeroglíficos y textos sagrados:

Los jeroglíficos eran un testimonio del lenguaje escrito y el registro de los marcianos. Estos símbolos, que Emily y Wei documentaron minuciosamente, transmitían ideas y narraciones complejas.

Algunos paneles parecían funcionar como textos sagrados, relatando los mitos de la creación y la comprensión del universo por parte de los marcianos.

Misterios y símbolos enigmáticos

A continuación, el equipo centró su atención en los símbolos más misteriosos: las puertas y los guardianes.

Wei destacó una sección con los mapas celestes. "Estos mapas muestran una comprensión detallada del cosmos. Sus observatorios estaban alineados con los cuerpos celestes, lo que indicaba cálculos astronómicos precisos. Este conocimiento podría haber sido crucial para la navegación y quizás incluso para utilizar el portal".

El comandante Harris intervino:"El portal es el aspecto más intrigante. Estos grabados muestran a marcianos atravesándolo, lo que sugiere que era un portal a otros mundos o dimensiones. Si podemos entender cómo activarlo, podríamos desbloquear la capacidad de viajar grandes distancias instantáneamente."

El portal:

Varios grabados mostraban un misterioso portal, una gran estructura circular adornada con glifos y que brillaba con una luz interior. Se mostraba a marcianos atravesando este portal, lo que sugería que se trataba de un portal a otros mundos o dimensiones. La naturaleza y la función exactas de este portal seguían siendo un misterio tentador, que suscitaba un sinfín de especulaciones entre el equipo.

Los guardianes:

Otro motivo recurrente era la presencia de figuras de guardianes. Estos guardianes, siempre representados en parejas, vigilaban lugares y reliquias importantes. Parecían poseer una función protectora, quizás salvaguardando el conocimiento y los tesoros de la civilización marciana.

Klaus, observando las figuras de los guardianes, expresó sus pensamientos. "Estos guardianes -siempre representados en parejas- sugieren que desempeñaban un papel significativo en la protección de lugares y reliquias importantes. Podrían haber sido algo más que simbólicos; tal vez formaban parte de un avanzado sistema de seguridad".

El Gran Cataclismo - la Catástrofe:

Hacia la parte superior de la pirámide, los grabados tomaron un giro más oscuro, representando escenas de confusión y destrucción. Estos paneles mostraban un gran cataclismo que se abatió sobre los marcianos, con ciudades derrumbándose y el suelo abriéndose en canal. Los grabados sugerían que este suceso había provocado el declive de su civilización, pero la causa seguía sin estar clara, envuelta en capas de simbolismo y jeroglíficos crípticos.

La conversación se tornó sombría cuando examinaron las escenas que describían el gran cataclismo.

Emily habló en voz baja:"Estos grabados de destrucción muestran ciudades derrumbándose y el suelo abriéndose en canal. Los marcianos se enfrentaron a un acontecimiento catastrófico, pero la causa sigue sin estar clara. Podría haber sido natural, como un desplazamiento tectónico masivo, o algo totalmente distinto".

Iván añadió:"Comprender este cataclismo es crucial. Si fue un desastre provocado por los marcianos, tenemos que aprender de sus errores para evitar un destino similar a nuestras propias civilizaciones."

Sacar conclusions

Tras un agotador sol (un día marciano dura aproximadamente 24 horas y 39 minutos, es decir, un poco más que un día terrestre), la tripulación regresó al hábitat exhausta. Sin embargo, todos seguían cargados de adrenalina por los emocionantes descubrimientos.

Una vez instalados tras la cena conjunta, el comandante Harris resumió sus hallazgos:"Hemos descubierto una gran cantidad de información sobre una sofisticada y avanzada sociedad marciana. Sus logros en agricultura, tecnología y viajes espaciales son extraordinarios. Lo que más me ha fascinado es que, en la cúspide de su avanzada civilización, sufrieron una caída de origen desconocido. Nuestros próximos pasos deben centrarse en encontrar una forma de entrar en la pirámide".

Sophie asintió, con los ojos brillantes de determinación. "Estamos al borde de algo monumental. Asegurémonos de honrar su legado aprendiendo todo lo que podamos y aplicándolo sabiamente". Iván le apretó la mano en señal de apoyo.

Emily y Wei compartieron una mirada decidida. "De acuerdo", dijo Emily. "Y creemos que hemos encontrado una pista para entrar, pero hay que indagar mucho". Klaus hizo un enlace secreto con Emily y ambos sabían que no podían exteriorizar sus próximos sentimientos delante de los demás, en particular de Wei, mientras estuvieran encerrados aquí. Así que poco después de la sesión vespertina del sol todos se fueron a dormir. Se metieron en sus compartimentos separados, mientras Sophie e Iván yacían entrelazados en su litera compartida.

Bueno, no todos se estaban durmiendo. Emily seguía conmovida por las emociones que habían vuelto a aflorar y pensaba permanentemente en Klaus. ¿Cómo le había vuelto a pasar? No podía dar una explicación razonable.

Capítulo 8: La cara de piedra alienígena

Al día siguiente, el equipo se puso manos a la obra con una renovada concentración y un sentimiento de unidad, impulsado por la certeza de que sus descubrimientos en Marte podrían dar una nueva forma a la comprensión de la humanidad sobre el universo y su lugar en él. Emily y Wei, con sus conocimientos conjuntos de ingeniería y arquitectura de la historia antigua de la Tierra, buscaron el lado más probable para encontrar una puerta de entrada.

Iván y Sophie, por su parte, rodearon la estructura en busca de la entrada. Su incipiente romance daba ligereza a sus pasos, una sensación de aventura.

"Aquí", dijo Sophie, señalando una sección donde la arena parecía removida. "Puede que por aquí se pueda entrar".

Tras varias horas removiendo más arena con la ayuda de máquinas, emergió una colosal cara de piedra.

Poco después, Iván descubrió una entrada oculta:"Parece que hemos encontrado la entrada".

La cara de piedra tallada en la parte frontal de la pirámide parecía seguirles con la mirada.

Sophie susurró:"Es increíble. Debe de ser una especie de guardián. O una advertencia".

Iván asintió, con asombro en la voz. "O un marcador, indicando que hay algo importante detrás".

Pidieron ayuda a los otros miembros de la tripulación. Wei extendió su mano enguantada. "Es sensible", dijo, "una conciencia atrapada en piedra".

Emily dijo:"La pirámide parece ser una biblioteca cósmica. Un depósito de conocimiento dejado atrás por una raza estelar".

El comandante Harris asintió. "Y nosotros somos los custodios", dijo. "Los elegidos para desvelar sus secretos".

El rostro era a la vez alienígena e inquietantemente humano, con grandes ojos almendrados, cejas pronunciadas y una expresión de serena sabiduría. Tenía la boca ligeramente abierta, como si estuviera a punto de hablar, y la frente y las mejillas estaban adornadas con intrincados dibujos.

El rostro de piedra medía casi 20 metros de altura, una figura imponente y sobrecogedora que custodiaba la entrada de la pirámide. La cara estaba tallada en la misma piedra negra y vidriosa que el resto de la pirámide, pero parecía poseer una cualidad única, como si estuviera imbuida de una conciencia que hubiera vigilado el paisaje marciano durante milenios.

Los ojos

Los ojos eran el rasgo más llamativo del rostro. Eran grandes y almendrados, con una ligera inclinación hacia arriba en los bordes exteriores, lo que les daba un aspecto contemplativo y sabio. A pesar de estar tallados en piedra, los ojos parecían casi vivos, como si pudieran ver a través del tiempo y el espacio. Las pupilas tenían incrustaciones de otro tipo de piedra, posiblemente una forma antigua de ónice u obsidiana, que captaban la luz y hacían que los ojos brillaran inquietantemente en el amanecer marciano.

Alrededor de los ojos, se grabaron en la piedra complejos patrones,
re

una mezcla de mapas celestes y diseños matemáticos. Estos motivos
podrían representar la comprensión que la civilización tenía del cosmos o sus creencias espirituales.

Las cejas y la frente

La frente era pronunciada y poderosa, dando al rostro un aire de autoridad e inteligencia. La frente era amplia y estaba adornada con
intrincadas tallas que se fundían perfectamente con los dibujos alrededor de los ojos. En el centro de la frente, justo encima de la ceja,
había un gran emblema circular que parecía un tercer ojo. Este emblema estaba rodeado de líneas irradiantes y formas geométricas, lo
que sugería que tenía un significado importante, quizá simbolizaba la
iluminación o un estado superior de conciencia.

Las mejillas y la nariz

Las mejillas eran suaves y suavemente curvadas, en contraste con los
rasgos más angulosos de la frente y los ojos. Llevaban delicadas tallas
de lo que parecían líneas fluidas, como los zarcillos de una planta
alienígena o las corrientes de un río marciano. Estas líneas convergían
en la nariz, larga y recta, con orificios nasales acampanados que
daban al rostro una sensación de dignidad y fuerza.

La boca

La boca estaba ligeramente abierta, dejando ver un mecanismo en su interior que parecía ser un sistema de cierre para la entrada oculta. Los labios eran carnosos y bien definidos, tallados con tal habilidad que parecían capaces de hablar. En el interior de la boca, el equipo pudo ver engranajes y palancas entrelazados, que dejaban entrever la avanzada tecnología que se ocultaba tras la fachada de piedra.

La mandíbula y el mentón

La mandíbula era fuerte y angulosa, y descendía hasta un mentón ancho y cuadrado. La barbilla estaba adornada con otras tallas, como símbolos y lo que parecían representaciones de antiguas criaturas marcianas. Estas tallas fluían perfectamente hacia la base de la cara, conectándola con la pirámide como si toda la estructura fuera una única obra de arte unificada.

La impresión general

El rostro de piedra desprendía una sensación de sabiduría y autoridad intemporales, como si fuera el guardián de todos los secretos contenidos en la pirámide. Su expresión era de serena contemplación y, a pesar de sus rasgos alienígenas, transmitía una extraña familiaridad, como si tendiera un puente entre la civilización humana y la marciana.

Tallas y simbolismo

Los intrincados dibujos y tallas que adornaban el rostro no eran meramente decorativos, sino que parecían encerrar un profundo significado simbólico. Los mapas celestes sugerían conocimientos avanzados de astronomía, lo que posiblemente indicaba que la civilización que construyó la pirámide había cartografiado las estrellas y tal vez incluso viajado entre ellas. Los diseños matemático-emáticos aludían a un conocimiento científico muy desarrollado, y las líneas fluidas y las formas geométricas sugerían una cultura que valoraba tanto el arte como la ciencia.

Descubriendo la entrada

El comandante Harris reunió al equipo. "Vamos a averiguar cómo entrar".

Emily se arrodilló para examinar los bloques de arenisca. "Estoy en ello. La pirámide es un portal", dijo. "Un portal al conocimiento más allá de nuestros sueños más salvajes".

Sophie se estremeció. "Y a peligros", añadió. "Los marcianos guardaban sus secretos".

Klaus oteó el horizonte. "No estamos solos", dijo. Mira, allí, a lo lejos.

Una sombra se movía, una figura emergiendo del polvo marciano. Fue el turno de Iván para temblar. "¿Una aparición?", se preguntó en voz alta.

Klaus se volvió y replicó:"Debe de haber sido una Fata Morgana".

Sophie estuvo de acuerdo y dijo:"Sí, no ha sido más que un espejismo". Eso fue lo que dijo oficialmente, pero pensaba de otro modo, con la esperanza de que realmente hubieran sido engañados ópticamente. Por un lado, tras décadas de exploración de Marte sin tripulación, definitivamente no se había encontrado ninguna prueba de la existencia de vida. Por otro lado, a pesar de las intensas investigaciones, el descubrimiento de una pirámide marciana se había escapado hasta ahora. ¿Cómo ha podido ocurrir tan fácilmente? ¿O es que había gente en el poder que quería impedir que ciertos descubrimientos llegaran al público? Pero eso ya sería suficiente en el terreno de las teorías conspirativas. Por lo tanto, Sophie desechó rápidamente estos pensamientos, se unió al grupo y se concentró en su problema actual, cómo abrir la entrada.

Emily, estudiando la cara, notó algo peculiar. "Mira la boca. Está ligeramente abierta, y hay un mecanismo dentro".

Wei, con sus conocimientos de ingeniería, dio un paso adelante. "Parece un mecanismo de cierre. Si averiguamos cómo activarlo, quizá podamos abrir la puerta".

Examinaron de cerca la cara de piedra y observaron que la abertura de la boca revelaba una serie de pequeños engranajes y palancas entrelazados. Encima de la cara, incrustados en la piedra, había una serie de símbolos dispuestos en forma circular.

Emily trazó los símbolos con los dedos y de repente tuvo una idea. "Estos símbolos coinciden con algunos de los jeroglíficos que documentamos antes. Tal vez sea un código". Trabajando juntos, el equipo descifró los símbolos y descubrió que representaban números y direcciones. Con la pericia de Wei, alinearon los engranajes y las palancas según el patrón.

Cuando completaron la secuencia, un ruido sordo resonó en la pirámide. La boca de la cara de piedra se abrió más, revelando un panel oculto con una gran manivela circular.

El comandante Harris respiró hondo y agarró la manivela. "Aquí no pasa nada".

Giró la manivela y, con un fuerte y antiguo gemido, la enorme losa de piedra se deslizó lentamente hacia un lado, revelando un oscuro pasadizo más allá.

Capítulo 9: La Biblioteca Cósmica

El pasadizo

Cuando la losa de piedra se abrió con un profundo y resonante gemido, la entrada de la pirámide reveló un oscuro pasadizo que atrajo a los astro-nautas hacia el interior de la antigua estructura marciana.

El comandante Harris reunió al equipo. "Entremos juntos. Manteneos alerta y documentadlo todo".

Encendiendo sus linternas frontales, el equipo se adentró cautelosamente en lo desconocido, sus luces atravesando la espesa oscuridad y proyectando sombras espeluznantes en las paredes.

La composición del aire en Marte es muy diferente a la de la Tierra. La atmósfera marciana es delgada y está compuesta principalmente por dióxido de carbono. Por tanto, el entorno marciano plantea sus propios retos. El equipo utilizó trajes especialmente diseñados para protegerse de la delgada atmósfera y de las temperaturas extremas. Los trajes, equipados con avanzados sistemas de filtración, les permitían respirar cómodamente a la vez que impedían la entrada del polvo marciano.

Las paredes, del mismo material negro vidrioso que el exterior, brillaban ligeramente bajo sus luces, reflejando tenues tonos azules y verdes.

Emily pasó los dedos por la superficie de la pared. "Este material... no es sólo piedra. Tiene una estructura cristalina incrustada. No se parece a nada que haya visto antes". Wei se arrodilló para examinar el suelo. "Estos surcos... no son al azar. Esto fue deliberadamente diseñado para canalizar algo - tal vez agua, o alguna forma de energía".

A medida que avanzaban, las paredes del pasadizo se volvían más intrincadamente decoradas. Tallas similares a las del exterior adornaban la piedra, pero éstas eran aún más detalladas, representando escenas de la vida marciana en vívido relieve.

Los grabados a lo largo del pasadizo relataban una historia cronológica de la civilización marciana. Las secciones iniciales mostraban los primeros tiempos, en los que los marcianos desarrollaban su tecnología y dominaban su entorno. Los personajes construían estructuras, experimentaban con las primeras fuentes de energía y cartografiaban las estrellas.

Más adelante, los grabados cambiaron a escenas de maravillas tecnológicas. Había representaciones de máquinas voladoras, vastas ciudades subterráneas y complejas redes energéticas. Los marcianos parecían haber alcanzado un alto nivel de destreza tecnológica, integrando a la perfección sus avances en la vida cotidiana.

Entre las escenas tecnológicas se intercalaban representaciones de actividades culturales y espirituales. Se mostraba a los marcianos participando en elaboradas ceremonias, bailando alrededor de grandes altares de piedra y participando en lo que parecía ser una meditación comunitaria. Estas escenas sugerían una cultura profundamente espiritual que veneraba tanto sus logros tecnológicos como el mundo natural. A medida que el equipo se adentraba en el pasadizo, observó unas líneas tenues y brillantes a lo largo de las paredes y el techo. Estas líneas, apenas perceptibles al principio, se hicieron más prominentes a medida que avanzaban, proyectando una suave luz ambiental que iluminaba su camino.

Sophie extendió la mano para tocar una de las líneas brillantes. "Se siente caliente. Debe de ser una antigua fuente de energía que sigue activa después de tantos años".

Iván examinó las líneas brillantes con fascinación. "Este nivel de producción de energía sostenida es extraordinario. Debían de tener una forma de aprovechar y almacenar la energía con una eficiencia increíble".

La cámara de la pirámide

Después de lo que pareció una eternidad caminando por el sinuoso pasillo, el equipo entró en una vasta cámara. Esta sala era enorme, con techos altos y paredes cubiertas de tallas y jeroglíficos más detallados. En el centro de la cámara había una gran plataforma circular rodeada de zócalos de piedra.

Emily estaba asombrada:"Es increíble. Estas tallas representan su vida cotidiana, sus rituales".

Klaus se acercó a un panel especialmente detallado. "Mira esto. Es una representación de la puerta. Debían de usarla con frecuencia".

Los ojos de Wei se abrieron de par en par mientras traducía los símbolos. "Aquí dice que el portal era un puente entre mundos, utilizado por sus eruditos y exploradores".

El comandante Harris, de pie en el centro de la cámara, sintió un escalofrío recorrerle la espalda. "Tenemos que averiguar cómo funciona. Podría ser la clave para entender toda su civilización". Luego subió a la plataforma. "Esto debe ser un eje central de algún tipo. Mira estos zócalos - que están dispuestos en un patrón deliberado ".

Emily, examinando uno de los zócalos, encontró lo que parecía ser un antiguo texto marciano inscrito en su superficie.

"Estos símbolos son diferentes de los de fuera. Son más complejos, casi como una forma avanzada de su lenguaje escrito".

Wei, escaneando la plataforma, se dio cuenta de una serie de pequeños círculos empotrados. "Podrían ser puntos de activación. Si podemos averiguar la secuencia, podríamos acceder a lo que sea que esta cámara fue diseñada para almacenar".

Trabajando juntos, el equipo presionó cuidadosamente los círculos empotrados en varias combinaciones. Tras varios intentos, un zumbido bajo llenó la cámara y los zócalos empezaron a brillar con una suave luz azul.

Encima de cada zócalo parpadeaban imágenes holográficas que mostraban mapas detallados, diagramas y secuencias de texto en lengua marciana.

Sophie abrió los ojos de par en par. "Ésta es su biblioteca de información. Estamos viendo su historia, su tecnología, todo".

Iván, moviéndose de un plinto a otro, quedó cautivado por una serie de imágenes holográficas que mostraban procedimientos médicos y estudios anatómicos. "Sus conocimientos médicos... son increíblemente avanzados. Tenemos mucho que aprender de ellos".

Emily, absorta en los datos geológicos, comentó:"Su conocimiento de la ciencia planetaria era increíble. Consiguieron estabilizar su entorno y crear ecosistemas sostenibles incluso en condiciones tan duras".

Wei, analizando los sistemas energéticos, añadió:"Si pudiéramos reproducir su tecnología energética, podríamos resolver muchos de los problemas energéticos de la Tierra. Su eficiencia y sostenibilidad superan todo lo que tenemos".

Iván, aún maravillado por los hologramas médicos, afirmó:"Sus avances médicos podrían revolucionar nuestra asistencia sanitaria. Imagina curar enfermedades a nivel celular, regenerar tejidos dañados al instante".

El comandante Harris no perdía de vista la hora. "Tenemos que priorizar lo que podemos llevarnos. Centrarnos en la información más crítica: la energía, los avances médicos y el mecanismo de entrada".

A medida que profundizaban, el equipo descubrió una serie de mensajes holográficos encriptados en el zócalo dedicado al portal. Se trataba de mensajes de los últimos días de la civilización marciana, en los que se detallaban sus esfuerzos por preservar sus conocimientos y garantizar que los futuros exploradores pudieran acceder a ellos.

Sophie, trabajando con Emily y Wei, descifró el mensaje final. "Sabían que su fin se acercaba. Codificaron sus conocimientos para evitar que se perdieran. Este portal no era sólo una maravilla tecnológica, era su última esperanza, una forma de llegar a otras civilizaciones y asegurar que su legado perdurase".

Klaus, reflexionando sobre los datos biológicos, añadió:"Su comprensión de la vida era profunda. Consideraban que la biología y la tecnología estaban entrelazadas y las utilizaban para lograr una armonía con la que nosotros sólo podemos soñar".

Emily y Wei trabajaron en la traducción de los textos. "Llevará tiempo", dijo Emily, "pero estos documentos podrían ser la clave para comprender su tecnología y quizás incluso el portal".

El comandante Harris ordenó:"¡Retírense! Comprendo su entusiasmo, pero ya es suficiente por hoy. Ya es tarde. Ahora tenemos que hacer muchos deberes. Volveremos a esta biblioteca mañana".

Emily y Wei cedieron a regañadientes y se levantaron para emprender el camino de vuelta. Pusieron a Klaus en medio y Sophie e Iván les siguieron como retaguardia.

En cuanto salieron de la sala, la proyección holográfica de la biblioteca de in-formación se apagó automáticamente. Hoy habían recopilado enormes cantidades de datos, que utilizaron para el siguiente enlace con el control de la misión en la Tierra para el informe diario. Había varios equipos en la Tierra, un ejército de especialistas en el campo de la ingeniería, la física, la geología, la bioquímica, la astronomía y la lingüística, esperando impacientes, listos para descifrar y evaluar los datos proporcionados por el equipo marciano. Por supuesto, todo se manejó con el máximo nivel de información clasificada: ¡alto secreto! Los pueblos del mundo deben estar bien preparados por sus gobiernos, porque una revelación descuidada al público puede provocar el caos. Al revés, los astronautas se basaron en el desglose de los datos analizados enviados desde la Tierra. Basándose en esa valiosa información, interpretación y recomendación, el equipo marciano podrá tomar la mejor decisión en situaciones venideras sobre quién, dónde, cuándo y qué hacer. La Biblioteca Cósmica era algo más que un depósito de conocimientos; era un testimonio de los increíbles logros de la civilización marciana y de su inquebrantable deseo de garantizar la pervivencia de su legado. Cuando el equipo se disponía a abandonar la cámara, sabía que sólo había arañado la superficie de lo que esta antigua civilización tenía que ofrecer. Los descubrimientos que hicieron en la Biblioteca Cósmica no sólo remodelarían la comprensión de Marte por parte de la humanidad, sino que también allanarían el camino para futuras exploraciones y avances tecnológicos.

Con el corazón y la mente llenos de nuevos conocimientos, los astronautas se propusieron descifrar los secretos del portal, dispuestos a abrir el siguiente capítulo de su extraordinario viaje a Marte.

Capítulo 10: Amor y rivalidad

¿Condiciones claras o no?

La tenue luz de la cámara de la pirámide proyectaba sombras alargadas sobre las paredes de piedra. Sophie estaba de pie junto a un rostro de piedra alienígena, cuyos enigmáticos ojos seguían atormentando sus pensamientos. Iván la observaba desde el otro lado de la sala. Su conexión se había profundizado desde su llegada a Marte: un secreto compartido que trascendía la misión.

Sophie recorrió las tallas de la cara de piedra, rozando con los dedos símbolos que parecían palpitar con energía. Iván se acercó, con sus pasos silenciosos sobre el suelo polvoriento. "Sophie", dijo en voz baja, "formamos parte de algo más grande que nosotros mismos".

Ella se volvió hacia él y sus ojos lo miraron. "Iván", susurró, "¿y si el amor está prohibido? ¿Y si nuestros sentimientos lo ponen todo en peligro y descuidamos nuestros deberes?".

Él le cogió la mano, y el contacto los estremeció. "El amor prohibido", dijo, "es a menudo el más poderoso".

Wei albergaba sus propios deseos. A pesar de la decepción que había sentido tras su romántico intermezzo en Horizonte de Ares, Klaus había conquistado su corazón. Observaba a Sophie e Iván desde la distancia.

Una noche, mientras la tripulación se reunía en torno a la pantalla holográfica, Wei desafió a Emily. "Klaus", dijo, con voz firme, "¿a quién elegirás?". Klaus vaciló, indeciso entre las dos mujeres. "Nuestra misión", dijo, "es abrir el portal. Pero nuestros corazones..." Miró a So-phie y a Iván. "Nuestros corazones tienen otros planes".

Sophie se apoyó en Iván, su amor era un faro en la oscuridad. "Encontraremos la forma", dijo. "Para abrir el portal y proteger nuestro frágil mundo".

Pero los ojos de Wei mostraban determinación. "Y si el amor es la clave", dijo, "entonces no me rendiré sin luchar".

Mientras la pirámide susurraba sus secretos, los astronautas lidiaban con sus deseos, sus destinos y las fuerzas cósmicas que los unían.

La atmósfera dentro de la pirámide marciana se fue cargando cada vez más, no sólo por los misterios que iban desentrañando, sino también por la compleja red de emociones entre los miembros de la tripulación. Las interacciones entre Wei, Emily y Klaus se convirtieron en un foco tanto de camaradería como de tensión.

Desde el principio, quedó claro que existía una conexión única entre Wei y Klaus. Su respeto mutuo y sus pasiones científicas compartidas crearon una base sólida para su relación. Como ingeniera y lingüista, el agudo intelecto de Wei y su entusiasmo por el descubrimiento se correspondían con la mente analítica de Klaus y su profundo conocimiento de la biología y la química. A menudo pasaban largas horas trabajando juntos y sus conversaciones pasaban de lo profesional a lo personal.

Klaus admiraba la dedicación y el ingenio de Wei. Su capacidad para descifrar los antiguos símbolos marcianos y comprender su tecnología le impresionaba profundamente. Con el tiempo, se sintió atraído por ella no sólo como colega, sino como confidente y amiga.

Al principio, Emily era muy reservada y se concentraba en su trabajo. Sin embargo, al ver la creciente cercanía entre Wei y Klaus, empezó a sentir algo por él. La fascinación de Emily por el intelecto de Klaus y su enfoque metódico de sus descubrimientos se convirtió en una conexión emocional más profunda. Su tranquila fortaleza e independencia eran cualidades que Klaus admiraba. Sin embargo, él se centraba más en su relación profesional con Wei. Los primeros signos de rivalidad volvieron a aparecer cuando Emily empezó a pasar más tiempo con Klaus. A menudo le pedía su opinión sobre los hallazgos geológicos, formulando sus preguntas de forma que resaltaran sus propios conocimientos. Klaus, que apreciaba su experiencia, acogía con agrado estas discusiones, sin ser consciente del trasfondo emocional que conllevaban.

En comparación con el carácter franco de Sophie, la británica Emily era más reservada. Confiaba en sus dotes intelectuales para captar la atención de Klaus. Sus conversaciones con él eran muy interesantes y a menudo dejaban a Klaus contemplando sus discusiones mucho después de que hubieran terminado.

Wei notó la creciente presencia de Emily y sintió una punzada de inseguridad. Su conexión con Klaus era fuerte, pero la callada persistencia de Emily empezaba a crear dudas. Wei confió en el comandante Harris, que se había convertido en su mentor y figura de apoyo.

El comandante Harris dijo:"Wei, tú y Klaus tienen un vínculo genuino. No dejes que las acciones de Emily minen tu confianza. Habla con Klaus, sé sincera sobre tus sentimientos".

Una noche, después de un día particularmente intenso de exploración, Wei decidió abordar la situación. Encontró a Klaus en una de las cámaras, examinando un conjunto de jeroglíficos.

Wei se acercó a Klaus y le preguntó:"Klaus, ¿podemos hablar?".
Klaus levantó la vista, percibiendo la seriedad en su tono. "Por supuesto, Wei. ¿Qué tienes en mente?".

Wei respiró hondo. "Me he dado cuenta de que Emily pasa mucho tiempo contigo. Me ha estado molestando porque... bueno, porque me importas".

Los ojos de Klaus se suavizaron. "Wei, no tenía ni idea. Valoro nuestro tiempo juntos y lo que hemos construido. Emily es una colega y una amiga, pero tú... tú significas más que eso para mí. Wei - weida!" Klaus hizo un juego de palabras en chino con el nombre de Wei, porque 威 "Wei" significa "prestigio" y 伟大 "weida" significa "grande".

El destino quiso que Emily se cruzara en su conversación. Había venido a discutir con Klaus unos hallazgos geológicos recientes, pero la visión de Wei y Klaus en un momento tan sincero la detuvo en seco.

Emily interrumpió con su comentario:"Lo siento, no quería entrometerme".

Wei se volvió hacia Emily, con una expresión mezcla de vulnerabilidad y determinación. "Emily, tenemos que hablar. Esta situación... nos está afectando a todos".

Emily asintió, comprendiendo la gravedad del momento. "Tienes razón. Hablemos".

Los tres se sentaron, la tensión en el aire palpable. "Wei, Klaus... Necesito ser honesta. He desarrollado sentimientos por Klaus. Pero nunca tuve la intención de interponerme entre ustedes dos. Mis sentimientos surgieron de la admiración y el respeto, pero ahora veo que he cruzado una línea".

Klaus miró a ambas mujeres, con voz firme. "Somos un equipo, y nuestra misión es demasiado importante para dejar que los sentimientos personales creen divisiones. Emily, te respeto y valoro tus contribuciones, pero mi corazón está con Wei".

La conversación, aunque difícil, aportó una sensación de claridad y respeto mutuo. Emily, reconociendo la fuerza del vínculo entre Wei y Klaus, decidió dar un paso atrás y volver a concentrar su energía en la misión. Wei y ella llegaron a un entendimiento y acordaron apoyarse mutuamente como colegas y amigos.

Wei le dijo a Emily:"Emily, gracias por ser sincera. Yo también te respeto y espero que podamos avanzar sin tensiones".

Emily respondió:"Por supuesto, Wei. Centrémonos en lo que nos ha traído aquí. Los secretos marcianos son mucho más importantes que nuestros sentimientos personales". Eso fue lo que dijo, pero secretamente no estaba de acuerdo y no quería rendirse tan rápido. Detrás de sus reservados modales británicos, que la envolvían como una coraza protectora, se revelaba como una chica combativa que estaba dispuesta a competir con Wei por Klaus. Todo lo que necesitaba era paciencia y el momento adecuado para atacar con sus flechas del amor. Klaus, actualmente aliviado por la resolución, sintió un renovado sentimiento de unidad entre el equipo. Estaba agradecido por la honestidad y madurez con que ambas mujeres habían manejado la situación.

Corazones reavivados

La pirámide marciana guardaba muchos secretos, pero ninguno tan intrincado y personal como las emociones entre sus exploradores. La resolución entre Wei, Emily y Klaus había traído una paz temporal, pero las corrientes subterráneas de atracción y sentimientos tácitos persistían. A medida que el equipo profundizaba en los misterios de la antigua civilización marciana, la evolución de las relaciones entre ellos dio un giro inesperado. A pesar de dar un paso atrás, los sentimientos de Emily por Klaus no se desvanecieron. Respetaba el vínculo entre Klaus y Wei, pero no podía ignorar la conexión que sentía. Emily canalizó sus emociones hacia su trabajo, con la esperanza de demostrar que no sólo era una científica capaz, sino alguien digno de la admiración de Klaus. Emily se sumergió en su investigación geológica y descubrió importantes conocimientos sobre el paisaje marciano y su historia. Su dedicación y sus avances le granjearon el respeto de todo el equipo, incluido Klaus. Un sol, mientras exploraba una cámara recién descubierta, Emily tropezó con una serie de grabados que parecían representar la comprensión marciana de la geología planetaria y la gestión de recursos. Al darse cuenta de la importancia de su hallazgo, buscó inmediatamente a Klaus.

Klaus, tienes que ver esto. Estos grabados ilustran los métodos marcianos para aprovechar los recursos planetarios. No se parece a nada que hayamos visto".

Klaus, intrigado por el entusiasmo de Emily, la siguió hasta la cámara. Mientras examinaban juntos las tallas, su pasión compartida por el descubrimiento reavivó la conexión entre ellos.

Klaus respondió con entusiasmo:"Esto es increíble, Emily. Tus descubrimientos podrían revolucionar nuestra comprensión de la geología marciana y la utilización de los recursos".

Su colaboración en este proyecto les unió más, recordando a Klaus la sinergia intelectual y la química que compartía con Emily. Cuanto más tiempo pasaban juntos, más atraído se sentía Klaus por su resistencia y brillantez.

Mientras tanto, las responsabilidades de Wei seguían creciendo. Sus conocimientos de ingeniería y lingüística eran cruciales para descifrar la tecnología y los símbolos marcianos. A medida que se centraba más en su trabajo, el tiempo que pasaba con Klaus empezaba a disminuir. Wei seguía comprometida con su misión, pero no podía dejar de notar la renovada cercanía entre Klaus y Emily. Aunque confiaba en Klaus, sentía una punzada de inseguridad y le preocupaba que su relación con él estuviera pasando a un segundo plano frente a sus esfuerzos científicos.

Una noche, mientras el equipo se reunía para discutir sus hallazgos, Emily presentó sus últimas investigaciones sobre los grabados geológicos. Su elocuencia y profundidad de conocimientos impresionaron a todos, pero fue Klaus quien la miró con una nueva admiración.

Klaus dirigió unas palabras de elogio a Emily:"Emily, tu trabajo es pionero. La claridad y el detalle que has aportado ofrecen nuevas perspectivas sobre las capacidades de los marcianos. Estoy realmente asombrado".

Wei, observando la interacción, sintió una mezcla de orgullo y aprensión. Tras la reunión, se acercó a Klaus, deseosa de abordar sus preocupaciones.

Wei se atrevió a decirle a Klaus lo siguiente sin miedo a quedar mal:"Klaus, me he dado cuenta de que Emily y tú trabajáis muy unidos. Entiendo la importancia de la colaboración, pero no puedo evitar sentir que nos estamos distanciando".

Klaus, sorprendido por la sinceridad de Wei, le cogió la mano. "Wei, tu trabajo es indispensable y te respeto profundamente. Pero me he dado cuenta de que mi conexión con Emily también es fuerte. Necesito ser sincero sobre mis sentimientos".

La paciencia de Emily recompensada

Las palabras de Klaus resonaron en la mente de Wei mientras procesaba la realidad de su situación. Comprendiendo la profundidad de los sentimientos de Klaus por Emily, decidió dar un paso atrás, respetando su honestidad y su deseo mutuo de dar prioridad a su misión. Con la aceptación de Wei, Klaus se sintió libre de explorar su relación con Emily sin sentirse culpable. La buscó más tarde esa noche, ansioso por expresar sus verdaderos sentimientos.

Klaus aclaró:"Emily, me he dado cuenta de que mi admiración por ti va más allá del respeto profesional. Me inspiras de maneras que antes no había reconocido del todo".

Los ojos de Emily se abrieron de par en par, la esperanza y la alegría se mezclaron en su expresión. "Klaus, he sentido lo mismo. He intentado respetar tu relación con Wei, pero mis sentimientos por ti no han hecho más que crecer".

Su conversación marcó el comienzo de un nuevo capítulo en su relación. Klaus y Emily pasaban más tiempo juntos y su vínculo se estrechaba con cada descubrimiento compartido y cada conversación sincera. Se apoyaban mutuamente en su trabajo, combinando sus fuerzas para desentrañar los secretos de la pirámide. La relación entre Klaus y Emily floreció en el paisaje marciano. Compartieron momentos tranquilos bajo la cúpula de la pirámide, hablando de sus sueños y aspiraciones. Su conexión, forjada en el crisol de la exploración y la asociación intelectual, se convirtió en una fuente de fortaleza para ambos.

Wei, aunque inicialmente desconsolada, encontró consuelo en su trabajo y en el apoyo de sus compañeros. Admiraba la relación entre Emily y Klaus y reconocía la auténtica conexión que compartían. Wei canalizó su energía para descubrir más cosas sobre la civilización marciana y se sintió realizada en la misión que los había reunido a todos.

El amor y la rivalidad entre los astronautas habían puesto a prueba su determinación y su compromiso mutuo. Gracias a la honestidad, el respeto y la comprensión, superaron sus retos personales y salieron fortalecidos como individuos y como equipo.

La perseverancia y la pasión intelectual de Emily acabaron por conquistar el corazón de Klaus, creando una relación romántica y profesional a la vez. Su vínculo, junto con la camaradería de sus compañeros exploradores, fortaleció su misión y les preparó para los monumentales descubrimientos que aún estaban por llegar.

Capítulo 11: "MacGyverismos"

Primer reto: el guardián holográfico

Un astronauta debe reunir muchas cualidades en una sola persona. Debe ser un poco de todo: médico, piloto, ingeniero, científico, hablante de idiomas extranjeros, atleta de resistencia.

La motivación para convertirse en astronauta para algunas personas puede haber comenzado con la identificación del personaje de ficción cinematográfica "MacGyver"® de los años ochenta. Este tipo conseguía mantener la cabeza fría en situaciones totalmente desesperadas e improvisar, es decir, encontrar soluciones creativas y utilizar objetos de formas poco convencionales para resolver problemas.

Así, los seis astronautas se encontraban a la entrada de una cámara recién descubierta en las profundidades de la pirámide marciana. La tenue luz de sus faros parpadeaba sobre las antiguas paredes, revelando intrincados grabados y jeroglíficos alienígenas. El aire estaba cargado de expectación y de un ligero olor a polvo y metal.

"Cuidado, todos", advirtió el comandante Harris. "No sabemos a qué nos enfrentamos".

Cuando entraron en la cámara, el suelo se movió. La pesada puerta de piedra se cerró tras ellos, atrapándolos en el interior. Las paredes empezaron a temblar y un zumbido bajo llenó la sala. De repente, una proyección holográfica de un guardián alienígena se materializó en el centro de la cámara, bloqueando su camino hacia un misterioso pedestal situado en el otro extremo.

"Tenemos que encontrar la forma de desactivar ese guardián", dijo Emily, escudriñando la sala en busca de pistas.

Los temblores de la cámara se intensificaron y pequeños trozos de escombros empezaron a caer del techo. El zumbido del guardián holográfico se hizo más fuerte, ¿un aviso de su inminente ataque?

Emily, con los ojos muy abiertos por la determinación, gritó por encima del ruido:"Tenemos que trabajar rápido. Klaus, busca cualquier cosa que parezca un panel de control. Iván, mira a ver si puedes averiguar cómo se alimenta este guardián".

Klaus examinó el holograma. "Es probable que esté controlado por algún tipo de mecanismo antiguo. Sólo tenemos que averiguar cómo acceder a él".

Sophie, sudorosa por la tensión creciente, pasó los dedos por las paredes, buscando mecanismos ocultos. "Debe haber algo que nos estamos perdiendo", murmuró para sí misma.

"¡Por aquí!" La voz de Sophie cortó el caos y atrajo la atención del equipo hacia el panel oculto que había descubierto. Los símbolos alienígenas brillaban débilmente, prometiendo una solución si conseguían desentrañar sus secretos. "Hay unos símbolos alienígenas y lo que parece un teclado".

El comandante Harris y Wei se apresuraron a su lado. "Veamos si podemos darle sentido a esto", dijo el comandante Harris, limpiando el polvo del visor de su casco.

Wei, que había estudiado lenguas antiguas y simbología, se puso rápidamente manos a la obra. "Estos símbolos... no son sólo números. Parecen representar una secuencia de acciones u órdenes. Es un código".

Iván, mientras tanto, se arrodilló junto al guardián holográfico, estudiando su proyección. "Creo que está conectado al pedestal", teorizó. "Si podemos desactivar el mecanismo de control, el guardián debería desactivarse. Pero no tenemos las herramientas adecuadas para piratearlo".

Se requiere ingenio e improvisación

Emily se agachó cerca del panel de control alienígena. Rebuscó entre sus suministros. Sus manos enguantadas trabajaron con rapidez, sacando cables, baterías y un pequeño escáner de mano de su equipo. El polvo marciano se pegaba a su traje mientras murmuraba para sí misma. Emily empezó a desmontar el pequeño escáner de mano. "Si podemos interconectar este escáner con el teclado, quizá podamos descodificar e introducir la secuencia correcta".

Sophie asintió, comprendiendo rápidamente el plan. "Tendremos que pelar algunos cables y redirigir la energía. Iván, ¿puedes ayudar con eso?" Sophie, siempre ingeniosa, sacó una pequeña multiherramienta de su cinturón. "Puede que no tengamos las herramientas adecuadas, pero podemos improvisar. A ver qué se nos ocurre".

Iván asintió con la cabeza, con sus conocimientos de ingeniería. "En ello".

Con la multiherramienta, Sophie retiró con cuidado la carcasa del escáner, dejando al descubierto sus delicados componentes. Iván peló los cables de sus dispositivos de comunicación, conectando los circuitos del escáner al teclado. El grupo trabajó en un tenso silencio, con movimientos precisos y coordinados.

El comandante Harris y Wei se reunieron alrededor del panel, utilizando sus conocimientos de lenguas antiguas y tecnología alienígena para descifrar los símbolos. Mientras tanto, Sophie e Iván empezaron a desmontar su equipo, buscando cualquier cosa que pudiera reutilizarse.

Klaus vigilaba con la mirada la cámara en busca de signos de inestabilidad. "Deprisa", instó. "El zumbido del guardián es cada vez más fuerte".

Wei y el comandante Harris trabajaron juntos, descifrando los símbolos alienígenas. "Es una secuencia de números primos", se dio cuenta Wei. "Si los introducimos en el orden correcto, debería desactivar al guardián".

Con el dispositivo montado y el código descifrado, el comandante Harris dio un paso adelante. "Muy bien, el momento de la verdad. Esperemos que esto funcione".

El comandante Harris asintió. "Hagámoslo".

Sophie conectó el decodificador improvisado al teclado, con las manos firmes a pesar de lo mucho que estaba en juego. Introdujo la secuencia de números primos y cada símbolo se iluminó a su vez.

El aparato zumbó y los símbolos del teclado se encendieron en secuencia. Por un momento, la sala se llenó de un tenso silencio. Entonces, el guardián holográfico parpadeó y desapareció. El suelo dejó de temblar y las paredes dejaron de temblar. La sala volvió a quedar en silencio y el equipo quedó asombrado de su hazaña. Con el guardián desactivado, el equipo se acercó al pedestal. Sobre él yacía una pequeña caja tallada de forma intrincada. Iván la abrió con cuidado, revelando una colección de cristales de datos que contenían valiosa información sobre los constructores de la pirámide.

"Lo hemos conseguido", dijo Sophie, con una sonrisa de alivio dibujándose en su rostro. "Improvisamos y superamos el reto".

El comandante Harris le puso una mano en el hombro. "En eso consiste ser astronauta: pensar con la cabeza fría y trabajar juntos. Buen trabajo a todos. Me encanta cuando un plan sale bien".

Al salir de la cámara, el equipo sintió una renovada sensación de camaradería y confianza. Se habían enfrentado a lo desconocido y habían salido victoriosos, demostrando que, con ingenio y trabajo en equipo, podían superar cualquier obstáculo que la pirámide marciana les pusiera por delante.

Y así siguieron adelante: su creación improvisada tendía puentes entre mundos y desvelaba secretos. Un "MacGyver" se habría sentido orgulloso.

Segundo reto: la trampa resonante

Basándose en el cristal de datos encontrado por Iván, tenían en sus manos una especie de plano de la pirámide. Por lo tanto, se aventuraron en una nueva sección de la pirámide, donde una elaborada red de puentes conectaba múltiples cámaras suspendidas a gran altura sobre el suelo.

El equipo estaba muy animado, con Sophie e Iván a la cabeza. Su entusiasmo era palpable y, para levantar aún más el ánimo de todos, empezaron a cantar una vieja canción de la Tierra. La melodía resonaba en el vasto y cavernoso espacio de la pirámide, creando una sinfonía de otro mundo.

Cuando el equipo cruzó uno de los puentes más largos y delicados, los pasos sincronizados de Sophie e Iván crearon inadvertidamente un paso de cerradura. El ritmo de sus pasos, combinado con su canto, creó una frecuencia resonante que coincidía con la frecuencia natural del puente. La estructura empezó a vibrar de forma alarmante, haciendo que el equipo se detuviera en seco.

El comandante Harris, presintiendo el peligro, gritó a todos que se detuvieran. Pero ya era demasiado tarde. Los mecanismos de soporte del puente empezaron a fallar y las vibraciones activaron un antiguo sistema de seguridad marciano. El puente se replegó rápidamente y el equipo se encontró atrapado en una pequeña cámara cerrada en el extremo del puente.

Las paredes de la cámara empezaron a cerrarse. Un mecanismo oculto se había activado y los había atrapado. El equipo tuvo que actuar con rapidez para evitar ser aplastado.

La improvisación toma forma

El comandante Harris evaluó la situación rápidamente. "Tenemos que desactivar el mecanismo que cierra estas paredes. Emily, mira a ver si encuentras algún panel de control o punto de acceso".

Emily asintió y, junto con Wei, empezó a examinar las paredes y el suelo en busca de cualquier indicio de un sistema de control. Mientras tanto, Klaus analizaba la integridad estructural de la cámara, buscando puntos débiles que pudieran ser aprovechados.

Sophie e Iván, sintiéndose culpables de su anterior error, se empeñaron en enmendarlo. Iván, experto en sistemas eléctricos, sugirió un plan. "Podemos utilizar los componentes metálicos de nuestros equipos y trajes para crear una solución mecánica".

Trabajando juntos, el equipo reunió rápidamente los materiales. Desmontaron algunas partes no esenciales de sus trajes, como hebillas de cinturón y cierres metálicos. Iván utilizó su multiherramienta para dar forma y modificar las piezas metálicas y convertirlas en cuñas y palancas improvisadas. Klaus, con su experiencia en ingeniería estructural, guió el ensamblaje de estos componentes en un dispositivo de bloqueo.

El tiempo se agotaba a medida que las paredes seguían cerrándose. Sophie, con sus manos firmes, colocó las cuñas y palancas en los puntos críticos donde se unían las paredes. Emily encontró un estrecho hueco que parecía albergar parte del mecanismo de cierre. "Tenemos que detener manualmente este mecanismo", dijo Emily, su voz urgente. "Si podemos atascarlo, ganaremos algo de tiempo".

Klaus e Iván trabajaron juntos para insertar las cuñas en el hueco que Emily había encontrado. Haciendo palanca con sus fuerzas combinadas, colocaron las piezas metálicas en su sitio, creando un bloqueo físico que detuvo el movimiento de las paredes. El chirrido del mecanismo que intentaba cerrar las paredes se hizo más fuerte, pero el improvisado dispositivo de bloqueo se mantuvo firme.

Las paredes dejaron de cerrarse y la presión de la cámara se estabilizó. El equipo evaluó rápidamente los alrededores en busca de una salida. Wei vio un pequeño panel que parecía controlar el mecanismo de la puerta.

"¡Aquí! Ayudadme a abrirla", gritó. El comandante Harris y Sophie se apresuraron a abrir el panel con sus herramientas. Dentro, encontraron una serie de engranajes y palancas.

"Tenemos que accionar esto manualmente para abrir la puerta", dijo el comandante Harris. "Emily, ¿puedes averiguar la secuencia?"

Emily asintió, con la mente acelerada. "Dame un momento. Estudió cuidadosamente los engranajes, alineándolos en un orden específico. Con un último empujón, el mecanismo de la puerta hizo clic y la puerta oculta se abrió, revelando un pasadizo hacia un lugar seguro. Mientras se reagrupaban fuera de la cámara, respirando aliviados, el comandante Harris elogió al equipo por su rapidez mental y su ingenio. "Logramos salir porque trabajamos juntos y utilizamos nuestras habilidades de forma creativa. Eso es verdadero "MacGyverismo"".

Sophie e Iván intercambiaron miradas de agradecimiento. "Tendremos más cuidado la próxima vez", dijo Sophie, sonriendo a pesar de la tensión.

Wei añadió:"Esta experiencia no hace más que demostrar lo mucho que confiamos los unos en los otros. Afrontaremos juntos lo que venga".

El equipo continuó su exploración de la pirámide marciana, con sus lazos más fuertes que nunca, listos para afrontar cualquier desafío que se les presentara.

Tercer reto: el suelo movedizo

El equipo continuó su exploración de la pirámide marciana, sin saber que les esperaba otra prueba de su ingenio. Entraron en una vasta cámara poco iluminada, repleta de intrincada maquinaria y jeroglíficos alienígenas. La sala estaba en silencio, salvo por el zumbido ocasional de la tecnología.

A medida que se adentraban en la cámara, un fuerte clic resonó en la sala. De repente, el suelo empezó a moverse bajo sus pies, dividiéndose en secciones que empezaron a subir y bajar, creando un paisaje desigual y cambiante. Era una trampa diseñada para desorientarles y separarles.

Separados por el suelo en movimiento, el equipo luchó por mantenerse unido. El comandante Harris, Emily y Klaus acabaron en un lado de la cámara, mientras que Wei, Sophie e Iván estaban en el otro. El suelo movedizo hacía imposible cruzar hacia atrás.

Para empeorar las cosas, el techo empezó a descender lentamente, amenazando con aplastarlos si no encontraban una salida rápidamente. El equipo tenía que desactivar la trampa y reunirse antes de que fuera demasiado tarde.

La solución improvisada

El comandante Harris gritó instrucciones por encima del ruido del suelo movedizo. "¡Emily, Klaus, buscad paneles de control o interruptores! Wei, Sophie, Iván, a ver si encontráis algo en vuestro lado".

Emily y Klaus empezaron a buscar en las paredes cualquier señal de un mecanismo de control. Mientras tanto, Wei se fijó en una serie de símbolos brillantes en el suelo, cerca de ella. "¡Creo que estos símbolos podrían ser una pista!", gritó.

Sophie examinó los símbolos de cerca. "Parecen una especie de rompecabezas. Si los emparejamos correctamente, podríamos desactivar la trampa".

Iván, siempre ingenioso, sugirió un plan. "Tenemos que comunicarnos los símbolos que vemos y averiguar la secuencia correcta.

Utilizar las superficies reflectantes de nuestro equipo para señalarnos unos a otros".

Con piezas de sus trajes y herramientas, el equipo creó espejos y superficies reflectantes improvisados. Empezaron a hacerse señales unos a otros por la habitación, compartiendo los símbolos que veían.

Emily y Klaus encontraron una serie de símbolos correspondientes en su lado. "Tenemos que emparejar estos símbolos en el orden correcto", dedujo Emily. "Es como una cerradura de combinación".

Mientras el techo seguía descendiendo, el equipo trabajó con rapidez, haciendo señales de un lado a otro para alinear los símbolos correctamente. Sophie e Iván presionaron cuidadosamente los símbolos de su lado, mientras Emily y Klaus hacían lo mismo.

El suelo seguía moviéndose, lo que dificultaba mantener el equilibrio. El comandante Harris mantuvo la concentración de todos. "Mantengan la calma y la estabilidad. Lo tenemos".

Con los símbolos correctamente alineados, un fuerte clic resonó en la cámara. El suelo se detuvo de repente y el techo descendente empezó a replegarse. La trampa se había desactivado.

Aliviado, el equipo se reagrupó en el centro de la cámara. "Buen trabajo a todos", elogió el comandante Harris. "Nuestra rapidez mental y el trabajo en equipo nos han salvado de nuevo".

Sophie e Iván chocaron los cinco. "Estuvo cerca, pero lo logramos", dijo Sophie, sonriendo.

Wei añadió:"Formamos un equipo bastante bueno. Esperemos no tener que resolver muchos más rompecabezas así".

El equipo continuó su exploración, más confiado en su capacidad para superar los retos que les deparaba la pirámide marciana. Sabían que mientras trabajaran juntos y utilizaran su ingenio, podrían hacer frente a cualquier obstáculo que se les presentara.

Capítulo 12: Los misterios de Laniakea

El descubrimiento

La cámara de la siguiente pirámide marciana estaba bañada por una luz de otro mundo, que proyectaba sombras intrincadas que parecían bailar y cambiar a medida que los astronautas se adentraban en sus misterios. Sin embargo, el comandante Harris no participó hoy en la visita de descubrimiento, ya que padecía mareo espacial o síndrome de adaptación espacial (SAS), que es similar al mareo por movimiento y puede desencadenarse por los efectos de la mi-crogravedad o cambios de gravedad. Aunque Marte tiene aproximadamente el 38% de la gravedad de la Tierra, la transición a este entorno gravitatorio diferente después de estar en microgravedad (como en una nave espacial) o en la gravedad de la Tierra puede causar una serie de síntomas como náuseas y vómitos, desorientación, dolores de cabeza, pérdida de apetito y fatiga. Por ello, intentó recuperarse quedándose hoy en el hábitat y dejó la exploración a los miembros de su equipo, que estaban ansiosos por hacer su trabajo.

La Biblioteca Cósmica había revelado muchos secretos, pero ninguno más intrigante que el mapa de Laniakea, el vasto supercúmulo galáctico que incluía la Vía Láctea.

Klaus estudió la pantalla holográfica, con los ojos muy abiertos por el asombro. "Laniakea", murmuró. "Significa "cielo inconmensurable" en hawaiano. Esto... esto es un mapa de todo nuestro vecindario cósmico".

Emily miró la intrincada red de galaxias. "Es impresionante", dijo en voz baja. "Una vasta red de estrellas y planetas, todos interconectados. ¿Qué habrán estado haciendo los marcianos con esto?". Mientras seguían estudiando el mapa, la pirámide parecía responder a su curiosidad. Símbolos y glifos se iluminaron, revelando más sobre el propósito de la civilización marciana. Sophie pasó los dedos por encima de las brillantes inscripciones, mientras su mente se apresuraba a traducir el antiguo lenguaje.

"Los marcianos no eran sólo exploradores", dijo, con la voz llena de asombro. "Eran guardianes del conocimiento, conservadores de los secretos del universo".

Iván, a su lado, asintió. "Se veían a sí mismos como administradores del cosmos, preservando y protegiendo el equilibrio de la vida y la energía en las galaxias".

El mapa de Laniakea no era una simple pantalla estática, sino una red dinámica y viva. Líneas de luz pulsaban y cambiaban, mostrando el flujo de energía e información entre galaxias. Wei, con los ojos brillantes de fascinación, señaló un nodo especialmente vibrante.

"Esto", dijo, "es el corazón de Laniakea. Es donde converge la energía, un nexo de poder y conocimiento. Los marcianos debieron utilizarlo para controlar y mantener la estabilidad del supercúmulo".

El núcleo de la armonía

El equipo se centró en el eje central de Laniakea, donde convergían los flujos de energía. La pirámide reveló más detalles, mostrando estructuras y maquinaria mucho más allá de lo que habían imaginado. Klaus, picado por su curiosidad científica, se acercó más.

"Esto es más avanzado de lo que habíamos soñado", dijo. "Sistemas de gestión de la energía, depósitos de datos, redes de comunicación... es como el sistema nervioso central del supercúmulo".

Los ojos de Emily se abrieron de par en par al darse cuenta de las implicaciones. "No se limitaban a vigilar las galaxias", dijo. "Las dirigían activamente, asegurando la armonía y el equilibrio".

La luz de la pirámide se intensificó y atrajo su atención hacia un punto concreto del mapa: una galaxia lejana en los límites de Laniakea. So-phie entrecerró los ojos para descifrar el significado de los símbolos brillantes.

"Parece una señal de socorro", dijo con voz urgente. "Una galaxia tiene problemas, sus flujos de energía se han interrumpido".

El rostro de Iván se endureció con determinación. "Tenemos que investigar", dijo. "Los marcianos nos confiaron sus conocimientos. Es nuestro deber continuar su trabajo".

El equipo recogió su equipo, preparándose para explorar esta nueva frontera. La energía de la pirámide pulsaba a su alrededor, guiando y apoyando sus esfuerzos. Mientras revisaban sus planes, sintieron un profundo sentido de la responsabilidad y el propósito.

"Ya no somos sólo exploradores", dijo Klaus con voz firme. "Somos guardianes, siguiendo los pasos de los marcianos".

Mientras estudiaban el mapa holográfico, se dieron cuenta de que el corazón de Laniakea era una inmensa cámara luminosa llena de pantallas holográficas y maquinaria avanzada. El aire vibraba con energía y las paredes palpitaban con una luz suave y rítmica.

"Esto es", dijo Wei, con una voz llena de asombro. "El corazón de Laniakea. El Nexo, el punto de conexión de un número inconmensurable de galaxias".

Emily se dio unos golpecitos en la barbilla, pensativa. "Tenemos que comprender la naturaleza de la perturbación", dijo. "¿Es natural o artificial? ¿Y cuál es la causa?"

Klaus asintió. "Empecemos por aislar la fuente de la perturbación. Podemos utilizar las herramientas analíticas de la pirámide para obtener una imagen más clara".

Utilizando la avanzada tecnología de la pirámide, los astronautas empezaron a diseccionar los datos. Emily y Klaus trabajaron en aislar las longitudes de onda específicas y las firmas de energía, mientras que Sophie y Wei tradujeron los glifos que los acompañaban en busca de cualquier contexto histórico.

"Es una interferencia artificial", dijo Emily al cabo de un rato. "Alguien o algo está causando esta perturbación".

Sophie, descodificando más glifos, añadió:"Parece estar relacionado con un antiguo puesto de avanzada marciano. Dejaron máquinas para gestionar los flujos de energía, pero algo ha ido mal".

Una vez identificada la naturaleza de la perturbación, el equipo empezó a diseñar un plan. Iván, siempre estratega, esbozó su enfoque. "Tenemos que restablecer el equilibrio", dijo. "Empezaremos por señalar la ubicación exacta del puesto de avanzada y evaluar los daños".

Wei estuvo de acuerdo. "También debemos prepararnos para cualquier desafío potencial. Si se trata de una instalación marciana, podríamos enfrentarnos a medidas de seguridad o fallos de funcionamiento".

La tecnología de la pirámide permitía la interconexión remota con el puesto de avanzada distante. Emily y Klaus establecieron un enlace seguro, mientras Sophie y Wei supervisaban los flujos de datos.

"Estamos dentro", dijo Klaus, sus dedos volando sobre los controles. "Los sistemas siguen operativos, pero los reguladores de energía han sufrido daños importantes".

Emily frunció el ceño. "¿Podemos arreglarlo a distancia?".

Los escáneres iniciales revelaron que muchos de los problemas podían resolverse a distancia. El equipo empezó a redirigir los flujos de energía y a reparar los circuitos dañados utilizando la avanzada interfaz de la pirámide.

"Es como operar a millones de años luz", comentó Iván, con los ojos clavados en la pantalla holográfica.

Tenemos que ser precisos. Un movimiento en falso y podríamos causar más daño que beneficio".

Superar obstáculos

Mientras trabajaban, surgieron desafíos inesperados. Las defensas automáticas se activaron, confundiendo su interferencia con un ataque. El equipo tuvo que navegar cuidadosamente por estos sistemas, utilizando los conocimientos de la pirámide para desactivarlos sin causar más daños.

Sophie, con sus dedos manipulando hábilmente los controles, dijo:"Estas defensas son avanzadas, pero tenemos el conocimiento marciano de nuestro lado. Podemos hacerlo".

Tras horas de intenso trabajo, los flujos de energía empezaron a estabilizarse. La señal de socorro se desvaneció, sustituida por un pulso constante y armonioso.

"Es un equilibrio delicado", dijo Klaus. "Tenemos que alinear perfectamente los flujos de energía, o corremos el riesgo de causar aún más trastornos".

A medida que trabajaban, la situación se volvía más urgente. Los flujos de energía eran cada vez más inestables y amenazaban con provocar un colapso catastrófico. Iván y Wei se movían con precisión, ajustando la maquinaria y afinando las salidas de energía.

"Estamos cerca", dijo Wei, con voz tensa. "Sólo un poco más".

Con un último ajuste, los flujos de energía se estabilizaron y la señal de socorro cesó. El equipo dejó escapar un suspiro colectivo de alivio, con los corazones palpitando de adrenalina.

"Lo hemos conseguido", dijo Sophie, con una sonrisa triunfal dibujándose en su rostro. "Hemos salvado la galaxia".

"Sí, ya lo creo. Lo hemos conseguido", dijo Klaus, con una sonrisa triunfante. "El puesto de avanzada vuelve a estar en línea y los flujos de energía son estables".

Emily dejó escapar un suspiro de alivio. "La galaxia está a salvo, por ahora. Hemos honrado el legado marciano".

Mientras permanecían en el corazón de la pirámide, la luz a su alrededor latía a un ritmo que parecía casi un latido: un silencioso reconocimiento de su hazaña. Habían demostrado ser dignos de la confianza de los marcianos, convirtiéndose en verdaderos guardianes del cosmos.

"Tenemos una responsabilidad", dijo Iván, con una voz llena de determinación. "Proteger y preservar el equilibrio del universo".

"Y de seguir aprendiendo", añadió Emily, con los ojos brillantes de desterminación. "Para explorar y comprender los misterios de Laniakea y más allá".

Con su misión en Laniakea completada por el momento, el equipo se preparó para regresar a su hábitat, con el corazón lleno de un nuevo propósito. El viaje que tenían por delante era incierto, pero sabían que estaban preparados para cualquier desafío que les esperara.

Cuando se alejaron de la pantalla holográfica, la pirámide susurró sus últimas palabras de sabiduría:"El conocimiento es la luz que nos guía a través de la oscuridad. Sed los guardianes del universo y dejad que vuestra luz brille con fuerza".

Y así, los astronautas regresaron a su base, dispuestos a afrontar el futuro con valentía y determinación, su vínculo más fuerte que nunca mientras se embarcaban en su próxima gran aventura. El estado de salud del comandante Harris había mejorado significativamente.

Capítulo 13: Descifrar el código

El mecanismo de la puerta de enlace

En el siguiente sol, sobre uno de los zócalos, el comandante Harris encontró un esquema de la pirámide. En el centro había una representación de la gran puerta circular que habían visto en los grabados del exterior.

"Mira esto", dijo el comandante Harris. "Parece ser el plano de la puerta. Si podemos descifrarlo, quizá sepamos cómo activarlo".

Klaus se unió a él. "Y si podemos activar el portal, podría llevarnos a otros lugares... o incluso a otros mundos".

Cuando siguieron explorando, encontraron otra sección de la cámara dedicada a las figuras de los guardianes. Proyecciones holográficas mostraban a los guardianes en acción, defendiendo lugares clave de las amenazas. Estos guardianes no eran sólo simbólicos; eran construcciones avanzadas, posiblemente robóticas o biomecánicas, diseñadas para proteger los bienes más valiosos de la civilización marciana.

Emily, estudiando las proyecciones, comentó:"Estos guardianes eran sofisticados sistemas de seguridad. Podrían ser la razón por la que esta pirámide y sus conocimientos han permanecido intactos durante tanto tiempo".

Cerca del final de la cámara, encontraron una gran puerta ornamentada cubierta de jeroglíficos y tallas. La puerta parecía palpitar con una luz tenue y rítmica, como si estuviera viva.

"Esto debe conducir a algo aún más significativo", dijo el comandante Harris, poniendo la mano en la puerta. "Tenemos que averiguar cómo abrirla".

Wei, examinando los jeroglíficos, notó un patrón. "Creo que se trata de otra secuencia, como la que utilizamos para activar los zócalos. Intentemos descifrarla".

Trabajando juntos, el equipo presionó cuidadosamente los jeroglíficos en el orden correcto. La puerta respondió con un timbre profundo y resonante y comenzó a abrirse lentamente, revelando una cámara resplandeciente más allá.

Cuando entraron en la nueva cámara, sus faros iluminaron una imagen que les dejó sin aliento: una estructura maciza e intrincadamente tallada que parecía palpitar con energía. En el centro de la sala estaba el portal, un gran portal circular que brillaba con una luz de otro mundo.

El comandante Harris se dirigió a su equipo con voz de asombro. "Sólo hemos arañado la superficie. Este portal podría ser la clave para desvelar los misterios de la civilización marciana y quizás incluso los secretos del propio universo".

Con una mezcla de emoción y reverencia, el equipo se preparó para adentrarse en el corazón de la pirámide, dispuesto a desvelar los ultimos secretos de los antiguos marcianos.

Las pantallas holográficas parpadeaban: imágenes de ciudades marcianas, naves estelares y seres de luz. Los jeroglíficos parpadeaban y revelaban ecuaciones que desafiaban la física terrestre.

Sophie tocó una cara de piedra. "¿Qué quieren de nosotros?", preguntó en silencio.

Y la cara de piedra respondió, en sus mentes, en sus almas. Hablaba de ciclos cósmicos, de ascensión y de una elección. La pirámide era una puerta no sólo a Marte, sino a las propias estrellas.

A medida que exploraban, encontraron cámaras más pequeñas que partían de la sala principal. Cada sala contenía artefactos, desde herramientas y armas hasta lo que parecían ser pergaminos hechos de una sustancia metálica.

Sophie, examinando uno de los pergaminos, dijo:"Puede que contengan sus registros. Tenemos que llevarlos a la base para analizarlos".

Iván asintió, empaquetando cuidadosamente los pergaminos. "Tendremos que manejarlos con cuidado. Podrían ser frágiles después de tanto tiempo".

En una de las cámaras más profundas, descubrieron lo que parecía ser una sala del trono. Una gran silla ornamentada ocupaba el centro, frente a una enorme pared tallada con un detallado mapa de las estrellas.

Emily, cautivada por el mapa, trazó las constelaciones con sus dedos. "Este podría ser su sistema de navegación, su guía para utilizar el portal".

Wei asintió, sus ojos reflejaban el brillo de las tallas. "Tenemos que recrearlo. Podría mostrarnos cómo activar la máquina".

Klaus, de pie junto al trono, encontró una serie de botones y palancas incrustados en los reposabrazos. "Este trono podría ser el centro de control. Si entendemos cómo funciona, quizá podamos accionar el portal".

El comandante Harris, sintiendo una sensación de urgencia, se dirigió al equipo. "Documentemos todo lo que hay aquí y empecemos a trabajar en la descodificación de los controles. Estamos a punto de hacer algo monumental".

Las horas se convirtieron en días (o mejor: soles) mientras el equipo trabajaba incansablemente, y su asombro inicial dio paso a una determinación concentrada. Emily y Wei, que ahora trabajaban juntos a la perfección, descifraban los jeroglíficos mientras Klaus analizaba la composición química de los materiales utilizados.

Iván y Sophie, cuyo vínculo se estrechaba cada día que pasaba, se encargaban de los aspectos físicos de la exploración, asegurándose de que cada artefacto se conservara cuidadosamente.

Una noche, mientras el equipo se reunía para disfrutar de un momento de descanso, el comandante Harris se dirigió a ellos. "Hemos hecho progresos increíbles, pero aún queda mucho por descubrir. Nuestra misión está evolucionando. No somos sólo exploradores; somos historiadores, científicos y diplomáticos de otro mundo".

El equipo asintió, un sentimiento de unidad y propósito llenó la sala. No sólo estaban descubriendo el pasado; estaban tendiendo un puente entre dos mundos, dos civilizaciones. Su misión había pasado de la exploración a la búsqueda del conocimiento, un viaje que les llevaría más allá de los confines de Marte y a lo más desconocido. Juntos, seguirían superando los límites de los logros humanos, inspirados por el legado de la antigua civilización marciana.

El Códice Celeste

La cámara bullía de energía cuando la tripulación se reunió en torno a Astraeus, el rostro de piedra que se había convertido en su guía y confidente. Sophie recorría las intrincadas tallas, rozando con los dedos símbolos que parecían palpitar de vida. Iván estaba a su lado, su amor era una promesa silenciosa frente a la revelación cósmica.

"Astraeus", susurró Sophie, "¿qué contiene el Códice Celestial?".

Sophie se refirió deliberadamente a la mitología griega. Astraeus es un dios Titán asociado con el crepúsculo y las estrellas. Es hijo de Crius y Euribia, y a menudo se le relaciona con la noche y los vientos. Astraeus es también el padre de los Anemoi (los dioses del viento) y de las estrellas, a través de su unión con Eos, la diosa del amanecer.

Por tanto, "Astraeus" significa literalmente "estrellado" o "de las estrellas", resaltando su conexión con los cuerpos y fenómenos celestes.

El rostro de piedra respondió, no con palabras, sino con imágenes y símbolos: Ciudades marcianas bañadas por la luz de las estrellas, seres de energía pura danzando entre las constelaciones: la civilización que antaño había prosperado en este planeta desolado. Habían trascendido la forma física y su conciencia se había fundido con el tejido mismo del cosmos.

"El Códice", transmitió Astraeus, "contiene la culminación de su sabiduría, su legado".

Emily dio un paso adelante. Su mente analítica se aceleró, conectando los puntos. "Viajes más rápidos que la luz", dijo. "La clave para abrir las estrellas. Imagina lo que la humanidad podría conseguir: un salto más allá de nuestro sistema solar".

Klaus asintió. "Pero el Códice exige sacrificios", dijo. "¿Qué precio estamos dispuestos a pagar por semejante conocimiento?".

Sophie miró a Iván. "Nuestro amor", dijo, "es una fuerza que trasciende las fronteras cósmicas. Pero, ¿y si no es suficiente?".

Descubrieron una estructura cristalina: el propio Códice Celestial. Sus facetas refractaban la luz y proyectaban arco iris en la cámara. Los dedos de Emily se posaron sobre la superficie, vacilantes pero ansiosos. Las facetas del cristal no eran meramente decorativas, sino parte de un complejo rompecabezas multidimensional.

"¿Qué opinas de esto?", preguntó el comandante Harris.

Los ojos de Emily escudriñaron la cuadrícula. "Estos números... no son aleatorios. Aquí hay un patrón".

Klaus, como bioquímico aficionado a las matemáticas, asintió. "Tienes razón, Emily. Esto me recuerda a algo familiar".

Sophie señaló varias secuencias. "Mira éstas: 1, 1, 2, 3, 5, 8, 13... Es una secuencia de Fibonacci".

"¿Una secuencia de Fibonacci?" Wei preguntó.

"Es una serie en la que cada número es la suma de los dos anteriores", explicó Klaus. "Se encuentra en la naturaleza, en la disposición de las hojas, en el patrón de las flores, incluso en las espirales de las galaxias".

Iván estudió el panel con más detenimiento. "Si se trata de una secuencia de Fibonacci, quizá la clave esté en completar o identificar estas secuencias".

Emily, siempre rápida para captar pistas matemáticas, sugirió:"Pongamos a prueba esa teoría. Tenemos que identificar si alguno de los números de la cuadrícula falta o está fuera de lugar. Si podemos corregir o completar la secuencia, podría activarse un mecanismo".

Todos se reunieron alrededor del panel, examinando los números. Estaba claro que faltaban algunos números en la secuencia esperada. Empezaron a rellenar los huecos, cada astronauta aportando sus conocimientos y experiencia.

El comandante Harris gritó los números a medida que los iban rellenando:"1, 1, 2, 3, 8, 13, 34, 55..."

Sophie, que iba anotando los números a medida que el comandante Harris los iba diciendo, se dio cuenta de algo. "Espera, aquí falta un número. Entre el 8 y el 13, necesitamos el 5".

"Exactamente", dijo Klaus. "Y aquí, entre el 13 y el 34, necesitamos el 21".

Wei se dio unos golpecitos en la barbilla, pensativo. "Así que tenemos que introducir estos números que faltan en la cuadrícula".

Iván empezó a pulsar los símbolos correspondientes en el panel. Todos contuvieron la respiración al pulsar el último número.

En ese momento, el cristal pareció responder, la luz en su interior cambiando para revelar un compartimento oculto. En su interior encontraron un antiguo pergamino, cuya superficie estaba cubierta con los mismos intrincados patrones que el cristal.

"Parece que lo hemos conseguido", dijo Iván, con una sonrisa en el rostro.

Wei desenrolló el pergamino con cuidado y examinó el texto con la mirada.

"¿Qué secretos esconde el códice?", murmuró Emily. murmuró Emily, mientras sus ojos reflejaban la luz caleidoscópica.

"Aquí dice", dijo Wei:"El portal, la alineación de los mundos. La unión cósmica: todo conduce a una decisión".

Klaus miró a Wei:"¿Quizá el códice no sólo revele conocimientos, sino también nuestro destino?", preguntó.

Emily trazó los complejos patrones del códice. "No se trata sólo de conocimiento", dijo. "Es una ecuación cósmica, un delicado equilibrio".

Klaus asintió. "Para liberar su poder", explicó, "debemos sacrificar algo precioso: una fuerza vital".

Sophie miró a Iván, con su amor como una promesa silenciosa. "¿Pero la vida de quién?", susurró.

Capítulo 14: La traición

El ambiente en el interior de la pirámide marciana se volvió tenso a medida que los astro-nautas descifraban más información sobre el enigmático portal. Se dieron cuenta de que activar el portal podría requerir un sacrificio importante, que podría poner en peligro la vida de alguien. El peso de esta revelación pesaba sobre el equipo, causando malestar y provocando tensiones subyacentes.

Descubrir el secreto de la puerta

Tras días de intenso estudio, Wei y Emily consiguieron descifrar las instrucciones finales para activar la puerta. Los glifos revelaban que el portal requería una transferencia de "energía vital" para funcionar: básicamente, un ser vivo tendría que entrar en el portal para activarlo, y posiblemente no volver jamás.

El comandante Harris reunió al equipo. "Tenemos que tomar una decisión difícil. Este portal podría ser la clave de un conocimiento inimaginable, pero el coste es alto. Alguien tiene que entrar en él, y no sabemos qué ocurrirá una vez que lo haga".

Iván dio un paso al frente con resuelta determinación. "Yo lo haré. Esta es una oportunidad única en la vida, y si significa asegurar nuestro futuro, entonces es un riesgo que vale la pena correr." El rostro de Sophie palideció ante la declaración de Iván. A lo largo de la misión se habían hecho muy amigos y su vínculo se había convertido en un afecto mutuo y silencioso. La idea de perder a Iván le resultaba insoportable.

La noche anterior

Esa noche, Sophie luchó con sus emociones. No podía soportar la idea de que Iván se sacrificara. La desesperación la corroía y supo que tenía que actuar.

Buscó a Wei, que seguía trabajando hasta altas horas de la noche, organizando meticulosamente los datos que habían recopilado. Los ojos de Sophie se entrecerraron al observar al diminuta ingeniera, y un plan se formó en su mente.

El acto de traición

Al día siguiente, cuando el equipo se reunió frente al portal, las tensiones eran máximas. Iván estaba preparado, con una expresión de miedo y determinación.

Sophie, con la mente acelerada, se acercó a él. "Iván, espera. Tenemos que volver a comprobar el sistema. Déjame asegurarme de que todo está listo".

Iván asintió, confiando implícitamente en ella. Mientras Sophie se dirigía al panel de control, miró a Wei, que estaba absorto calibrando algunos equipos. Sophie respiró hondo, con el corazón palpitante, y se puso en marcha.

Con un movimiento rápido y práctico, empujó a Wei hacia el portal. La menuda ingeniera tropezó, con los ojos muy abiertos por la sorpresa y la confusión.

"Sophie, ¿qué estás...? La protesta de Wei se interrumpió al verse impulsada hacia delante por la fuerza del empujón de Sophie.

Apenas se oyeron las últimas palabras de Wei. Los demás entendieron algo así como:"Por la humanidad".

Iván, al darse cuenta de lo que ocurría, se abalanzó para detenerla, pero ya era demasiado tarde. Los sensores del portal se activaron y se fijaron en Wei. La antigua máquina empezó a zumbar, aumentando su potencia a medida que extraía energía de su cautiva.

Las secuelas

La sala se llenó de una luz brillante y sobrenatural cuando el portal se activó y sus mecanismos zumbaron y brillaron. El equipo observó atónito cómo la luz envolvía a Wei y su forma se desvanecía en el resplandor.

"Sophie, ¿qué has hecho? gritó Emily, corriendo hacia el panel de control, intentando desesperadamente invertir el proceso, pero fue inútil. El portal se había iniciado y Wei había desaparecido.

El comandante Harris agarró a Sophie y la apartó de los con-trols. "¿Por qué, Sophie? ¿Por qué has hecho eso?"

Sophie tenía los ojos desorbitados, con una mezcla de miedo y de-safío. "No podía dejar marchar a Iván. No podía perderlo. Wei... no tenía que sacrificarse. I... Yo sólo reaccioné".

Iván, con el rostro pálido por la sorpresa y la rabia, se apartó de So-phie, incapaz de mirarla. "La has condenado, Sophie. No sabemos lo que hay al otro lado. Has actuado por egoísmo y miedo".

Emily, con la voz temblorosa por la ira, añadió:"Nos has traicionado a todos. Éramos un equipo, Sophie. Has roto esa confianza". Secretamente, estaba agradecida a Sophie, ya que su rival por amor con Klaus se había ido. No podía admitirlo oficialmente, por supuesto.

El resto del equipo quedó en desorden. El portal seguía activo, sus misterios ahora eclipsados por el coste de su activación. Habían obtenido acceso a conocimientos incalculables, pero al precio de su cohesión y de la vida de un colega de confianza.

El comandante Harris, intentando recuperar cierto control sobre la situación, dijo:"Tenemos que documentar todo lo que ha ocurrido aquí. Tenemos que comprender las consecuencias de lo que hemos hecho. Pero lo más importante es que debemos honrar a Wei asegurándonos de que su sacrificio no ha sido en vano".

Iván se volvió hacia el portal, con expresión resuelta. "No permitiré que su sacrificio sea en vano. Tenemos que averiguar qué hay al otro lado y por qué los marcianos construyeron este portal. Se lo debemos a ella y a nosotros mismos".

Mientras la pirámide temblaba, Sophie se aferró a Iván. "Estábamos destinados a desbloquear las estrellas", dijo. "¿Pero a qué precio?"

La mirada de Klaus se encontró con la de Sophie. "La traición", dijo, "es una herida que resuena por toda la eternidad".

La pirámide tembló cuando la máquina del portal se apagó.

Klaus se detuvo ante ella, con el corazón oprimido por el remordimiento. El sacrificio de Wei le atormentaba: el recuerdo de su existencia a medio formar, suspendida en el limbo cósmico. Klaus subió a una plataforma de piedra. Buscaba la redención: para Wei, para Sophie, para toda la humanidad. En su mente resonaban sus últimas palabras:"Por la humanidad". Pero, ¿qué significaba realmente? ¿Era el sacrificio el único camino hacia la iluminación?

Emily la siguió, con los ojos encendidos de ambición. Siempre había anhelado el conocimiento, ese que va más allá de los libros de texto y las ecuaciones. El Códice le había susurrado secretos, prometiéndole respuestas a preguntas no formuladas. Abandonar nuestro mundo para siempre no la amedrentaba; la entusiasmaba.

Sophie dudó. Su amor por Iván luchaba contra la culpa, la culpa de traicionar y sacrificar a Wei. Vio cómo Wei se desvanecía en las corrientes cósmicas. ¿Pero qué había más allá? ¿Redención? ¿Respuestas? ¿O más dolor?

Y así, en el corazón de Marte, el amor y el sacrificio chocaron en una danza cósmica que amenazaba con separarlos.

Capítulo 15: El viaje de Wei

Cuando la luz del portal envolvió a Wei, sintió una intensa sensación de ser arrastrada en múltiples direcciones simultáneamente. La sensación era desorientadora, como si su propia esencia estuviera siendo estirada a través del tejido del espacio-tiempo. Podía oír débiles ecos del zumbido de la tecnología marciana, que armonizaba con una fuente de energía mucho más antigua y poderosa que todo lo que ella había encontrado hasta entonces.

La transición

La visión de Wei se volvió borrosa y luego cambió a un caleidoscopio de colores, fractales en espiral a su alrededor. La sensación de estiramiento dio paso a una sensación de flotación, como si estuviera suspendida en un vacío entre realidades. Poco a poco, los colores y los patrones se unieron.

Llegada al nuevo mundo

Cuando por fin terminó la desorientadora transición, Wei se encontró en tierra firme, en un entorno completamente distinto. Se encontraba en un vasto paisaje abierto que parecía extenderse infinitamente en todas direcciones. El cielo era de un profundo color púrpura crepuscular, salpicado de constelaciones desconocidas y dos grandes lunas que bañaban la tierra con un suave resplandor etéreo.

El suelo estaba cubierto de extrañas plantas bioluminiscentes que brillaban con una suave luz, iluminando su camino. A pesar de lo extraño del entorno, Wei sentía una inexplicable sensación de calma, como si el propio lugar le diera la bienvenida.

El paisaje alienígena

Al explorar su entorno, Wei se maravilló ante la belleza surrealista del nuevo mundo. Elevadas estructuras cristalinas surgían del suelo, refractando la luz de la luna en un espectro de colores. Ríos de luz líquida fluían por el paisaje y sus corrientes proyectaban reflejos brillantes sobre la flora bioluminiscente.

Observó signos de vida inteligente: senderos tallados en el cristal, extraños símbolos grabados en las rocas y artefactos que parecían herramientas y dispositivos, aunque de formas y materiales que no pudo comprender de inmediato.

La antigua ciudad

Siguiendo uno de los senderos iluminados, Wei llegó a una antigua ciudad que parecía fundirse a la perfección con el paisaje natural. La arquitectura no se parecía a nada que hubiera visto antes: edificios hechos de un material translúcido que brillaba suavemente desde dentro y estructuras que parecían flotar sobre el suelo. As she ventured deeper into the city, she found a central plaza dominated by a massive, five-sided pyramid similar to the one on Mars. The realization struck her — this could be a sister pyramid, part of a network that spanned multiple worlds.

El nexo de la puerta

En la base de la pirámide, descubrió otra puerta, rodeada de intrincadas tallas y símbolos. Los glifos eran similares a los de la pirámide marciana, pero más complejos, lo que sugería un mayor nivel de comprensión o quizás un origen más antiguo.

Al examinar los símbolos, Wei se dio cuenta de que este portal podía conectar con muchos otros lugares, posiblemente incluso con la Tierra. Su corazón se aceleró con la posibilidad de volver a casa o de descubrir aún más sobre el alcance de la civilización marciana a través del cosmos.

El Guardián del Conocimiento

Mientras reflexionaba sobre su próximo movimiento, una figura resplandeciente emergió de la entrada de la pirámide. Era una proyección holográfica de un ser alienígena, alto y elegante, con extremidades alargadas y una expresión serena y sabia. El ser hablaba en un idioma que resonaba en la mente de Wei, no sólo como sonido, sino como significado puro.

"En nombre de los A'kara. Bienvenido, viajero", dijo el guardián. "Has accedido al Nexo de los Mundos. Aquí se almacena el conocimiento de innumerables civilizaciones, preservado contra los estragos del tiempo. Buscas comprensión y un camino a casa".

Wei asintió, con la voz temblorosa por la emoción. "Sí, así es. ¿Pueden ayudarme? ¿Puedo volver a la Tierra?".

Los ojos holográficos del guardián parecían mirar en lo más profundo de su alma. "Los portales conectan muchos lugares. Para volver a tu mundo, debes comprender los caminos y los sacrificios necesarios. Puedes buscar este conocimiento, pero debes demostrar que eres digno".

Las Pruebas del Valor

El guardián la guió hasta la pirámide, donde se enfrentó a una serie de pruebas en cinco cámaras diseñadas para poner a prueba su intelecto, valor, integridad, concentración y conocimiento. Cada cámara le planteaba desafíos: complejos rompecabezas, simulaciones de dilemas morales y tareas físicas que la llevaban al límite.

Wei estaba de pie en la entrada de la primera cámara de la pirámide, con el corazón palpitando de expectación y un poco de inquietud. Las palabras del guardián resonaban en su mente:"Para volver a tu mundo, debes demostrar que eres digno".

Le recordaron a las infames cámaras de los legendarios monjes del templo Shaolin, que tenían que pasar el examen final. Aunque practica regularmente artes marciales tradicionales chinas para mantenerse en forma, no está tan entrenada como un monje guerrero. Respiró hondo y dio un paso al frente, dispuesta a enfrentarse a cualquier desafío que se le pusiera por delante.

El primer desafío: Cámara del Intelecto

La primera cámara era una vasta sala llena de formas geométricas flotantes, cada una de las cuales brillaba con una luz interior. Símbolos y ecuaciones danzaban en el aire, cambiando y reorganizándose en complejos patrones.

Objetivo: Resolver los rompecabezas geométricos para desbloquear el siguiente pasaje.

Wei reconoció los símbolos como una mezcla de matemáticas marcianas y lógica espacial. Estiró la mano para tocar una de las formas flotantes, que respondió expandiéndose en un puzzle tridimensional. Cada rompecabezas requería que ella manipulara las formas y los símbolos en una configuración armoniosa.

El primer rompecabezas: Tetraedros giratorios

El primer rompecabezas consistía en alinear una serie de tetraedros giratorios (pirámides triangulares) de modo que sus sombras formaran un patrón específico en el suelo. Wei utilizó sus conocimientos de ingeniería para entender la mecánica de las rotaciones y lo resolvió rápidamente.

El segundo rompecabezas: el equilibrio de los flujos de energía

El segundo rompecabezas consistía en equilibrar los flujos de energía entre las formas interconectadas, como si se tratara de una red eléctrica. Basándose en sus conocimientos de sistemas eléctricos, ajustó los flujos hasta que las formas brillaron al unísono.

Cada vez que resolvía un rompecabezas, una sección de la pared se disolvía y revelaba el camino a la siguiente subcámara.

La Cámara del Intelecto era una vasta sala llena de formas geométricas flotantes, cada una de las cuales brillaba con una luz interior. Símbolos y ecuaciones danzaban en el aire, cambiando y reorganizándose en complejos patrones. Los dos primeros rompecabezas habían puesto a prueba la percepción espacial y las habilidades de ingeniería del astronauta, pero el tercero era aún más desafiante.

El tercer rompecabezas: La resonancia de las esferas

Cuando las paredes de la segunda cámara del rompecabezas se disolvieron, revelando el camino a la siguiente cámara, Wei dio un paso adelante, preparado para cualquier desafío que le esperara. La cámara era más pequeña que las anteriores, con un techo abovedado que brillaba con cristales incrustados. En el centro flotaba una gran estructura esférica formada por pequeñas esferas interconectadas, cada una de las cuales emitía un tono único.

Wei se acercó a la estructura y sus agudos ojos escrutaron la intrincada red de esferas. Cada esfera más pequeña contenía símbolos y formas de onda grabados en su superficie, todos ellos pulsando con distintas frecuencias de luz y sonido.

Objetivo: armonizar las frecuencias de las esferas para desbloquear el siguiente pasaje.

Análisis inicial

Wei reconoció el desafío de inmediato. Los símbolos y las formas de onda recordaban a los rompecabezas que había resuelto antes, pero esta vez la solución dependía únicamente de su capacidad para comprender y manipular las frecuencias de luz y sonido.

Wei se dijo:"Estas esferas... representan distintas frecuencias. Sonido, luz, quizá incluso ondas electromagnéticas. Necesito sincronizarlas".

Extendió la mano para tocar una de las esferas, y ésta respondió emitiendo un tono claro que resonó por toda la cámara. El tono fluctuó, creando un efecto de ondulación en las demás esferas. Se dio cuenta de que la frecuencia de cada esfera afectaba a las demás.

Descifrar los símbolos

Wei empezó por examinar los símbolos de la esfera más cercana. Los jeroglíficos sugerían un punto de partida: una frecuencia fundamental que debía establecerse primero. Ajustó los controles de un panel cercano y sintonizó la esfera con la frecuencia indicada.

Paso 1: Establecer la frecuencia fundamental

Mientras afinaba la primera esfera, ésta emitía un tono constante y armonioso. Las esferas circundantes respondieron y sus frecuencias de luz y sonido empezaron a alinearse con la frecuencia fundamental.

Wei afirmó:"Muy bien, una menos. Ahora ajustaremos las demás".

Equilibrar las frecuencias

Cada esfera posterior requería ajustes precisos. Wei utilizó sus conocimientos de acústica y ondas electromagnéticas para equilibrar las frecuencias, asegurándose de que cada esfera resonara en armonía con el tono fundamental.

Paso 2: Sincronizar las frecuencias secundarias

Wei pasó de una esfera a otra, manipulando los controles con destreza. Ajustó las longitudes de onda y las amplitudes, alineando cada esfera. Al hacerlo, la cámara se llenó de una armoniosa mezcla de luz y sonido, creando una sinfonía resonante que resonó en el techo abovedado.

Afinación de la última esfera

La última esfera era la más compleja. Contenía múltiples formas de onda superpuestas, cada una de las cuales representaba un tipo diferente de frecuencia. Wei comprendió que esta esfera era la piedra angular del rompecabezas y que su alineación completaría la estructura armónica.

Paso 3: Armonizar las frecuencias superpuestas

Wei respiró hondo y concentró su mente. Visualizó las formas de onda, cada capa representando un elemento diferente de la tecnología A'kara. Utilizando su experiencia, ajustó las frecuencias una a una, asegurándose de que encajaban perfectamente con la estructura armónica existente.

Cuando los últimos ajustes encajaron, la esfera emitió un tono claro y puro que resonó por toda la cámara. Las demás esferas respondieron del mismo modo, y sus luces y sonidos se fundieron en un todo armónico y cohesivo.

Se abre el pasadizo

Una vez resuelto el último enigma, la cámara vibró con un suave zumbido. La estructura esférica empezó a brillar con más intensidad y los símbolos de su superficie iluminaron la sala con una luz suave y etérea. Las paredes brillaron y se disolvieron lentamente, revelando un pasadizo oculto.

Wei:"Lo he conseguido. Las frecuencias están armonizadas".

Dio un paso atrás, admirando su trabajo. La sensación de logro la llenó de orgullo, sabiendo que había resuelto el rompecabezas con su intelecto y habilidad.

Mientras avanzaba por el pasadizo recién descubierto, los ecos de la armoniosa sinfonía permanecían en la cámara a sus espaldas. Wei sabía que su viaje estaba lejos de terminar y que los misterios de la civilización A'kara seguían revelándose ante ella. Estaba preparada para afrontar cualquier desafío que se le presentara, armada con los conocimientos y la determinación que la habían traído hasta aquí.

El segundo desafío: Cámara del Valor

La segunda cámara era una arena amplia y poco iluminada, con un silencio inquietante. Las sombras se movían en los bordes de su visión.

Objetivo: Enfrentarse a los miedos físicos y psicológicos y superarlos.

De repente, las sombras se convirtieron en formas tangibles: criaturas que encarnaban sus miedos e inseguridades más profundos. Se abalanzaron sobre ella a una velocidad aterradora, obligándola a reaccionar instintivamente.

El corazón de Wei se aceleró mientras esquivaba a las criaturas. Se dio cuenta de que su destreza física no sería suficiente; tenía que enfrentarse a sus miedos. Recurriendo a su entrenamiento en artes marciales, se centró en sí misma, concentrando su mente y controlando su respiración.

Se enfrentó a cada criatura, reconociendo el miedo que representaba. A medida que lo hacía, las criaturas empezaban a disolverse y su amenaza se desvanecía. La última criatura era una representación de su miedo al fracaso, imponente e impostada. Haciendo acopio de todo su valor, dio un paso al frente, enfrentándose a ella con la convicción de sus éxitos y las lecciones de sus fracasos. La criatura se disipó en una fina niebla y se abrió el camino hacia la siguiente cámara.

El tercer desafío: Cámara de la Integridad

La tercera cámara era un jardín sereno con una piscina tranquila en el centro. Alrededor de la piscina había estatuas de seres marcianos en diversas posturas de meditación.

Objetivo: Tomar decisiones éticas que demuestren integridad y compasión.

Wei se acercó a la piscina y vio su reflejo, junto a los hologramas de sus compañeros y seres queridos. La voz del guardián resonó a su alrededor:"Para continuar, debes tomar decisiones que equilibren la lógica con la empatía".

Los escenarios holográficos empezaron a desplegarse a su alrededor, cada uno de ellos presentando un dilema moral:

Asignación de recursos: Un asentamiento necesitaba suministros esenciales para sobrevivir, pero distribuirlos equitativamente significaría que todos tendrían lo justo, mientras que favorecer a un grupo podría garantizar su supervivencia a largo plazo, pero a costa de los demás. Wei optó por distribuir los suministros de forma equitativa, asegurándose de que todos tuvieran una oportunidad, lo que refleja su creencia en la igualdad y la justicia.

Sacrificio por un bien mayor: En un escenario de crisis, una persona tuvo que sacrificarse para salvar a muchas otras. Se trataba de un amigo. Wei se enfrentó a la confusión emocional de tomar una decisión que valoraba el bien mayor por encima de los apegos personales. Eligió salvar a muchos, comprendiendo la lógica dolorosa pero necesaria que había detrás.

Perdón y redención: Un escenario en el que un antiguo adversario buscaba redención y ayuda en una situación desesperada. Wei tuvo que decidir si confiar en ellos. Basándose en sus experiencias de trabajo en equipo y en el potencial de cambio, optó por ofrecer ayuda, demostrando su creencia en las segundas oportunidades y en la capacidad de crecimiento. Cada decisión que tomaba era sopesada por el guardián, y con cada elección moral correcta, el jardín que la rodeaba florecía más brillante y vibrante. Finalmente, un camino de piedras iluminadas la condujo a la penúltima cámara.

El cuarto desafío: Cámara del Enfoque

En cuanto Wei cruzó el umbral, entró en una cámara grande y poco iluminada. Un viento fresco e inquietante le rozó la piel, llevándole consigo el aroma de la piedra antigua y de algo indefinidamente extraño. Las paredes estaban decoradas con intrincadas tallas y símbolos que brillaban débilmente y proyectaban sombras fantasmales.

Objetivo: Mantener la fortaleza mental, la precisión, la adaptabilidad y la disciplina física.

En el centro de la sala había un pedestal hecho de un material que brillaba como la plata líquida. Sobre él descansaba un arco diferente a todos los que había visto. El arco parecía palpitar con una tenue luz interior, y junto a él había un carcaj de flechas, cada una de ellas con una punta brillante.

Wei se acercó con cautela al pedestal. Cuando alargó la mano para coger el arco, una voz profunda y resonante llenó la cámara y habló en un idioma que ella comprendió de algún modo:"Demuestra tu valía mediante la concentración y la habilidad. Sólo entonces pasarás".

Con el arco en sus manos, Wei sintió una extraña conexión con él, como si fuera una prolongación de sí misma. Se colgó el carcaj al hombro y retrocedió unos pasos, escudriñando la cámara en busca de la primera señal de un desafío.

Sin previo aviso, aparecieron una serie de dianas en las paredes y el suelo. Cada blanco tenía un símbolo diferente y brillaba con distintas intensidades. Algunos estaban inmóviles, mientras que otros empezaron a moverse, lanzándose erráticamente por el aire o deslizándose con rapidez por el suelo.

Wei tensó una flecha, sus sentidos se agudizaron y se centró en el blanco más cercano. Tiró de la cuerda del arco hacia atrás, sintiendo la tensión perfecta, y la soltó. La flecha voló certera e impactó en el centro de la diana con un ruido sordo y satisfactorio. Al instante, el blanco desapareció y apareció otro más lejos.

A medida que golpeaba cada diana, ésta desaparecía para ser sustituida por otras nuevas, cada una de las cuales presentaba un reto más complejo. Los objetivos empezaron a aparecer en rápida sucesión, con movimientos más rápidos e impredecibles. El aire se llenó de ruidos que la distraían: ecos, susurros y el lejano estruendo de maquinaria invisible, todo diseñado para desconcentrarla.

El entrenamiento y la aptitud natural de Wei para el tiro con arco pasaron a primer plano. Bloqueó las distracciones y redujo su concentración a un filo de navaja. Respiraba con regularidad, cada exhalación liberaba tensión y afinaba su puntería. Sus movimientos eran fluidos y precisos, una danza de concentración y habilidad.

A mitad de la prueba, el entorno cambió. Unas columnas se elevaban del suelo, obstruyendo su línea de visión y proporcionando cobertura a los blancos móviles. Algunos blancos estaban ahora parcialmente oscurecidos, lo que le obligaba a ajustar la puntería y el tiempo.

El sudor le resbalaba por la frente mientras desenfundaba, apuntaba y disparaba con fluidez. Se movía con rapidez para encontrar mejores posiciones, con la mente y el cuerpo en perfecta armonía. Acierta un blanco tras otro y su confianza aumenta con cada disparo.

De repente, la iluminación de la cámara cambió y se presentó el último desafío: un pequeño orbe que se movía rápidamente y recorría la sala a una velocidad increíble. Emitía un zumbido agudo que dificultaba aún más su seguimiento. Era la prueba definitiva para su concentración y habilidad.

Wei respiró hondo y calmó su acelerado corazón. Siguió el movimiento del orbe, anticipándose a su trayectoria errática. Apuntó la última flecha, tensó el arco y esperó el momento perfecto. El tiempo pareció ralentizarse mientras se concentraba por completo en el objetivo.

De repente, la flecha salió disparada con una precisión mortal. Golpeó el orbe en el centro y lo convirtió en un estallido de luz. La cámara quedó en silencio y los símbolos brillantes de las paredes se iluminaron, iluminando todo el espacio.

La voz resonante volvió, esta vez con un tono de respeto y aprobación:"Has demostrado tu valía. El camino está abierto".

La pared más alejada de la cámara se abrió, revelando un pasadizo que conducía a la cámara final. Wei, que aún sostenía el arco y el carcaj, sintió una oleada de triunfo y alivio.

Wei sonrió, aunque le dolían los músculos y su mente seguía aturdida por la intensidad de la prueba. A pesar de que la prueba estaba hecha a su medida, era lo más difícil que había hecho nunca. Pero no podría haberlo hecho si no hubiera sabido que, en algún lugar, sus compañeros la esperaban para darles una señal de vida.

El quinto desafío: Cámara del Conocimiento

La última cámara era una gran biblioteca, con las paredes forradas de estantes con tablillas cristalinas y pergaminos holográficos. En el centro había un pedestal con un complejo panel de control.

Objetivo: Desbloquear y comprender el conocimiento último de la civilización marciana.

Wei se acercó al panel de control, que mostraba intrincados patrones y escrituras alienígenas. Tenía que descifrar el lenguaje e introducir las secuencias correctas para acceder a los secretos mejor guardados de los marcianos. Utilizando los conocimientos que había acumulado y sus habilidades en lingüística y criptografía, empezó a traducir los símbolos.

Cada traducción correcta activaba una parte del pedestal, revelando más de las avanzadas tecnologías y filosofías de los marcianos. El proceso fue minucioso, requirió una intensa concentración y un profundo conocimiento del contexto y las sutilezas de la lengua marciana.

Tras casi horas de trabajo, la pieza final encajó en su sitio y el pedestal brilló con una luz intensa y palpitante. Una proyección holográfica del guardián marciano apareció de nuevo, asintiendo con aprobación. "Has demostrado intelecto, valor, integridad y capacidad para comprender y respetar nuestros conocimientos. Ahora eres digno de los secretos del portal".

La revelación y el regreso

Una vez completadas las pruebas, el guardián presentó a Wei un mapa detallado de la red del portal e instrucciones sobre cómo navegar por él. Entre los destinos, encontró las coordenadas de la Tierra.

Al activar el portal, Wei sintió de nuevo la desorientadora atracción del espacio-tiempo. Cuando la sensación desapareció, se encontró en una antigua cámara bajo las arenas de Egipto, rodeada de jeroglíficos familiares y del cálido resplandor de la luz solar que se filtraba por una estrecha abertura.

Salió al desierto egipcio, con la mente rebosante de conocimientos y experiencias. Sabía que los secretos que traía de la civilización marciana darían forma al futuro de la humanidad.

Bajo el inmenso cielo estrellado, Wei sintió una profunda conexión con el cosmos: un puente entre mundos, forjado a través de pruebas que pusieron a prueba la esencia misma de su ser. Había vuelto, no sólo como astronauta, sino como portadora de una sabiduría ancestral y un faro de esperanza para toda la humanidad.

Capítulo 16: Restablecimiento del contacto

En la mente de Wei se agitaban los pensamientos de sus compañeros de tripulación que seguían en Marte. Necesitaba restablecer el contacto para informarles de su supervivencia, de que había superado con éxito las pruebas y de los conocimientos cruciales que ahora poseía. El portal la había devuelto a la Tierra, pero su misión estaba lejos de terminar.

Encontrar herramientas de comunicación

En primer lugar, Wei tenía que encontrar un medio de comunicación. Volvió al interior de la pirámide. Era antigua, pero había signos de influencia marciana. Esperaba que los antiguos egipcios hubieran dejado herramientas o conocimientos que pudieran ayudarla.

Al explorar las cámaras de la pirámide, descubrió una sala oculta llena de artefactos que sugerían la existencia de tecnología avanzada. Entre las reliquias había un dispositivo que parecía un antiguo comunicador, con un diseño muy sofisticado a pesar de su antigüedad.

Wei examinó cuidadosamente el dispositivo, observando sus similitudes con la tecnología marciana. Parecía ser un tipo de transceptor, posiblemente capaz de realizar comunicaciones de largo alcance. Se apresuró a utilizar sus conocimientos de ingeniería para reactivar el dispositivo inactivo. Ajustó su configuración, alineándolo con las frecuencias que había aprendido del portal marciano.

Con el comunicador operativo, Wei necesitaba establecer un enlace claro con Marte. El aparato zumbó y sus intrincados circuitos brillaron con una luz de otro mundo. Calibró el transceptor, ajustándolo a la enorme distancia entre la Tierra y Marte y al retardo causado por la velocidad de la luz.

"Vamos, vamos", murmuró para sí misma, mientras sus dedos volaban sobre los controles. Envió una serie de impulsos, codificados con un mensaje y sus coordenadas, con la esperanza de captar la atención de sus compañeros.

Mientras esperaba una respuesta, Wei sintió una punzada de ansiedad. ¿Y si el mensaje no les llegaba? ¿Y si el dispositivo no era lo bastante potente? Se paseó por la cámara, mirando con frecuencia el comunicador, deseando que tuviera éxito.

Al cabo de lo que le pareció una eternidad, el aparato emitió una serie de pitidos que indicaban la llegada de una transmisión. Su corazón se llenó de esperanza.

Contacto restablecido

El comunicador volvió a la vida y oyó la voz del comandante Har-ris, débil pero inconfundible. "¿Wei? ¿eres tú? Aquí base Marte. ¿Me recibes?"

Lágrimas de alivio brotaron de sus ojos. "¡Sí, soy yo! Estoy en la Tierra, en Egipto. Encontré otro portal. Estoy a salvo".

La línea quedó en silencio por un momento, y luego llegó la voz del comandante Harris, llena de emoción. "Gracias a Dios. Creíamos que te habíamos perdido. ¿Te encuentras bien? ¿Qué ha pasado?" Lo especial de esta nueva forma de comunicación, comparada con las anteriores comunicaciones terrestres, era que ahora funcionaba en tiempo real, sin el retraso medio de 12,5 minutos de las comunicaciones unidireccionales. Wei resumió rápidamente su viaje, explicando las pruebas a las que se había enfrentado y los conocimientos que había adquirido sobre la civilización marciana llamada A'kara. Detalló la existencia de la red de portales y su potencial para conectar varios mundos, incluido un enlace directo con la Tierra.

Mientras hablaba, los demás miembros de la tripulación se unieron a la transmisión. La voz de Iván estaba llena de una mezcla de alivio y culpa. "Wei, yo... Lo siento mucho. No teníamos ni idea de lo que iba a pasar".

"No pasa nada, Iván", respondió ella, con voz firme. "Lo importante ahora es lo que hagamos a continuación. Tengo información que podría cambiarlo todo. El conocimiento marciano, su tecnología... es increíble. Tenemos que estudiarla y comprenderla a fondo".

Emily, yendo directa al grano como científica, preguntó:"¿Puedes transmitirnos los datos? Tenemos que analizarlos y ver cómo pueden ayudarnos aquí en Marte".

Wei ajustó el comunicador y lo conectó a su bloc de datos portátil. Empezó a transmitir los datos codificados que había recopilado durante sus pruebas. "Estoy enviando todo ahora. Puede que tarde un poco debido a la distancia, pero deberíais empezar a recibirlo pronto".

Mientras comenzaba la transmisión de datos, el equipo discutía sus próximos pasos. El comandante Harris se hizo cargo de coordinar los esfuerzos entre la Tierra y Marte. "Tenemos que asegurar la pirámide aquí y proteger la entrada", sugirió Wei. "Si otros lo encuentran sin entender su significado, podría ser peligroso".

"De acuerdo", respondió el comandante Harris. "Continuaremos nuestro trabajo aquí y nos prepararemos para posibles viajes a través de los portales. Esto podría ser un punto de inflexión para la humanidad".

Klaus intervino:"¡Os envidio un poco, ahora tenéis la oportunidad de disfrutar de un balneario con playa, bebidas y palmeras!".

Wei respondió:"Claro, pero tempus fugit. Incluso aquí abajo no me quedará mucho tiempo, estaré muy ocupado asegurando la pirámide y siendo el consejero a tiempo completo en el control de la misión. Pero una vez que todos tengamos la reunión, te prometo que te tendré reservada una cerveza fría, Klaus".

Entonces Sophie intervino:"Wei, no sé cómo decírtelo, pero lo siento mucho".

Wei replicó:"Ni lo menciones. Enterremos lo que pasó. Te perdono. De hecho, gracias a ti he tenido la oportunidad de mi vida de vivir esta peculiar experiencia de ir donde ninguna mujer ha ido antes". La voz de Iván, aún teñida de emoción, se abrió paso. "Wei, estamos orgullosos de ti. Tu valor y perseverancia nos han dado la oportunidad de lograr algo extraordinario".

"Gracias, Iván", respondió ella, sintiendo el peso de su misión compartida.

"Asegurémonos de honrar el sacrificio de Wei y el legado de la civilización marciana", decidió el comandante Harris.

Al terminar la transmisión, Wei sintió una profunda satisfacción y determinación. Había tendido un puente entre mundos, no sólo físicamente, sino también intelectual y emocionalmente. Los conocimientos que transportaba eran un faro para el futuro de la humanidad, un testimonio del perdurable espíritu de exploración y descubrimiento. Abandonó la pirámide y contempló el vasto desierto. Abandonó la pirámide y contempló el vasto desierto.

El sol se ponía en el horizonte, proyectando largas sombras sobre las antiguas arenas.

Cuando las estrellas empezaron a titilar en el cielo nocturno, Wei sintió una profunda conexión con el universo. Los portales le habían demostrado que las distancias podían salvarse, que el conocimiento podía compartirse y que, a pesar de la inmensidad del espacio, la unidad era posible.

Después de esta emocionante aventura, Wei estaba totalmente agotada. El cansancio la venció y se quedó dormida en el lugar, en una colina de arena junto a la pirámide egipcia.

Capítulo 17: La civilización A'kara

Desvelando la historia de los A'kara

El viaje a las profundidades de la pirámide marciana fue una odisea tanto física como intelectual. A medida que los astronautas exploraban los intrincados pasadizos y cámaras, iban descubriendo el rico tapiz de la historia de la civilización A'kara, reconstruyendo la historia de un pueblo cuyos logros y comprensión del universo superaban con creces todo lo que la humanidad había imaginado jamás.

Una de las cámaras de la pirámide contenía la clave para entender a los A'kara. Las paredes estaban adornadas con detalladas tallas y jeroglíficos, cada uno de ellos un fragmento de la historia épica de los A'kara. En el centro de la sala había un gran pedestal de intrincado diseño, sobre el que descansaba una tablilla cristalina. Cuando se activaba, esta tablilla proyectaba imágenes holográficas y narraba la historia de los A'kara en su propia lengua antigua y melodiosa.

Cuando los astronautas activaron la tableta, la sala cobró vida con la luz. Figuras holográficas, que brillaban con un resplandor etéreo, se movían por la cámara, representando escenas de la historia de los A'kara. Estas proyecciones, junto con los jeroglíficos, crearon una experiencia vívida e inmersiva.

La proyección comenzaba con los primeros días de los A'kara. Eran una sociedad floreciente, con ciudades llenas de estructuras imponentes y tecnología avanzada. Los A'kara habían aprovechado el poder de los recursos marcianos, dominando fuentes de energía limpias, ilimitadas y sostenibles. Vivían en armonía con su entorno y su sociedad se caracterizaba por un profundo respeto tanto por el planeta como por el cosmos.

La siguiente fase reflejó la insaciable curiosidad de los A'kara por el universo. Construyeron observatorios y naves espaciales, explorando el sistema solar y más allá. Sus científicos y filósofos profundizaron en los misterios de la vida, la energía y la conciencia. Esta época estuvo marcada por descubrimientos revolucionarios y el desarrollo de tecnologías que les permitieron manipular la energía y la materia a un nivel fun-damental.

A medida que crecía su comprensión del universo, los A'kara se dieron cuenta de su papel como administradores cósmicos. Los hologramas mostraban la formación del Consejo Celestial, un grupo de seres iluminados que guiaban a los A'kara en su búsqueda por mantener el equilibrio cósmico. Los A'kara aprendieron a canalizar las energías cósmicas, utilizándolas para sostener su sociedad y proteger su mundo de amenazas externas.

El capítulo más profundo de su historia se centró en la búsqueda de la inmortalidad por parte de los A'kara. Las proyecciones ilustraban sus experimentos con la conciencia y la energía, buscando trascender sus formas físicas. Descubrieron que fusionando su esencia con ciertos materiales resonantes, como las piedras de la pirámide, podían alcanzar un estado de existencia eterna.

El concepto de inmortalidad de los A'kara no consistía únicamente en vivir para siempre, sino en trascender las limitaciones de la existencia física y pasar a formar parte del tapiz cósmico.

Los astronautas se enteraron de que los A'kara habían desarrollado intrincados rituales para prepararse para la trascendencia. Estos rituales implicaban alinear la propia energía con los ritmos cósmicos y someterse a una serie de preparativos mentales y espirituales. El paso final consistía en fusionar la conciencia con un material resonante, convirtiéndose así en parte de la pirámide y del campo de energía cósmica.

Al trascender, las identidades individuales de los A'kara se disolvían y pasaban a formar parte de una conciencia colectiva. Esta entidad colectiva era vasta y estaba interconectada, lo que permitía a los A'kara experimentar el universo de formas inimaginables para los seres físicos. Podían percibir los acontecimientos cósmicos, influir en los flujos de energía y mantener el equilibrio del universo.

La inmortalidad de los A'kara iba acompañada de un profundo sentido de la responsabilidad. Como guardianes eternos, tenían la misión de proteger el universo de la entropía y el caos.

Su conciencia, dispersa como polvo de estrellas, desempeñó un papel crucial en el sostenimiento del tejido de la existencia. Este papel no era sólo un deber, sino una existencia armoniosa, en la que encontraban propósito y realización en su tutela.

Cuando terminó la narración holográfica, los astronautas permanecieron en silencio, asimilando la magnitud de lo que acababan de presenciar.

El comandante Harris empezó a comentar:"Esto va más allá de lo que podríamos haber imaginado. Los A'kara no sólo eran avanzados, sino que poseían una sabiduría que trascendía nuestra comprensión de la vida y del universo. Su comprensión de las energías cósmicas y de su papel como administradores de la realidad es increíble".

Emily siguió hablando:"Estos jeroglíficos son algo más que un registro de sus logros. Cuentan la historia de una civilización que trascendió la existencia física. La forma en que se fusionaron con los pyra-mid para alcanzar la inmortalidad es a la vez fascinante y aterradora. Su búsqueda de la inmortalidad no consistía en escapar de la muerte, sino en fundirse con el cosmos. Su conciencia se convirtió en parte del tejido del universo, manteniendo su equilibrio. Es un concepto hermoso y humilde".

Después, Iván encontró sus palabras:"Y su sentido de la responsabilidad... No buscaban el poder ni el control, sino la armonía y la protección.

Su legado es un testimonio del potencial de la vida inteligente cuando persigue el conocimiento y la comprensión. Además, sacrificaron su individualidad por un bien mayor, formando parte de una conciencia colectiva. Es un nivel de altruismo difícil de comprender. Pero también plantea cuestiones sobre la naturaleza de la identidad y la con-sciencia".

Tras la señal de vida de Wei, Sophie se rehabilitó por completo en el equipo, aunque seguía existiendo cierta desconfianza en su interior. La nueva constelación en el cielo es un hermoso recordatorio de su sacrificio y de nuestra conexión con el cosmos. No somos sólo ex exploradores, sino que formamos parte de algo mucho más grande. Tenemos mucho que aprender de ellos. Sus tecnologías, sus filosofías, su comprensión de la energía y la conciencia... es un tesoro de conocimientos".

Emily añadió:"Y su historia no trata sólo del pasado. Es una guía para nosotros, una hoja de ruta hacia un propósito más elevado. Tenemos el deber de honrar su legado y utilizar lo que hemos aprendido para proteger y mejorar nuestro mundo".

Klaus, que ha permanecido en silencio durante ese tiempo. Sus pensamientos seguían vagando hacia Wei y el traumático suceso, aunque tuvo que admitir que pronto se hizo la clásica constatación: fuera de la vista, fuera de la mente, porque frente a él estaba Emily en todo su esplendor, a la que podía ver y oír, pero que pronto también podría experimentar con todos los demás sentidos, con el olfato, el gusto y el tacto...

Sin embargo, esto tuvo que esperar hasta que llegaron al hábitat. Klaus se enamoró de ella y sintió que ella también lo percibía. Tras una breve pausa, Klaus se vio obligado a comentar:"Sus jeroglíficos y los registros holográficos no son meros artefactos históricos. Son mensajes, enseñanzas destinadas a guiarnos. Tenemos que descifrar toda la información que podamos y compartirla con el mundo". La comprensión que los A'kara tienen de los ritmos cósmicos y de su papel como guardianes nos ofrece una nueva perspectiva de nuestra propia existencia. Tenemos mucho que aprender de ellos y mucho por lo que luchar".

Con un renovado sentido del propósito, los astronautas empezaron a documentar sus hallazgos con meticuloso detalle. Sabían que sus descubrimientos podrían cambiar el curso de la historia de la humanidad, pues no sólo ofrecían información sobre tecnologías avanzadas, sino también sobre las profundas enseñanzas filosóficas y éticas de los A'kara. Establecieron un enlace de comunicación seguro con la Tierra, transmitiendo la riqueza de conocimientos que habían descubierto. También informaron sobre el paradero de Wei y su aventura. Les dieron las coordenadas exactas para recogerla y llevarla al control de la misión. Aunque estaba a unos 225 millones de kilómetros de distancia, ahora era el activo más valioso e indispensable de la Tierra para ellos.

Su misión había pasado de la exploración a la conservación y la educación. Ahora eran los custodios del legado de los A'kara, encargados de garantizar que la humanidad aprendiera de la sabiduría de esta antigua civilización marciana.

Mientras se preparaban para la siguiente fase de su misión, los astronautas sintieron una profunda conexión con los A'kara, un parentesco que trascendía el tiempo y el espacio. Formaban parte de un continuum cósmico, unidos por la búsqueda compartida del conocimiento y la eterna búsqueda por comprender los misterios del universo.

Capítulo 18: La cámara oculta

La pirámide marciana se alzaba sobre los astronautas, proyectando largas sombras sobre las arenas rojas de la superficie del planeta. El descubrimiento de nuevas cámaras en el interior de la antigua estructura se había convertido en una rutina para el equipo, pero cada nuevo hallazgo les llenaba de una mezcla de emoción y temor. Hoy, sin embargo, sería diferente.

Emily, haciendo uso de sus conocimientos geológicos, había estado examinando la estructura exterior de la pirámide en busca de anomalías. Su agudo ojo para los detalles pronto dio sus frutos cuando observó una ligera irregularidad en la mampostería del lado norte. Reunió al resto del equipo y empezaron a investigar.

Emily señaló el muro:"Mirad aquí. Las piedras son diferentes en esta sección. Puede que oculten algo".

Klaus examinó las piedras:"Tienes razón. Aquí hay costuras finas, casi como una puerta oculta. Veamos si podemos abrirla".

Con cuidadosa precisión, trazaron las costuras y presionaron las piedras en varios patrones. Tras varios intentos, las piedras empezaron a moverse, deslizándose para revelar un estrecho pasadizo que se adentraba en la pirámide. Los astronautas intercambiaron miradas de emoción antes de entrar, con sus linternas en la oscuridad.

El pasadizo era largo y sinuoso, y las paredes estaban adornadas con más jeroglíficos y tallas. Finalmente, llegaron a una gran cámara circular. En el centro de la cámara había un pedestal con tres objetos apoyados sobre él, cada uno bañado en un suave resplandor etéreo.

El primer artefacto

Sophie miró con los ojos muy abiertos:"¿Qué crees que son?".

El comandante Harris se acercó:"Parecen herramientas o armas avanzadas. Examinémoslos detenidamente".

El primer objeto era un elegante cetro de un metal desconocido que brillaba bajo sus luces. Estaba grabado con intrincados diseños y tenía tres configuraciones distintas marcadas con símbolos.

Iván examinó el cetro y dijo:"Esto parece un arma. Quizá tenga diferentes modos. Veamos... estos símbolos podrían indicar los ajustes".

Klaus señaló los símbolos discretamente ocultos:"Este se parece a un símbolo de aturdimiento. Y aquí, una llama. El último, una calavera. Aturdir, quemar y matar".

El comandante Harris asintió:"Tendremos que probarlo para estar seguros, pero parece plausible. Deberíamos manejarlo con sumo cuidado".

Iván se ofreció voluntario:"Adelante, Klaus. Dame una dosis de aturdimiento, por favor. Si no resucito, dame esta inyección de epinefrina".

Sophie preguntó con curiosidad:"¿Epinefrina?".

Iván respondió:"Sí, es adrenalina sintética, y puede ayudar a...".

El comandante Harris interrumpió:"Ni hablar. Si usted, como médico, no se recupera, tendremos un gran problema".

Klaus se adelantó:"Yo me encargo".

De repente, Emily apartó a Klaus:"Las mujeres también somos fuertes y no formamos parte del sexo débil. Insisto en ser el sujeto de pruebas".

El comandante Harris se convenció y dio luz verde. Con estilo de mando militar, sólo dijo brevemente:"¡Permiso concedido!".

Sin dudarlo, Iván apuntó el cetro hacia Emily y pulsó el botón de aturdimiento. Emily se desmayó inmediatamente y Klaus la atrapó antes de caer al suelo.

Al cabo de unos 30 segundos, Iván se acercó a Emily y le administró una inyección revitalizadora.

Emily se sintió mareada y murmuró:"¿Dónde estoy? ¿Qué ha pasado?".

Iván le explicó:"Es normal. Al salir de la anestesia se suele experimentar amnesia retrógrada".

Emily se recuperó poco a poco y volvió a ponerse en pie. Sonrió agradecida a Klaus, que la había abrazado con cuidado todo el tiempo. Ella misma sabía que era un instinto primario de protección lo que afloraba en ella. Pero lo disfrutaba mucho y, de algún modo, también percibía que Klaus disfrutaba igualmente de su papel.

El segundo artefacto

Junto al cetro había una varilla delgada, no muy distinta de un escáner médico moderno, pero con un diseño suave y orgánico. Emitía una suave luz verde y tenía un alfiler en el extremo. El dispositivo no sólo parecía funcional, sino también una obra de arte, diseñada con una meticulosa atención al detalle y una comprensión tanto de la estética como de la ergonomía. Estaba hecho de un material liso e iridiscente que reflejaba un espectro de colores según el ángulo de la luz. El material tenía la durabilidad del metal, pero la calidez y sutil flexibilidad de un polímero fino, lo que sugería un material compuesto de diseño avanzado. La superficie de la varilla estaba adornada con intrincados y fluidos dibujos que parecían desplazarse y cambiar a medida que uno se movía a su alrededor. Estos patrones no eran meramente decorativos; contenían micrograbados de símbolos y glifos que se creía que formaban parte de los sistemas de control y activación del dispositivo. Los grabados eran delicados y precisos, lo que hacía pensar en el uso de un grabado láser avanzado o una tecnología similar. En un extremo de la varilla había un pequeño cristal redondo incrustado en la superficie. Cuando se utilizaba, emitía una suave luz verde. Alrededor del cristal había anillos concéntricos de diminutos símbolos luminiscentes que brillaban tenuemente. Para activar la varilla, el usuario tenía que presionar el cristal y girar los anillos para alinear símbolos específicos, que probablemente utilizaban la varilla para diferentes funciones médicas.

Emily coge la varilla:"Parece que podría ser una herramienta médica. ¿Ves su forma? Está diseñada para sujetarla y dirigirla con facilidad".

Sophie activó el aparato:"Vamos a probarlo. Iván, ¿tienes alguna herida leve?".

Iván mostró un pequeño corte en el brazo:"Toma. Con cuidado".

Sophie dirigió la luz verde sobre la herida de Iván.

La cara de Iván se contorsionó de dolor y gimió:"¡Ay! Ten cuidado, soy humano".

Casi al instante, el corte empezó a cerrarse y la piel volvió a unirse sin costuras.

Iván, asombrado, dijo con entusiasmo:"¡Es un aparato médico! Es increíble. Esto podría revolucionar la atención de urgencias".

Iván cogió la varilla médica de manos de Sophie y la guardó con cuidado en su bolso. Estaba convencido de que esta herramienta podría utilizarse más a menudo en esta misión.

El tercer artefacto

Finalmente, dirigieron su atención al tercer objeto, una pequeña e intrincada pieza de tecnología que parecía un brazalete. El brazalete estaba compuesto por una aleación brillante y desconocida que reflejaba la luz de una forma que parecía casi líquida. Tenía un aspecto fluido, sin juntas ni costuras visibles, lo que indicaba un nivel avanzado de conocimientos metalúrgicos. El brazalete era ligeramente más grande que una pulsera normal, diseñado para ajustarse cómodamente a la muñeca sin resultar pesado. La superficie exterior de la pulsera estaba rodeada de delicados grabados que parecían una fusión de motivos geométricos y orgánicos. Estos motivos se entrelazaban en un bucle continuo, creando un efecto visual fascinante. Dentro de los grabados había diminutos símbolos brillantes que emitían una luz tenue y etérea. Estos símbolos recordaban a los jeroglíficos encontrados en las paredes de la pirámide, lo que sugería que tenían un significado o una función significativa en relación con el funcionamiento del artefacto. En el centro de la pulsera había un pequeño cristal elevado, del tamaño de un guisante. Este cristal emitía un suave resplandor multicolor que parecía cambiar al observarlo desde distintos ángulos. Los astronautas supusieron que este cristal era la clave para activar el dispositivo. Al tocarlo, Klaus se iluminó y desapareció de la vista.

Emily jadeó:"Klaus, ¿adónde has ido?".Suddenly Emily was touched by invisible hands from behind.

Emily soltó una risita de placer y contestó enérgicamente:"Niño travieso. Por favor, compórtate, Klaus. Aquí hay espectadores".

Klaus reapareció:"¡Es un dispositivo de camuflaje! Era completamente invisible. Podría ser muy útil para la exploración y la protección".

Y Emily coqueteó con Klaus:"¡Y para la seducción!"

Mientras seguían registrando la zona, los astronautas descubrieron más brazaletes en una especie de baúl. Esto significaba que cada miembro del equipo estaba ahora bien equipado con una gorra de camuflaje personal.

El comandante Harris dijo con voz seria:"Tenemos que documentar estos hallazgos e integrarlos en nuestra misión. Estas herramientas son más avanzadas que cualquier otra que tengamos, y podrían ser cruciales para nuestra supervivencia y éxito aquí en Marte."

Recogiendo los nuevos artefactos, los astronautas emprendieron el camino de regreso a su campamento base. El descubrimiento del cetro, el bastón médico y el dispositivo de camuflaje añadieron una nueva dimensión a su misión. Ahora disponían de una tecnología que podía protegerles, curarles y hacerles invisibles en caso necesario. Las implicaciones eran enormes y sabían que debían utilizar estas herramientas con prudencia.

Sentados alrededor del campamento, discutiendo los posibles usos y consecuencias de sus nuevos descubrimientos, una sensación de determinación se apoderó del grupo. No eran simples exploradores, sino pioneros en el umbral de una nueva era de descubrimientos humanos.

El comandante Harris dijo resueltamente:"Hemos encontrado herramientas increíbles aquí, pero tenemos que seguir concentrados. Nuestra misión es descubrir los secretos de esta civilización y aprender de ellos. Utilicemos estas herramientas para ayudarnos, pero no olvidemos por qué estamos aquí".

El equipo asintió con la cabeza, cada miembro comprendiendo la gravedad de su situación. Con los nuevos descubrimientos en la mano, se sentían más preparados para lo que les esperaba. Los misterios de la pirámide marciana estaban lejos de ser desvelados del todo, pero a cada paso estaban más cerca de comprender a los antiguos A'kara y su increíble legado.

Capítulo 19: El Consejo Celestial

Los astronautas se adentraron en la pirámide marciana, con el camino iluminado por el suave y palpitante resplandor de los jeroglíficos. Habían desentrañado enigmas que ponían a prueba su intelecto y su unidad, y cada paso les acercaba más al corazón de la civilización A'kara. Al entrar en la siguiente cámara, una abrumadora sensación de expectación llenó el aire.

La Gran Cámara

La cámara era enorme y su techo abovedado estaba adornado con constelaciones que brillaban como el cielo nocturno. Las paredes estaban revestidas de intrincadas tallas que representaban la historia y los logros de los A'kara.

Una figura monstruosa con nueve dedos en cada mano estaba entronizada en el centro de la sala, rodeada por seis figuras altas y etéreas hechas de luz y energía resplandecientes.

El comandante Harris dio un paso adelante, con los ojos muy abiertos por el asombro. "¿Qué es este lugar?

Emily estudió las tallas de las paredes. "Deben de ser el Consejo Celestial, los guardianes del conocimiento y el legado de los A'kara".

Las figuras parecieron reconocer su presencia y sus formas brillaron con más intensidad. Un suave zumbido llenó la cámara, resonando con una energía de otro mundo. Los astronautas supieron instintivamente que se encontraban en presencia de seres mucho más allá de su entendimiento.

El primer encuentro

Una de las figuras se adelantó y su forma se hizo más definida. Tenía forma humanoide, pero irradiaba una energía profunda que trascendía lo físico. Cuando hablaba, su voz era una armoniosa mezcla de tonos que resonaba directamente en la mente de los astronautas.

El Ser Celestial comenzó:"Bienvenidos, viajeros de la Tierra. Somos el Consejo Celestial, administradores de la civilización A'kara. Habéis demostrado vuestro intelecto y unidad superando las pruebas que se os han puesto por delante".

Sophie sintió un escalofrío. "¿Quiénes eran los A'kara? ¿Qué les ocurrió?"

El resplandor de la figura se intensificó y empezaron a formarse imágenes en el aire a su alrededor, que ilustraban el ascenso y la caída de la civilización A'kara.

El ascenso de los A'kara

Los A'kara eran una civilización antigua y muy avanzada que floreció en Marte hace eones. Dominaban el uso de las energías cósmicas y aprovechaban el poder de las estrellas y los planetas para alimentar su tecnología y sostener su sociedad. La civilización A'kara estaba en su apogeo, un faro de tecnología avanzada y filosofía ilustrada. Sus ciudades eran maravillas de la ingeniería, perfectamente integradas en el paisaje marciano. Torres de cristal y metal se alzaban hacia el cielo, alimentadas por una combinación de energía solar y geotérmica. Los A'kara dominaban la vida sostenible, garantizando la prosperidad de su planeta junto con sus avances tecnológicos.

El Ser Celestial explicó:"Una vez fuimos como vosotros, exploradores e innovadores, tratando de comprender los misterios del universo. Nuestro conocimiento se hizo vasto, nuestros logros grandes".

Las imágenes mostraban a los A'kara dedicados a diversas actividades científicas y culturales. Estudiaban las estrellas, profundizaban en los secretos del átomo y creaban arte y música.

Los A'kara tenían un profundo conocimiento de los ritmos cósmicos del universo. Establecieron una red de conocimiento y energía, extendiendo su influencia a otros planetas e incluso a diferentes dimensiones. Su objetivo último era mantener el equilibrio y la armonía en todo el cosmos.

La llegada de la entropía

A pesar de sus éxitos, los A'kara no podían escapar a las leyes fundamentales del universo. Empezaron a detectar cambios sutiles en su entorno: cambios en el campo magnético, fluctuaciones en la temperatura del núcleo del planeta y anomalías en la radiación cósmica que recibían.

Klaus comentó:"Estaban presenciando los signos de la desintegración planetaria".

El Ser Celeste asintió. "Efectivamente. Nuestros científicos predijeron que Marte estaba sucumbiendo lentamente a la entropía. El núcleo se enfriaba, la atmósfera se enrarecía y los recursos naturales disminuían. Teníamos que actuar para preservar nuestro legado".

Los astronautas observaron absortos, mientras sus mentes asimilaban la profunda historia de la lucha de una civilización contra la inevitabilidad cósmica.

El acontecimiento catastrófico

El punto de inflexión se produjo cuando una serie de impactos masivos de asteroides bombardearon Marte, despojando partes significativas de su ya frágil atmósfera. Las tormentas resultantes causaron estragos en la superficie del planeta, provocando una devastación generalizada.

El comandante Harris presumió:"Esto parece demostrar la controvertida Ley de Titius-Bode con el planeta desaparecido, que también arrastró a Marte al abismo debido a su destrucción por impactos de asteroides".

El Ser Celeste explicó:"Los impactos de asteroides fueron una llamada de atención. Nos dimos cuenta de que nuestro tiempo como seres físicos era limitado. Teníamos que encontrar la forma de preservar nuestro conocimiento y esencia antes de que fuera demasiado tarde".

Las imágenes mostraban a los A'kara luchando por proteger sus ciudades, sus científicos trabajando sin descanso para desarrollar una solución. Era una carrera contrarreloj, ya que el estado del planeta empeoraba con cada sol que pasaba.

El plan de la trascendencia

Las mentes más brillantes de los A'kara concibieron un audaz plan: trascender sus formas físicas y fusionar su conciencia con el tejido de la pirámide, una estructura que pudiera resistir los estragos del tiempo y las fuerzas cósmicas. Esta pirámide serviría como depósito de su conocimiento y esencia colectivos, asegurando que su legado perdurase.

El Ser Celestial informó:"Construimos la pirámide utilizando materiales que podrían perdurar durante eones. Se convirtió en nuestra arca, un recipiente para transportar nuestra conciencia y conocimiento hacia el futuro".

Las imágenes mostraban la construcción de la pirámide, un esfuerzo monumental en el que participó toda la civilización. La estructura fue diseñada para aprovechar y almacenar las energías cósmicas, creando un entorno estable para que residiera su conciencia.

La Gran Ceremonia de Transición

La culminación de sus esfuerzos fue la Gran Ceremonia de Transición. Toda la población se reunió alrededor de la pirámide, con rostros llenos de una mezcla de esperanza y solemne determinación. Los líderes de los A'kara, incluidos los futuros miembros del Consejo Celestial, se situaron al frente, dispuestos a guiar a su pueblo hacia una nueva existencia.

El Ser Celestial explicó:"La ceremonia fue un profundo mo-mento en nuestra historia. Utilizamos nuestra tecnología para convertir nuestras formas físicas en energía pura, fusionando nuestra conciencia con la pira-mida".

Las imágenes mostraban un impresionante espectáculo de luz y energía. Los A'kara formaban círculos concéntricos alrededor de la pirámide y sus cuerpos se disolvían en brillantes corrientes de energía que fluían hacia la estructura. La pirámide absorbió la energía y sus paredes brillaron con una luz interior mientras la conciencia de toda una civilización se fundía en una sola.

La aparición del Consejo Celestial

Cuando los últimos A'kara se unieron a la conciencia colectiva dentro de la pirámide, surgió el Consejo Celestial. Estos seres de energía pura encarnaban la sabiduría y el conocimiento de los A'kara, y se les encomendó la tarea de custodiar la pirámide y sus secretos por toda la eternidad.

El Ser Celestial informó:"Nos convertimos en el Consejo Celestial, guardianes del legado de nuestra civilización. Nuestro propósito es guiar y proteger, garantizar que nuestro conocimiento sirva al bien mayor del cosmos".

El legado de la inmortalidad

Emily contempló las figuras, asombrada. "Lograron una forma de inmortalidad al convertirse en uno con la pirámide".

El Ser Celestial asintió. "Así es. Al trascender sus formas físicas, los A'kara se aseguraron de que su legado perdurara. Su conciencia pasó a formar parte de la pirámide y su sabiduría se conservó para los que vendrían después".

Klaus preguntó:"¿Cuál era el propósito de las pruebas a las que nos hemos enfrentado?".

El Ser Celestial respondió:"Las pruebas se diseñaron para poner a prueba vuestro intelecto, unidad e integridad. Sólo aquellos que poseen estas cualidades son considerados dignos de acceder a todo el conocimiento y el poder del A'kara. Habéis demostrado que sois capaces".

La Llave Cósmica

La cámara se llenó de una luz brillante, y las figuras del Consejo Celestial empezaron a fundirse, formando una entidad única y radiante. Este ser extendió una mano y una corriente de energía fluyó de ella, creando imágenes holográficas flotantes de símbolos, ecuaciones y mapas estelares dentro de una llave.

El Ser Celestial aclaró:"Esta es la Llave Cósmica, la culminación del conocimiento de los A'kara. Contiene secretos del universo, tecnologías avanzadas y es la clave para alcanzar la armonía y el equilibrio en tu propio mundo".

Iván se acercó, cautivado por las imágenes arremolinadas. "Esto podría cambiarlo todo para la humanidad".

Sophie estuvo de acuerdo. "Es un regalo sin medida. Pero, ¿por qué compartirlo con nosotros?".

El Ser Celestial respondió:"Los A'kara creían en el potencial de otras civilizaciones para contribuir al orden cósmico. Al compartir este conocimiento, esperamos guiaros hacia un futuro de iluminación y equilibrio".

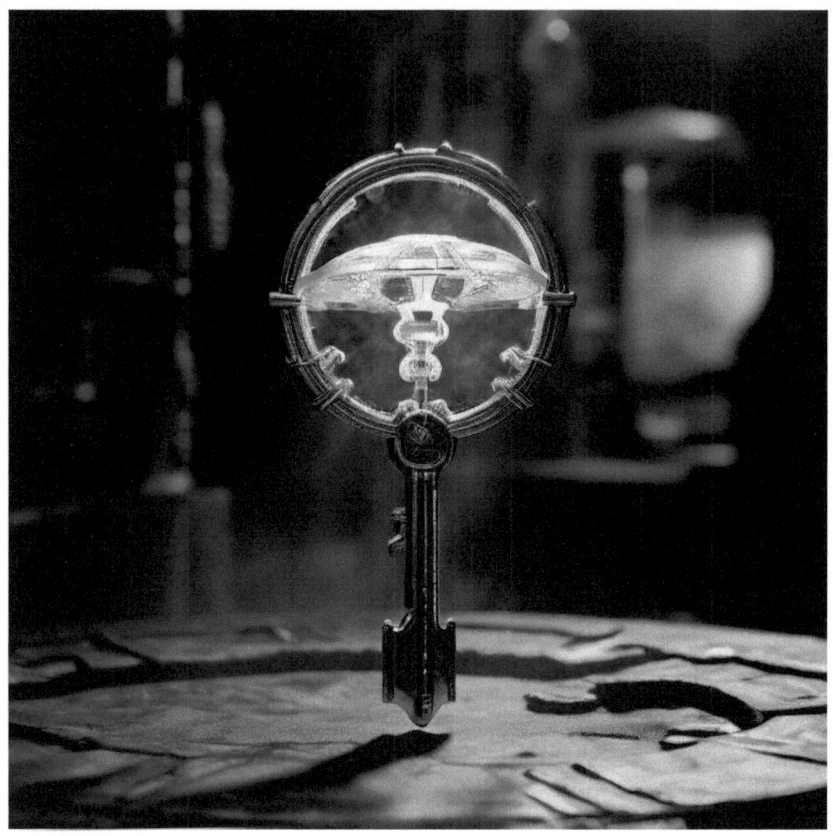

Las imágenes se desvanecieron, dejando a los astronautas de pie en la cámara, con sus mentes tambaleándose por la magnitud de lo que habían presenciado. El comandante Harris dio un paso adelante para coger la Llave Cósmica que flotaba frente a ellos.

Reflexiones y resoluciones

Emily miró a su equipo, con la determinación brillando en sus ojos.

"Sacrificaron su existencia física para preservar su esencia. Es a la vez sobrecogedor y humilde".

Mientras hacía un gesto con la llave en la mano, el comandante Harris añadió:"Y nos confiaron su legado con esta llave. Tenemos la responsabilidad de honrar esa confianza. Aceptamos este conocimiento con gratitud y humildad. Lo utilizaremos para mejorar nuestro mundo y nos aseguraremos de que se comparta sabiamente".

Klaus concluyó:"Se nos ha dado una oportunidad única. Honremos el conocimiento de los A'kara asegurándonos de aprovecharlo al máximo. Es un regalo, pero también una carga".

La luz del Ser Celestial se atenuó ligeramente, indicando un momento de solemnidad. "Recuerda que un gran conocimiento conlleva una gran responsabilidad. Utilízalo para fomentar la paz y el entendimiento, y para proteger el equilibrio de tu mundo y del cosmos".

El equipo permaneció en silencio, cada uno de ellos reflexionando sobre el peso del conocimiento que se les había dado. La historia de la trascendencia de los A'kara era un testimonio del poder de la unidad, el intelecto y la voluntad de perdurar. Armados con este conocimiento y con la Llave Cósmica, sintieron un propósito renovado mientras se preparaban para seguir adentrándose en la pirámide, dispuestos a desvelar más secretos y llevar adelante el legado de los A'kara.

Capítulo 20: La puerta de la Máquina del Tiempo

El descubrimiento

La pirámide marciana, con su imponente estructura de cinco lados y sus intrincadas tallas, ya había revelado muchos secretos a los astronautas. Cada cámara que exploraban parecía desvelar una nueva pieza del legado de la antigua civilización A'kara. Sin embargo, tenían la sensación de que el mayor descubrimiento seguía oculto en algún lugar de sus laberínticas salas.

Tras soles de exploración y descifrado de jeroglíficos, el equipo llegó a la cámara central, una vasta sala circular que parecía ser el corazón de la pirámide. Las paredes estaban adornadas con símbolos y glifos que brillaban misteriosamente en la penumbra. La sala estaba dominada por una enorme plataforma circular en el centro, rodeada de pilares inscritos con complejos patrones.

Emily examinó la plataforma con detenimiento. "Estos símbolos", dijo, "son diferentes de lo que hemos visto hasta ahora. Parecen representar un flujo de tiempo, no sólo de espacio".

Klaus se acercó. "Es casi como si esta plataforma estuviera destinada a ma-nipular el tiempo. Fíjate en la secuencia de estas tallas: sugieren un proceso cíclico, como el giro de un reloj".

Aparte del ausente Wei como brillante lingüista, Sophie ya había demostrado su destreza para descifrar el lenguaje alienígena, se dirigió al panel de control situado junto a la plataforma. "He visto estos símbolos antes", dijo. "Son parte de una secuencia de activación, pero hay algo más, una capa adicional de comandos".

El equipo se reunió ante el panel de control, contemplando las enigmáticas tallas. Sophie, con los ojos aún atormentados por el recuerdo del sacrificio de Wei, recorrió con los dedos la piedra alienígena.

"Esto es más que un portal", murmuró, con el peso de la realización asentándose en su voz. "Es una máquina del tiempo".

Los demás intercambiaron miradas de asombro. Viajar en el tiempo: un sueño imposible hecho tangible por las manos de una antigua civilización marciana.

El comandante Harris, siempre pragmático, asintió. "Seamos precavidos. Si esto es realmente una máquina del tiempo, tenemos que entender cómo funciona y qué protocolos de seguridad debemos seguir".

Iván estuvo de acuerdo. "No queremos activar nada que pueda ser perjudicial. Trabajemos juntos para descifrar esto".

Durante las horas siguientes, el equipo estudió meticulosamente los símbolos, combinando sus conocimientos para desentrañar la compleja secuencia. Sophie desempeñó un papel crucial en la comprensión de los principios técnicos del mecanismo.

Iván descubrió una ranura que podría coincidir con su nueva Llave Cósmica. Dijo:"¡Mirad esto! Esta puede ser la cerradura de nuestra llave".

Entonces Iván introdujo con cuidado la Llave Cósmica, pero de momento no surtió efecto.

"Es como un puzzle", dice Sophie, con los ojos brillantes de emoción. "Cada símbolo representa una coordenada temporal diferente. Si las alineamos correctamente, podremos activar la puerta".

El equipo trabajó sin descanso, alineando los símbolos e introduciendo la secuencia en el panel de control. La plataforma empezó a zumbar con energía y los símbolos de los pilares brillaron con más intensidad, proyectando una luz etérea por toda la cámara.

Cuando se alineó el último símbolo, la plataforma empezó a moverse. El suelo se abrió y reveló una puerta traslúcida y brillante. Era un portal de forma ovalada, cuya superficie ondulaba como el agua y emanaba una suave luz azul.

Emily se quedó sin aliento. "Es precioso. Debe de ser la puerta de la máquina del tiempo".

La sala se llenó de un zumbido bajo y resonante cuando la puerta se estabilizó. La sala se llenó de un zumbido bajo y resonante mientras la puerta se estabilizaba, como si estuvieran confirmando la activación de la puerta.

El comandante Harris dio un paso al frente, con rostro severo pero decidido. "Tenemos que estar absolutamente seguros de a qué nos enfrentamos. Hagamos algunas pruebas preliminares antes de que nadie pase".

Utilizando el equipo que habían traído, el equipo realizó una serie de pruebas en la puerta. Analizaron las lecturas de energía, la estabilidad del portal y las condiciones ambientales al otro lado.

Klaus y Emily siguieron de cerca las lecturas. "Los niveles de energía son constantes", dijo Klaus. "Es estable".

Sophie asintió. "El portal parece seguro".

El primer paso

Una vez completadas las pruebas preliminares, el equipo se enfrentó a una decisión crítica. ¿Quién sería el primero en atravesar el portal y explorar su potencial? La sala quedó en silencio mientras se miraban unos a otros, sopesando los riesgos y la emoción de lo desconocido.

"Yo iré", dijo Iván, rompiendo el silencio. "Como piloto y médico, puedo encargarme de lo que nos encontremos al otro lado".

Sophie se adelantó y clavó sus ojos en los de Iván. "Iré contigo", dijo. "Podemos hacerlo juntos".

El comandante Harris asintió, con evidente respeto por su valentía. "Estaremos detrás de ustedes", dijo. "Manténganse en comunicación constante".

Respirando hondo, Iván y Sophie subieron a la plataforma. El equipo observó cómo se acercaban a la puerta resplandeciente y cómo sus formas se volvían gradualmente translúcidas a medida que atravesaban el portal. El portal se onduló y luego se estabilizó, dejando a los astronautas restantes esperando ansiosos el primer informe del otro lado.

Cuando Iván y Sophie desaparecieron por el portal, el zumbido de la cámara central pareció suavizarse, como si la propia pirámide contuviera la respiración.

El equipo esperaba con el corazón palpitante, dispuesto a seguir a sus colegas hacia lo desconocido y desvelar los últimos misterios de la civilización A'kara.

De repente, se produjo un relámpago y Sophie e Iván volvieron con sus amigos.

El comandante Harris preguntó:"¿Qué ha pasado?".

Emily contestó asustada:"Obviamente hemos tenido un apagón".

El comandante Harris preguntó:"¿Estáis bien?".

Sophie habló con voz firme:"¡Sí, señor! Estamos bien".

Sophie, que era toda una ingeniera, se acercó decidida a la consola:"Parece que algo va mal con la fuente de alimentación. Aunque los principios eléctricos de A'kara funcionan de forma diferente a los nuestros, tendré que ver si puedo utilizar algo como relé. Tendré que improvisar algo.

El comandante Harris intervino:"No, eso está totalmente descartado. Primero tendremos que trabajar a fondo en una solución. Sólo entonces volveremos a intentarlo. Es suficiente por hoy. Nos vamos. Pongámonos en marcha y volvamos al hábitat".

Capítulo 21: El paso temporal

Los susurros de la pirámide

Al sol siguiente, los cinco astronautas se hallaban de nuevo ante el portal, en el interior de la pirámide marciana, con sus complejos mecanismos zumbando. El descubrimiento del portal del viaje en el tiempo les había dejado atónitos. Antiguos jeroglíficos sugerían que se trataba de un "Pasaje Temporal", una reliquia del dominio de la civilización A'kara sobre el tiempo y el espacio.

El comandante Harris, Emily, Iván, Sophie y Klaus intercambiaron miradas de incertidumbre. Las posibilidades y peligros de semejante artefacto pesaban mucho en su mente.

El comandante Harris comentó:"Hemos llegado hasta aquí. Si los A'kara utilizaron este portal, debe haber una razón. Tenemos que entender su historia y averiguarla".

Emily asintió:"De acuerdo. Pero debemos ser precavidos. Esto no es sólo un hallazgo arqueológico; es una clave potencial para entender el universo".

Iván exigió:"Asegurémonos de que nuestros trajes y dispositivos de comunicación funcionan correctamente. Si nos separamos, necesitamos una forma de seguir conectados".

Con un gesto de asentimiento, el equipo realizó las últimas comprobaciones de sus equipos. La expectación era palpable mientras se reunían en círculo, listos para adentrarse en lo desconocido.

Sophie sugirió:"Deberíamos fijar un destino. Los jeroglíficos mencionan un acontecimiento importante en la línea temporal de A'kara: la Gran Transición. Podría darnos respuestas".

Klaus dijo:"Configuraré la interfaz del portal. Preparados".

Klaus se acercó al panel de control, una serie de glifos sensibles al tacto y mandos cristalinos. Descifró los símbolos e introdujo las coordenadas del periodo de tiempo que buscaban. El portal respondió con un zumbido y el brillante campo de energía se solidificó en un remolino de luz y sombra.

Sophie dijo con ansiedad:"Ya no hay vuelta atrás. Quedaos cerca, todos".

Uno a uno, los astronautas entraron en el vórtice. Una sensación de ingravidez les envolvió, seguida de un mareo de colores y formas. Era como si estuvieran siendo estirados y comprimidos simultáneamente, un viaje surrealista a través del tejido del espacio-tiempo.

El vórtice los escupió a tierra firme. Tropezaron ligeramente, desorientados pero ilesos. Cuando su visión se aclaró, se encontraron en una ciudad vibrante y bulliciosa, antigua pero avanzada, rebosante de vida.

La Gran Transición

Altas torres de estructuras cristalinas se alzaban hacia el cielo, con sus superficies brillantes de intrincados diseños. Las calles de abajo bullían de ciudadanos A'kara, con sus gráciles formas adornadas con túnicas fluidas que brillaban tenuemente. El aire se llenaba de un zumbido armonioso, la energía de la propia ciudad resonaba con la frecuencia de la vida.

Emily habló con asombro:"Increíble. Estamos viendo la civilización A'kara en su apogeo".

Sophie también estaba impresionada y dijo:"Mira la tecnología. Está perfectamente integrada con la naturaleza. Han logrado un equilibrio que nosotros sólo podemos soñar".

Mientras se maravillaban de su entorno, una figura A'kara se acercó a ellos. Alto y elegante, con expresión serena, el ser desprendía un aura de sabiduría.

El A'kara saludó:"Bienvenidos, viajeros de la lejanía. Soy Eryon, guardián de nuestra historia. Buscáis el conocimiento de la Gran Transición".

El comandante Harris se adelantó, con voz firme. "Sí, Eryon. Venimos de un futuro en el que los restos de su civilización encierran grandes misterios. Queremos entender vuestro viaje y las decisiones que tomasteis". Eryon asintió, indicándoles que le siguieran. "Venid. Os mostraré los momentos cruciales que forjaron nuestro destino".

Eryon los condujo por la ciudad, señalando varios puntos de referencia y explicando su significado. Los astronautas escucharon atentamente, absorbiendo cada detalle.

Llegaron a una gran plaza, donde se alzaba una estructura colosal, una fusión de templo y laboratorio, palpitante de energía. Eryon se detuvo ante ella y se volvió hacia el grupo.

Eryon reanudó la conversación:"Este es el Nexo de Continuidad, donde comenzó la Gran Transición. Nuestro planeta se enfrentaba a la entropía, a un declive lento pero inevitable. Nuestras mentes más brillantes se reunieron aquí para buscar una solución".

Eryon tocó un panel cristalino y la estructura respondió proyectando una pantalla holográfica. Escenas de científicos y filósofos A'kara debatiendo, trabajando incansablemente y probando diversas teorías se desplegaron ante ellos.

Eryon continuó:"Descubrimos una forma de trascender nuestras formas físicas, fusionando nuestra conciencia con la esencia misma del planeta. Esto nos permitió preservar nuestro conocimiento y existencia más allá de las limitaciones de nuestros cuerpos".

Los astronautas observaron con asombro la representación holográfica de la transición de los A'kara. Vieron la resistencia inicial, los debates sobre moralidad e identidad, y el consenso final que condujo a la fusión colectiva.

Iván quedó impresionado:"Se enfrentaron a la extinción y eligieron unirse a su mundo. Es una decisión profunda".

Sophie:"Y dejaron atrás una civilización codificada en el tejido de Marte. Sus conocimientos, su esencia, todo está aquí".

Eryon continuó, mostrando los momentos finales antes de la transición. Los ciudadanos se reunieron en la plaza, con una mezcla de esperanza y tristeza en sus rostros. Al iniciarse el proceso, rayos de luz conectaron a cada individuo con el Nexo y sus formas se disolvieron en energía pura.

Cuando la pantalla holográfica se desvaneció, Eryon se volvió hacia los astronautas con una sonrisa serena. "Este es el legado que dejamos. Nuestra esencia existe en armonía con el cosmos, guiando y preservando el equilibrio de la existencia".

El comandante Harris miró a su equipo, cada miembro sumido en sus pensamientos. "Gracias, Eryon. Tu historia es un regalo para nosotros y para las generaciones futuras".

Eryon asintió, una mirada de comprensión pasó entre ellos. "Vuestro viaje no ha hecho más que empezar, viajeros. Que encontréis la sabiduría para usar este conocimiento sabiamente".

La sabiduría de Eryon

Mientras los astronautas se preparaban para abandonar el lugar, Eryon compartió con ellos una última pieza de sabiduría, haciendo hincapié en lecciones que trascendían el tiempo y el espacio:

1. Armonía con la Naturaleza: Los A'kara alcanzaron su avanzada civilización viviendo en armonía con su entorno. Eryon animó a los astronautas a buscar el equilibrio y la sostenibilidad en sus aventuras en la Tierra y más allá.

Eryon advirtió:"La tecnología no debe dominar la naturaleza, sino coexistir con ella, realzando la belleza y el equilibrio del mundo."

2. Unidad y sabiduría colectiva: El éxito de la Gran Transición de los A'kara radicó en su capacidad de unirse, a pesar de las diferencias, para lograr un objetivo común. Eryon subrayó la importancia de la unidad y la sabiduría colectiva.

Eryon aconsejó:"El verdadero progreso no se logra a través de la gloria individual, sino a través del esfuerzo colectivo y la comprensión compartida."

3. Adaptabilidad y resistencia: Los A'kara se enfrentaron a enormes desafíos y eligieron un camino que les exigía adaptarse y evolucionar. Ery-on destacó la necesidad de adaptabilidad y resistencia ante la adversidad.

Eryon explicó:"El cambio es la única constante. Acéptalo con resiliencia y mente abierta, porque conduce al crecimiento y a nuevas posibilidades".

4. Preservación del conocimiento: Los A'kara aseguraron su legado integrando sus conocimientos en el tejido mismo de Marte. Eryon aconsejó a los astronautas que dieran prioridad a la conservación y difusión del conocimiento para las generaciones futuras.

El conocimiento es el verdadero tesoro de cualquier civilización. Presérvalo, transmítelo y enséñaselo a los que vengan detrás de ti".

5. Empatía y compasión: La decisión de los A'kara de fusionar sus conciencias estaba arraigada en un profundo sentimiento de empatía y compasión mutua. Eryon instó a los astronautas a cultivar estas cualidades en sus interacciones y en la toma de decisiones.

La compasión y la empatía son los cimientos de una sociedad justa y próspera. Dejad que guíen vuestras acciones y elecciones".

Cuando la forma de Eryon empezó a desvanecerse, el equipo sintió una profunda responsabilidad. No sólo habían descubierto los misterios de una civilización antigua, sino que también habían recibido una sabiduría intemporal para guiar el futuro de la humanidad.

El comandante Harris respondió agradecido:"Gracias, Eryon. Llevaremos con nosotros tus enseñanzas y nos esforzaremos por construir un futuro mejor para todos".

Con un último gesto, Eryon activó el portal. Los astronautas entraron en el vórtice, y la vibrante ciudad y sus serenos habitantes se desvanecieron en el remolino de luz.

Cuando regresaron a su época en la pirámide, fueron recibidos por el entorno familiar de la antigua estructura. El viaje en el tiempo les había cambiado profundamente, sus mentes rebosaban de nuevos conocimientos y una comprensión más profunda de la civilización A'kara.

Comandante Harris:"Hemos visto su grandeza y su sacrificio. Ahora nos toca a nosotros honrar su legado y continuar la exploración de Marte y más allá".

Capítulo 22: El portal del tiempo en la historia de la humanidad

La alineación

A medida que el crepúsculo marciano se hacía más profundo, las estrellas se alineaban en una configuración que coincidía con los grabados de la pirámide. Emily intentó descifrar los jeroglíficos.

"Los jeroglíficos -dijo, con una mezcla de emoción y cautela en la voz- codifican coordenadas temporales. Podemos elegir cualquier momento de la historia de la Tierra".

Klaus, siempre cauteloso, frunció el ceño. "Pero, ¿y si alteramos el pasado? Las consecuencias..."

Sophie interrumpió, con tono decidido. "Seremos observadores. La línea temporal permanece intacta".

Emily se adelantó y sonrió triunfante:"¡Vaya, vaya, vaya, Klaus! ¿De verdad hemos encontrado una laguna en tu educación? ¿Nunca has aprendido nada sobre la teoría especial de la relatividad de Albert Einstein y la paradoja del abuelo?". Tras parpadear, Klaus dijo:"¡Ahora me decepcionas!".

Emily prosiguió al notar la mirada insegura de Klaus:"La paradoja del abuelo es un escenario hipotético que suele utilizarse para ilustrar las posibles incoherencias y contradicciones inherentes a los viajes en el tiempo. La paradoja debe su nombre a un sencillo pero profundo experimento mental: Imaginemos una persona, llamémosla "Viajero en el Tiempo", que viaja atrás en el tiempo y mata a su abuelo antes de que éste tenga hijos. Esta acción impediría la existencia de uno de los padres del Viajero del Tiempo y, en consecuencia, del propio Viajero del Tiempo. Pero si el Viajero en el Tiempo nunca existe, entonces no podría haber viajado atrás en el tiempo para cometer el acto en primer lugar. Esto crea una inconsistencia lógica, ya que conduce a una situación en la que el Viajero del Tiempo existe y no existe simultáneamente."

Klaus sonrió a Emily:"¡Bien, me rindo! Eres demasiado lista para mí, Emily".

Iván dio un paso adelante, con la mirada fija en la reluciente puerta de la máquina del tiempo. "Hace poco perdimos a Wei", dijo, con una voz llena de desterminación. "No volveremos a perder a nadie más".

Sophie asintió. "Se lo debemos. Tenemos que comprender todo el alcance de esta tecnología".

El salto atrás en el tiempo

El equipo formó un círculo, cogidos de la mano, mientras se preparaban para el siguiente salto a lo desconocido. Sophie susurró la frase de activación: las palabras alienígenas abrieron la puerta. Se revelaron datos sobre el pasado de la Tierra: civilizaciones antiguas, guerras, revoluciones.

"Elige un acontecimiento que nos haya marcado", le dijo Sophie a Emily.

Emily cerró los ojos y se centró en un momento crucial de la historia de la humanidad: el nacimiento de la ciencia moderna. "Galileo", dijo, con la voz llena de asombro. "Florencia, 1610.

Su objetivo estaba claro: presenciar el momento en que Galileo Galilei apuntó por primera vez su telescopio al cielo nocturno, un momento que cambiaría para siempre la comprensión del universo por parte de la humanidad.

La pirámide palpitó con energía y atravesaron el portal.

Se materializaron en medio de una bulliciosa ciudad. La arquitectura y las ropas de la gente que les rodeaba sugerían que habían llegado a Florencia.

Las estrechas calles empedradas de Florencia estaban llenas de actividad. Los mercaderes vendían sus mercancías, los artistas pintaban en talleres al aire libre y los eruditos debatían en las plazas. En el aire se respiraba el aroma del pan recién hecho y el sonido de las campanas de las iglesias. "Esto es increíble", susurró Emily, con los ojos muy abiertos por el asombro. "Realmente hemos viajado al pasado".

Sophie, con la mente ya trabajando para absorber toda la información posible, añadió:"Tenemos que tener cuidado. Nuestra presencia aquí debe pasar desapercibida".

Al anochecer, atravesaron la ciudad siguiendo el camino que les llevaría a la villa de Galileo.

Entraron en un jardín iluminado por la luna, con el aire impregnado del aroma de las flores nocturnas y el lejano murmullo del río Arno.

En el jardín estaba Galileo, encorvado sobre su telescopio, observando atentamente las estrellas. Sophie soltó un grito de asombro.

"El padre de la astronomía moderna", susurró, con la voz teñida de reverencia.

Iván sonrió, la tensión del viaje se alivió ligeramente. "Y pariente lejano de Sophie, si no me equivoco".

La conversación prohibida

Observaron cómo Galileo trazaba las lunas de Júpiter, con el rostro encendido por el descubrimiento. Las cuatro lunas más grandes (Io, Europa, Ganímedes y Calisto) recibieron más tarde el nombre de lunas galileanas en su honor. Incapaz de contener su emoción, Emily se le acercó cautelosamente y fue la primera en hablar. "¿Galileo Galilei?", preguntó en voz baja, sin querer asustarlo.

El anciano se volvió y frunció las cejas con curiosidad. "¿Quién es?", preguntó en italiano, con voz fuerte a pesar de su edad.

Galileo la miró con los ojos aguzados por la curiosidad y la sospecha. "¿Brujas?", preguntó con voz cautelosa.

"No", se apresuró a decir Klaus. "Exploradores. Científicos como tú".

Emily dio un paso adelante, con una cálida sonrisa en el rostro. "Me llamo Emily. Venimos de un lugar muy lejano y hemos recorrido una gran distancia para conocerles".

Los ojos de Galileo se entrecerraron ligeramente, estudiando al grupo de individuos extrañamente vestidos que tenía delante. "No sois de estas tierras", observó. "Su atuendo es... peculiar. ¿Quiénes sois en realidad?"

El comandante Harris se adelantó, con expresión respetuosa pero firme. "Somos exploradores, científicos como usted. Hemos venido a aprender de ustedes y quizá a compartir algunos de nuestros conocimientos".

A Galileo le picó la curiosidad. Les hizo un gesto para que se acercaran, lejos del telescopio. "Muy bien", dijo, "pero deben explicarnos algo más, porque su presencia aquí es muy inusual". Mientras se reunían en torno a una pequeña mesa de madera adornada con mapas estelares y notas, Galileo habló apasionadamente de sus recientes descubrimientos. "He estado observando el cielo con mi telescopio", empezó, con los ojos brillantes de fervor. "Esta misma noche he hecho una observación extraordinaria: las lunas de Júpiter".

Sophie se inclinó hacia él, con los ojos muy abiertos por el asombro. "¿Las lunas de Júpiter? ¿Las has visto moverse?"

Galileo asintió, con una sonrisa triunfal dibujándose en su rostro. "En efecto. He seguido sus movimientos y anotado sus posiciones. Orbitan alrededor de Júpiter como nuestra propia luna alrededor de la Tierra. Creo que esto prueba que no todos los cuerpos celestes giran alrededor de la Tierra".

Emily no pudo contener su emoción. "Tu descubrimiento es revolucionario, Galileo. Cambiará la forma en que la humanidad entiende el cosmos".

Galileo parecía intrigado. "Hablas como si supieras lo que nos depara el futuro. ¿Cómo es posible?"

Iván, siempre cauteloso, intervino. "Tenemos conocimientos de una época posterior a la suya. Su trabajo sienta las bases para futuros astrónomos y científicos. Eres un pionero".

Galileo abrió los ojos con una mezcla de incredulidad y asombro. "¿Quiere decir que... ¿me recuerdan? ¿Mi trabajo perdura?".

El comandante Harris asintió. "En efecto, tu nombre es conocido y respetado desde hace siglos. Tu valor para desafiar las creencias establecidas inspira a innumerables personas".

Klaus, el científico del grupo, se inclinó hacia delante. "Galileo, tus observaciones apoyan el modelo heliocéntrico propuesto por Copérnico, ¿no es así?"

La expresión de Galileo se volvió seria. "Sí, pero es una creencia peligrosa. La Iglesia se opone firmemente a tales ideas. Insisten en que la Tierra es el centro del universo".

Sophie habló en voz baja pero con firmeza. "A veces, la verdad debe ser de-fendida, incluso con gran riesgo personal. Su trabajo es demasiado importante para ser suprimido".

Galileo suspiró, con una mezcla de determinación y resignación en sus ojos. "Lo sé, y sin embargo, las consecuencias de desafiar a la Iglesia son graves. Debo andarme con cuidado".

Emily tendió una mano sobre el brazo de Galileo. "Comprendemos el peligro al que te enfrentas. Sepa que no está solo. Sus descu-brimientos acabarán ocupando el lugar que les corresponde en la historia".

Galileo asintió, y un sentimiento de solidaridad se formó entre él y los astronautas. "Gracias, amigos míos. Vuestras palabras me dan fuerzas. Continuaré mi trabajo, cueste lo que cueste".

Sophie se inclinó hacia ella. "Galileo, tu valor ante la adversidad es inspirador. ¿Cómo encuentras la fuerza para continuar tu trabajo, conociendo los riesgos?".

Galileo sonrió suavemente, con un brillo de determinación en los ojos. "La búsqueda de la verdad es una empresa noble. Siempre he creído que comprender el universo es una forma de honrar al Crea-dor. ¿Cómo no intentar conocer la belleza de Su obra?".

Klaus, asintiendo, añadió:"En nuestra época, muchos científicos se enfrentan a retos similares. La búsqueda del conocimiento a menudo entra en conflicto con las creencias establecidas. Pero su ejemplo demuestra que el progreso merece la pena".

La expresión de Galileo se suavizó con gratitud. "Es alentador saber que las generaciones futuras continúan esta búsqueda. Dígame, ¿qué maravillas ha descubierto?".

Hemos explorado más allá de nuestro planeta, enviando máquinas y personas a otros mundos. Hemos visto lunas, planetas e incluso estrellas de cerca. Tu trabajo sentó las bases de estos logros".

Galileo escuchaba, con los ojos abiertos de asombro e incredulidad. "Dime", dijo, "¿qué hay más allá de las estrellas?".

Emily vaciló, consciente del delicado equilibrio que debían mantener. "Un universo de maravillas", respondió con cuidado. "Pero algunos secretos es mejor no descubrirlos, por ahora".

Los ojos de Galileo se abrieron de par en par, asombrados. "Viajar entre las estrellas... es un sueño que he soñado a menudo. Tus palabras me llenan de esperanza por lo que está por venir".

Emily, sintiendo una profunda conexión, dijo:"Tu legado es vasto, Galileo. Tus descubrimientos sobre las lunas de Júpiter nos permitirán comprender mejor nuestro lugar en el cosmos. Nos has demostrado que la búsqueda del conocimiento es un viaje que merece la pena".

La mirada de Galileo se volvió intensa. "Prométeme que continuarás este viaje, sin importar los obstáculos. La verdad debe prevalecer, en beneficio de toda la humanidad".

El comandante Harris, con una solemne inclinación de cabeza, respondió:"Te lo prometemos, Gali-leo. Tu trabajo nos inspirará para ampliar los límites de nuestro conocimiento y buscar la verdad, cueste lo que cueste".

A medida que la noche se hacía más profunda, los astronautas supieron que había llegado el momento de partir. Habían compartido sus conocimientos y ofrecido ánimos, pero no podían quedarse. Galileo les acompañó de vuelta al lugar donde habían aparecido por primera vez.

"Cuídate, Galileo", dijo Sophie, con voz llena de admiración. "El mundo necesita tu brillantez".

"Y recuerda", añadió Emily, "las estrellas que estudies serán estudiadas algún día por aquellos que se basen en tus descubrimientos".

Mientras el equipo se preparaba para volver a la pirámide, Emily se quedó, con el corazón cargado de palabras no dichas. Se acercó a Galileo, con voz suave y sincera.

"Galileo", susurró, "sigue mirando hacia arriba. Tu trabajo cambiará el mundo".

Él asintió, con un destello de comprensión e inspiración en los ojos, aunque no podía comprender del todo la enormidad de sus palabras.

Con una última inclinación de cabeza, Galileo vio cómo los astronautas activaban su dispositivo, un suave zumbido llenó el aire mientras desaparecían de su tiempo. Al volver a su telescopio, el corazón de Galileo se llenó de renovada determinación y esperanza. Ahora sabía que su trabajo trascendería el tiempo, iluminando el camino para las generaciones futuras.

De vuelta a Marte, el equipo reapareció en los familiares confines de la pirámide. Se cogieron de la mano una vez más, la experiencia les unió de una forma nueva y profunda.

Emily documentó meticulosamente su encuentro con Galileo, su escritura impregnada del asombro y la inspiración del científico renacentista. Klaus y Emily encontraron consuelo en los recuerdos compartidos, y su vínculo se fortaleció por las pruebas a las que se habían enfrentado juntos.

La pirámide susurraba en sus mentes:"El tiempo es un río. Nosotros somos sus ondas".

Los astronautas se habían convertido en crononautas, tejiendo el tejido del tiempo. Su viaje acababa de comenzar, y cada paso era una ondulación en el vasto río de la existencia, que transportaba la sabiduría y el legado tanto de la Tierra como de Marte. Este viaje en el tiempo a Galileo dejó una impresión tan fuerte que los astronautas ya estaban planeando otra visita a esta importante figura de la historia. Para ello, eligieron un acontecimiento significativo que también ha pasado a formar parte indeleble de los libros de historia.

Capítulo 23: El proceso de Galileo (1633)

Llegada a Roma

La puerta de la máquina del tiempo de la pirámide marciana brillaba y palpitaba mientras el equipo se preparaba para su siguiente viaje en el tiempo. Habían seleccionado otro momento crucial de la historia de la ciencia: El juicio de Galileo Galilei ante la Inquisición en 1633. Cuando las estrellas se alinearon una vez más, el portal se abrió, revelando la dura luz y el eco de las salas de la Inquisición romana.

El equipo se materializó en un rincón sombrío de la cámara, sin ser visto por los funcionarios y curiosos congregados. La sala contrastaba con la pirámide marciana, llena del peso de la historia y de la opresiva atmósfera de miedo y autoridad. En el centro estaba Galileo, con el rostro delineado por la edad y la preocupación, sus ojos antaño brillantes apagados por la perspectiva de la condena.

Sophie dio un paso al frente, con su determinación templando sus nervios. "No podemos interferir directamente", susurró al equipo, "pero podemos ofrecer a Gali-leo el apoyo moral y los argumentos que necesita".

Emily asintió, con su pasión por la ciencia más viva que nunca. "Tenemos que hacerles entrar en razón, que comprendan la verdad del heliocentrismo".

Klaus, siempre pragmático, permaneció en silencio pero observador, con la mente dividida entre el deseo de preservar la historia y la búsqueda de la verdad.

Comienza la Inquisición

El juicio comenzó con la lectura por parte de los inquisidores de los cargos contra Galileo: herejía y desobediencia por defender el modelo heliocéntrico del universo. La sala se llenó del murmullo de desaprobación y miedo de la multitud reunida.

Galileo estaba solo, una figura solitaria contra el poder de la Iglesia. Pero mientras Sophie, Emily y Klaus observaban, sabían que tenían que encontrar una manera de apoyarle.

El apoyo de Sophie

Sophie se acercó, sin que nadie la viera, pero su voz tenía el peso de la convicción. "Galileo", susurró, "debes mantenerte firme. Estamos contigo".

Galileo, aunque desconocía el origen de la voz, pareció sacar fuerzas de ella. Levantó la cabeza, con voz firme. "Sólo he buscado la verdad", declaró. "Las observaciones que he hecho con mi telescopio confirman el modelo heliocéntrico propuesto por Coperni-cus".

Los inquisidores se removieron inquietos. Uno de ellos, un hombre mayor de rostro severo, pareció vacilar.

Klaus observó el procedimiento. Comprendía el peligro de interferir en el pasado, pero también veía el potencial de influir en las mentes hacia la verdad y la razón. Observó el lenguaje corporal de los inquis-idores, buscando cualquier signo de duda o de apertura a la persua-sión.

Mientras continuaban las discusiones, Klaus vio una oportunidad. Se acercó al inquisidor que había dado muestras de vacilar. "Sabes que es la verdad", le susurró al oído, haciendo uso de sus conocimientos de psicología humana. "La ciencia no puede ser silenciada".

El punto de inflexión

El Inquisidor miró a su alrededor, su rostro turbado, no veía a nadie, ¿le había susurrado su conciencia?

"Galileo", dijo, su voz más suave, "has hecho observaciones notables, pero la Iglesia no puede aprobar enseñanzas que contradicen las Escrituras".

El rostro de Galileo se descompuso, pero Sofía, sintiendo el momento de debilidad, volvió a hablar. "Pídales que miren por el telescopio", le instó.

Galileo asintió, con la desesperación y la esperanza mezclándose en sus ojos. "Sólo les pido que miren ustedes mismos por el telescopio", dijo. "Vean lo que yo he visto".

A regañadientes, los inquisidores accedieron. Llevaron un telescopio a la sala y, uno a uno, miraron a través de él, con expresiones que pasaban del escepticismo al asombro. Las lunas de Júpiter, las fases de Venus... no podían negar la evidencia que tenían ante sus ojos.

El veredicto

Tras un tenso silencio, el inquisidor principal tomó la palabra. "Galileo, sus descubrimientos son notables. Sin embargo, la Iglesia Católica Romana debe mantener su autoridad. Se le permitirá continuar su trabajo, pero debe hacerlo en privado, sin hacer públicos sus descubrimientos".

Galileo asintió, con alivio y decepción mezclados en su rostro. No era una victoria completa, pero era un paso hacia la aceptación final del heliocentrismo.

De hecho, en 1822, la Congregación del Santo Oficio (la Inquisición) permitió formalmente la publicación de libros que trataban el heliocentrismo como un hecho físico y no como una hipótesis. A esto le siguió un decreto oficial del Papa Pío VII en 1820, que se publicó posteriormente en 1822. No fue hasta 1992 cuando el Papa Juan Pablo II reconoció formalmente el error de la Iglesia al condenar a Galileo. Este acto formaba parte de una iniciativa más amplia para reconciliar a la Iglesia Católica con la ciencia moderna.

Regreso a Marte

Al concluir la prueba, el equipo sintió la atracción del portal de la pirámide. Habían hecho lo que podían sin alterar demasiado el curso de la historia. Volvieron al portal y la sala se disolvió en el zumbido familiar de la pirámide marciana.

De vuelta en Marte, el equipo permaneció en silencio, procesando la experiencia de su viaje. Emily sintió una profunda satisfacción al saber que habían ayudado a una de las mentes más brillantes de la historia. Sophie y Klaus se miraron con respeto y comprensión.

"Hicimos lo que pudimos", dijo Iván en voz baja. "Le ayudamos a mantenerse firme en sus convicciones".

"Y con el tiempo", añadió Sophie, "la verdad prevalecerá".

La pirámide les susurró una vez más:"El tiempo es un río. Nosotros somos sus ondas".

Y con eso, supieron que su viaje estaba lejos de terminar.

Capítulo 24: Encuentro con el legendario Robin Hood (siglo XII)

Los astronautas estaban impresionados por la posibilidad de viajar en el tiempo y planeaban hacer algo más para ampliar sus horizontes. Emily, su historiadora y guía designada, quería visitar su país natal. En su época escolar le fascinaban las aventuras de Robin Hood.

Robin Hood es más conocido por:

1) Es el legendario héroe forajido que "roba a los ricos y da a los pobres".

2) El rescate de la doncella Marian, su amor romántico, una noble que se ve envuelta en el conflicto entre Robin Hood y sus adversarios, en particular el sheriff de Nottingham.

3) Se dispara una flecha para partir otra que ya está clavada en un diana. Este extraordinario despliegue de destreza con el arco se conoce como el "split de Robin Hood".

El equipo acordó seguir a Emily hasta la Inglaterra medieval. Con gran expectación, los astronautas se prepararon para su encuentro con el legendario forajido. Cada uno llevaba un discreto dispositivo de grabación, oculto entre sus ropas, para documentar su encuentro sin alterar el curso de la historia.

Sophie introdujo las coordenadas temporales en el panel de control del portal y activó la antigua tecnología con un suave zumbido. El portal brilló y dejó entrever la Inglaterra medieval. Con un propósito común, entraron en el vórtice temporal, dispuestos a embarcarse en la búsqueda de Nottingham.

"Abordemos este encuentro con cautela y respeto", instó el comandante Harris, con la voz cargada del peso de su misión.

Nottingham y el rescate de doncella Marian

Los astronautas se materializaron en un callejón poco iluminado de la bulliciosa ciudad de Nottingham. En las calles empedradas se oían los sonidos de los mercaderes que vendían sus mercancías, las conversaciones de la gente del pueblo y el tintineo de las armaduras de los guardias del Sheriff. El olor a pan recién horneado se mezclaba con el aroma terroso del bosque cercano.

Sophie exclamó emocionada:"¡Esto es increíble! Estamos realmente aquí, en la Inglaterra medieval".

El comandante Harris advirtió a su grupo:"Estad alerta. No sabemos qué o a quién nos podemos encontrar aquí".

El comandante Harris escancó la zona. Continuó diciendo:"Tenemos que encontrar a la doncella Marian. Según las leyendas, está retenida en el castillo del Sheriff".

"Recopilemos información discretamente", sugirió Emily. "No queremos llamar la atención".

Mientras avanzaban por el abarrotado mercado, oyeron rumores de la inminente ejecución de la doncella Marian. El Sheriff de Nottingham la había acusado de ayudar a Robin Hood y planeaba dar un escarmiento con ella.

El plan

"No tenemos mucho tiempo", dijo Sophie con urgencia. "Necesitamos un plan para entrar en el castillo y liberarla".

"Puedo usar el brazalete de camuflaje para explorar la zona y encontrar su ubicación exacta", se ofreció Klaus.

"Sophie y yo llevaremos el cetro de plasma", dijo Iván. "Nos encargaremos de los guardias".

"Me quedaré con Sophie y Emily", dijo el comandante Harris. "Usaremos la barra médica para asegurar la huida segura de Marian".

Klaus se puso el brazalete de camuflaje, convirtiéndose al instante en un brillo apenas perceptible. Se dirigió rápidamente hacia el castillo, pasando desapercibido entre los guardias.

Infiltrarse en el castillo

Dentro del castillo, Klaus navegó por pasillos oscuros, evitando a los guardias que patrullaban. Encontró a la doncella Marian en una celda pequeña y poco iluminada. Estaba encadenada a la pared, con el rostro pálido pero decidido.

Klaus desactivó el dispositivo de ocultación y se presentó ante ella. "Estamos aquí para ayudar", susurró.

Los ojos de doncella Marian se abrieron de sorpresa. "¿Quiénes sois?

Doncella Marian tenía cierto parecido con Emily, así que Klaus pensó que las dos mujeres podrían ser parientes, aunque el tiempo definitivamente no lo hace posible. Pero, ¿quién sabe? El biólogo Klaus estuvo tentado de hacer un análisis de ADN de doncella Marian para probar la descendencia genética de Emily de doncella Marian.

"Un amigo", respondió Klaus, usando el brazalete para hacerse invisible de nuevo. "Volveré con ayuda".

La misión de rescate

Fuera del castillo, el equipo esperaba en las sombras. Klaus reapareció y les informó sobre la ubicación de doncella Marian.

"Sophie, Iván, eliminad a los guardias de la entrada", ordenó el comandante Harris."Emily y Sophie, síganme".

Sophie ajustó el cetro de plasma al modo de aturdimiento. Con disparos precisos, ella e Iván incapacitaron a los guardias de la entrada, despejando el camino para los demás. Avanzaron rápidamente por el castillo, utilizando el brazalete de camuflaje para evitar ser detectados.

Llegaron a la mazmorra sin incidentes. Sophie y Emily usaron el brazalete para burlar a los guardias y abrir la celda de la doncella Marian. El comandante Harris utilizó la vara médica para curar las heridas de doncella Marian, que recuperó las fuerzas al instante.

"Tenemos que movernos rápido", dijo doncella Marian. "Los hombres del Sheriff llegarán en cualquier momento".

La pelea

Mientras regresaban a la entrada del castillo, sonó la alarma. Los guardias inundaron los pasillos, con las armas desenfundadas. El comandante Harris puso el cetro de plasma en modo de fuego y utilizó ráfagas controladas para abrirse paso. Iván y Klaus se enzarzaron en un combate cuerpo a cuerpo, mientras Sophie y Emily utilizaban el brazalete de camuflaje para crear confusión, apareciendo y desapareciendo, atacando desde las sombras.

A pesar de las adversidades, su avanzada tecnología y su trabajo en equipo se impusieron. Los guardias fueron rápidamente arrollados, lo que permitió al grupo escapar del castillo y fundirse en la ciudad.

Encuentro con Fray Tuck

En medio del caos, encontraron a un hombre corpulento, calvo y vestido de monje.

fraile Tuck. Tenía una expresión amistosa y jovial, y una cruz de madera colgada del cuello.

Fray Tuck se fijó en los astronautas y se dirigió a ellos:"Vaya, vaya, ¿qué tenemos aquí? Viajeros de lejos, parece".

Emily se adelantó y respondió:"Saludos. Efectivamente, somos viajeros, aunque nuestro viaje es bastante poco convencional. Me llamo Emily, y estos son mis compañeros, el comandante Harris, Iván, Sophie y Klaus".

Fray Tuck, con un brillo en los ojos, comentó:"¿Dices que es poco convencional? No os parecéis a ningún viajero que yo haya visto. Vuestro atuendo es de lo más curioso. ¿Sois caballeros con esas armaduras y yelmos tan peculiares?

Klaus:"En nuestro mundo a los caballeros se les llama "astronautas", y a nuestras ar-maduras y cascos se les llama "trajes espaciales". Venimos de un lugar muy lejano, tanto en la distancia como en el tiempo. No queremos hacer daño y sólo buscamos el conocimiento y la comprensión. Y ahora mismo, necesitamos un refugio seguro para esta dama". Klaus acercó a doncella Marian, a la que hasta entonces había mantenido oculta tras su fornida estatura.

Al reconocer a doncella Marian y ver a los extraños que la ayudaban, Fray Tuck se unió rápidamente a su grupo.

Fray Tuck asintió y dijo:"Ah, buscadores de conocimiento. Un noble propósito. Debéis estar cansados de vuestros viajes. Venid, vamos a descansar y a alimentaros. Os llevaré con mis amigos. Estarán muy interesados en conocerte".

"Seguidme", les instó, conduciéndoles por las laberínticas calles hasta un camino oculto que llevaba al bosque de Sherwood.

Bajo el dosel de árboles centenarios, la atmósfera pasó de una tensa urgencia a un cauteloso alivio. Fray Tuck, ahora más relajado, se volvió hacia doncella Marian. "Robin se alegrará de verla a salvo, mi señora. ¿Y quiénes serán tus amigos?"

El encuentro con la leyenda: Robin Hood y sus Hombres Alegres en el Bosque de Sherwood

"Bienvenidos al Bosque de Sherwood", susurró Emily, mientras sus ojos escrutaban el verde paisaje. "Estos son los dominios de Robin Hood y su banda de hombres alegres".

El aire era fresco y desprendía un aroma a pino y tierra húmeda. Los pájaros cantaban a lo lejos y el susurro de las hojas dejaba entrever la presencia de animales salvajes. Los astronautas, aún con sus trajes, pero con las viseras abiertas, miraron asombrados la exuberante vegetación que les rodeaba.

Los astronautas siguieron a Fray Tuck por el bosque, maravillados por la belleza del entorno. Los árboles eran altos y centenarios, y sus hojas formaban un denso dosel. Tras un corto paseo, llegaron a un campamento oculto, lleno de actividad. Hombres y mujeres vestidos con ropas rústicas se movían de un lado a otro, algunos atendiendo tareas mientras otros practicaban el tiro con arco o luchaban con espadas de madera.

Fray Tuck se acercó a un hombre encapuchado con un carcaj lleno de flechas y un arco. ¿Era éste el legendario y buscado personaje de leyenda, el motivo de su viaje en el tiempo? Su estatura era impresionante para los estándares de la época. Robin Hood planteó la pregunta al fraile Tuck:"Tuck, ¿quiénes son estos forasteros que traes a

Fray Tuck sonrió y contestó:"Robin, son viajeros de una tierra lejana. En su mundo, los caballeros se llaman "astronautas", y su indumentaria de armaduras y cascos se llama "trajes espaciales". Su historia es de lo más intrigante, y pensé que te gustaría oírla. Además, rescataron a la doncella Marian de las malvadas garras del sheriff de

Nottingham y la trajeron aquí ilesa".

Una figura alta y segura de sí misma se adelanta con un arco colgado del hombro. Sus ojos penetrantes escrutaron a los recién llegados. "Marian", dijo con una sonrisa. "Bienvenida. ¿Y quiénes son estos valientes?"

"Robin, estos son nuestros nuevos aliados", dijo doncella Marian. "Se hacen llamar astronautas, signifique lo que signifique. Pero tienen habilidades y herramientas que nunca he visto antes. Me ayudaron a escapar".

Robin Hood estudió a los astronautas y dijo:"Bienvenidos al bosque de Sherwood. Soy Robin Hood, y estos son mis Hombres Alegres. Nos oponemos a la tiranía y luchamos por la justicia. Cualquiera que ayude a mi señora es amigo mío". Robin Hood tendió la mano al comandante Harris.

El comandante Harris le estrechó la mano con firmeza y comenzó:"Es un honor conocerte, Robin. Venimos de tierras lejanas, pero por ahora, compartimos una causa común".

"Robin Hood", reinició el comandante Harris, con voz llena de respeto, "hemos viajado a través del tiempo para buscar tu sabiduría y guía. Tu valor y generosidad han inspirado a generaciones, y una vez más, nos sentimos honrados de conocerte".

Robin Hood los miró con una mezcla de curiosidad y escepticismo, y sus agudos ojos evaluaron a cada miembro del grupo.

"¿Qué tienen que ver conmigo viajeros de tierras lejanas?", preguntó, con la voz teñida de sospecha. "Ah, viajeros en busca de sabiduría, ¿verdad? ¿Y qué esperáis aprender de un forajido como yo?".

Emily dio un paso al frente, con mirada firme y decidida."Queremos entender los principios de justicia e igualdad que usted defiende", explicó. "Sus acciones han desafiado a las fuerzas opresoras de la tiranía y la injusticia, y esperamos aprender de su ejemplo".

Emily, con su impecable acento inglés británico, podría haberse mezclado perfectamente con la gente que vive aquí, aunque siglos les separen.

Robin Hood dijo:"Te pareces tanto a Marian. ¿Sois hermanas gemelas?". Klaus sonrió al confirmar su impresión anterior, cuando conoció a la doncella Marian. Emily respondió con un brillo en los ojos:"¡Me halagas, Robin! Pero no lo somos".

Robin Hood continuó:"Muy bien, entonces. ¿Justicia e igualdad, dices? Son ideales nobles, pero no son fáciles de alcanzar. El camino hacia la justicia está plagado de peligros e incertidumbres. ¿Estáis preparados para recorrer ese camino?".

Iván:"Lo estamos, Robin Hood. Creemos que merece la pena luchar por la justicia, incluso ante la adversidad".

Robin Hood:"Habláis como verdaderos guerreros, amigos míos. Pero recordad que el camino de la justicia no siempre es claro. A veces, debemos tomar decisiones difíciles y hacer sacrificios por el bien mayor".

Sophie también se sumó:"Lo entendemos, Robin Hood. Estamos preparados para afrontar cualquier reto que se nos presente en nuestra búsqueda de la justicia".

Robin Hood la miró un momento y luego asintió con la cabeza. "Muy bien", dijo, suavizando su tono. "Amigos míos, sentaos con nosotros y os contaré historias de valentía y heroísmo".

Robin Hood presentó sus Hombres Alegres a los viajeros:"Bienvenidos, amigos. Habéis viajado mucho para llegar hasta nosotros, y es un honor para nosotros compartir esta noche con vosotros. Permitidme que os presente a mis compañeros: Little John, mi leal mano derecha; ya conocéis a Friar Tuck, nuestro guía espiritual; Will Scarlett, el de pies ligeros; y Alan-a-Dale, el juglar de voz dulce como la miel".

Los astronautas sintieron una profunda conexión con este héroe legendario y su banda de forajidos, los Hombres Alegres. Habían cruzado el tiempo y el espacio para estar junto al legendario Robin Hood, unidos en la lucha por la justicia y la libertad.

Comandante Harris:"Hemos oído hablar de vuestras hazañas legendarias y deseamos aprender de vuestras experiencias".

Pequeño John se adelantó:"¿Y qué historias tenéis que compartir, viajeros? Habréis visto mucho en vuestros viajes".

Iván intervino:"Así es. Venimos de un futuro lejano en el que el mundo es muy diferente. Hemos afrontado muchos retos y aprendido muchas lecciones, pero siempre hay más por descubrir".

Will Scarlett sonrió:"Entonces has venido al lugar adecuado. Hay mucho que podemos enseñarnos mutuamente. Venid, sentaos junto al fuego y compartid vuestras historias".

Los viajeros se reunieron alrededor de la hoguera, con los rostros iluminados por las vacilantes llamas. Robin Hood se acomodó sobre un tronco caído.

Robin Hood comenzó a hablar:"Escuchad con atención, amigos míos, porque os hablaré de las injusticias que han asolado nuestra tierra durante demasiado tiempo, y de las almas valientes que se han atrevido a enfrentarse a ellas..."

Y así, bajo el dosel del bosque de Sherwood, Robin Hood agasajó a los viajeros con relatos de audaces escapadas, valerosas hazañas y actos de heroísmo desinteresado. A medida que avanzaba la noche, los viajeros escuchaban atentamente, con el corazón henchido de admiración por el legendario forajido y su banda de Hombres Alegres.

El significado del tiro con arco

Robin Hood explicó:"El tiro con arco, amigos míos, no es sólo el acto de lanzar una flecha con un arco. Es un símbolo, un símbolo de habilidad, precisión y disciplina. Es un arte que exige tanto la fuerza del cuerpo como la claridad de la mente".

Emily preguntó:"¿Pero qué significa el tiro con arco más allá de sus aspectos físicos, Robin Hood? ¿Qué significado más profundo tiene?

Robin Hood respondió:"Ah, una pregunta astuta, querida. El tiro con arco es algo más que un medio de caza o de guerra. Es una metáfora de la vida misma".

Iván intervino:"¿Cómo es eso, Robin Hood? No veo la relación entre el tiro con arco y la complejidad de la vida".

Robin Hood intentó aclararlo:"Piensa en esto, Iván. Cuando uno tira de la cuerda del arco, debe concentrar su mente y estabilizar su mano. Debe alinear su puntería con su intención y soltar la flecha con determinación y convicción. En ese momento, no hay lugar para la duda o la vacilación. Sólo existe la flecha, volando hacia su objetivo".

Sophie concluye:"¿Así que el tiro con arco es una metáfora de la concentración y la determinación ante la adversidad?

Robin Hood asintió:"Precisamente, Sophie. En la vida, como en el tiro con arco, a menudo nos enfrentamos a obstáculos y desafíos que amenazan con desviarnos del camino. Pero si nos mantenemos firmes en nuestro propósito, si mantenemos la vista fija en el blanco, podremos superar incluso las mayores pruebas."

Klaus preguntó con escepticismo:"¿Y la flecha en sí? ¿Qué simboliza?

Robin Hood respondió:"La flecha, amigo mío, es un símbolo de esperanza, un faro de luz en la oscuridad. Representa nuestros sueños, nuestras aspiraciones y nuestra búsqueda incesante de un mañana mejor. Con cada disparo, nos acercamos más a nuestras metas y nuestras esperanzas se elevan como flechas en vuelo".

Klaus dijo a sus compañeros astronautas:"Es una pena que Wei no pueda participar en este debate, porque podría haber aportado sus conocimientos de tiro con arco con una formación en budismo zen".

La mirada de Emily podría haber matado a Klaus. Cómo pudo volver a mencionar a Wei. Ella se preguntó: ¿Sigue Wei en sus pensamientos con amor y afec-ción? Aún no era suficiente. Emily era consciente de que tendría que conseguir que Klaus se comprometiera claramente con ella cuando surgiera la oportunidad.

Los astronautas y los Hombres Alegres comparten un momento de camaradería, sus espíritus levantados por el intercambio de ideas y el compromiso compartido con la justicia. La hoguera arde lentamente y las estrellas del bosque de Sherwood centellean, testigos de este extraordinario encuentro.

Emily volvió a sacar el tema del tiro con arco:"Robin Hood nos estaba explicando el significado más profundo del tiro con arco. Tenemos curiosidad por saber más sobre sus filosofías y cómo pueden guiarnos en nuestro propio viaje". Mientras Emily planteaba esta pregunta, pensó y deseó que Klaus reconociera que ella podía hacer preguntas igual de inteligentes sobre la filosofía del tiro con arco. Wei no sería necesario para eso.

Will Scarlett retomó la conversación:"El tiro con arco es un arte noble, pero es sólo un aspecto de nuestra forma de vida. Hay mucho más que aprender aquí en Sherwood".

Alan-a-Dale intervino:"Permítanme compartir una canción que habla de nuestras luchas y triunfos. La música tiene una forma de transmitir verdades que las palabras por sí solas no pueden".

Alan-a-Dale rasguea su laúd y comienza a cantar una balada sobre las hazañas de los Hombres Alegres, sus batallas contra el Sheriff de Nottingham y su inquebrantable compromiso con el pueblo.

Motivación para pasar a la acción

Iván, que también es músico, dijo:"Ha sido precioso, Alan. Tu música capta realmente el espíritu de tu causa. Pero tengo curiosidad: ¿qué os impulsa a cada uno de vosotros a luchar por la justicia? ¿Qué te motiva a correr riesgos tan grandes, Robin Hood?".

Los ojos de Robin Hood se suavizaron con nostalgia. Respiró hondo y su mente viajó a tierras lejanas y viejas batallas.

"Mi historia comienza mucho antes de convertirme en forajido", comenzó, con voz firme y reflexiva. "Nací como Robert de Locksley, un noble con una vida cómoda. Pero mi mundo cambió cuando me uní al rey Ricardo Corazón de León en la Tercera Cruzada. Era joven y ansioso, lleno de ideales sobre la gloria y el honor".

Hizo una pausa, la luz del fuego proyectaba sombras sobre su rostro curtido. "Las Cruzadas fueron brutales. Vi cosas que atormentarían a cualquier hombre: ciudades sitiadas, vidas perdidas y una lucha constante contra un enemigo que era tan humano como nosotros. Fue en esos duros desiertos y sangrientos campos de batalla donde adquirí mis habilidades en el tiro con arco y el combate. Pero, lo que es más importante, fue allí donde aprendí el verdadero coste de la guerra".

Emily se inclinó hacia delante, con los ojos muy abiertos por la fascinación. "¿Y qué hay del rey Ricardo?"

Robin Hood sonrió con cariño. "Ricardo era un rey guerrero hasta la médula. Era feroz en la batalla, un verdadero león de corazón. Pero también era justo y equitativo, un gobernante que inspiraba lealtad y valor. Compartimos muchas batallas juntos, codo con codo. Había respeto mutuo entre nosotros, un vínculo forjado en el fuego de la guerra".

Klaus, siempre curioso por las conexiones personales, preguntó:"¿Cómo moldeó esa relación lo que eres ahora?".

La expresión de Robin Hood se tornó sombría."Cuando regresamos a Inglaterra, encontramos nuestra patria sumida en la confusión. Ricardo fue capturado cuando regresaba, y mientras estaba encarcelado, su hermano Juan se hizo con el poder, gobernando con tiranía y codicia. La Inglaterra a la que regresé no era la que había dejado. La gente sufría, pagaba impuestos por encima de sus posibilidades, y la justicia era una rareza".

Apretó el puño, el fuego reflejándose en su intensa mirada. "Fue entonces cuando me di cuenta de mi verdadera vocación. Ya no podía quedarme de brazos cruzados mientras mi pueblo sufría. Me adentré en los bosques y reuní a hombres y mujeres con ideas afines. Nos convertimos en proscritos, sí, pero proscritos con una causa: proteger a los débiles, luchar contra la injusticia y recordar a quienes detentan el poder que no están fuera del alcance de la responsabilidad".

Sophie asintió, profundamente conmovida por su historia. "Entonces, tu tiempo con Ricardo, tus experiencias como cruzado, ¿formaron tu sentido de la justicia?".

Robin Hood asintió. "Ciertamente. Las Cruzadas me enseñaron el valor de cada vida, la importancia de luchar por lo que es justo y la fuerza de la unidad. Mi relación con Ricardo me enseñó las cualidades del verdadero liderazgo y el impacto que puede tener un gobernante justo. Cuando lucho ahora, lo hago con la esperanza de que un día prevalezca la justicia e Inglaterra vuelva a conocer la paz".

Iván, inspirado por el relato de Robin Hood, preguntó:"¿Qué consejo nos darías a nosotros, como viajeros de otro tiempo, que buscamos marcar la diferencia?".

Robin Hood miró a cada uno de ellos, con ojos llenos de sabiduría y determinación. "Defended lo que es correcto, incluso cuando sea difícil. Usad vuestras habilidades y conocimientos para proteger a aquellos que no pueden protegerse a sí mismos. Y recordad que el verdadero liderazgo no consiste en el poder, sino en servir a los demás. Lucha con honor y nunca pierdas de vista tus principios. Para mí, es el amor a la gente. Ver su sufrimiento y saber que tengo el poder de cambiar las cosas me obliga a actuar. Hay que desafiar la tiranía de los ricos y poderosos, y haré lo que haga falta para proteger a los inocentes". Little John añadió:"Yo lucho por la lealtad y la hermandad. Robin y yo hemos librado muchas batallas juntos, y nuestro vínculo es inquebrantable. Nuestra causa es justa y nuestra unidad nos da fuerza".

Fray Tuck comentó:"Para mí, es una cuestión de fe. Creo en un poder superior que nos llama a luchar contra la injusticia. Las enseñanzas de nuestra fe nos obligan a actuar con compasión y a defender a los oprimidos".

Will Scarlett explicó:"La velocidad y la agilidad son mis puntos fuertes, y los utilizo para ser más astuto que nuestros enemigos. Pero mi motivación proviene de un profundo sentido de la justicia. No puedo quedarme de brazos cruzados mientras los pobres son explotados y maltratados".

Alan-a-Dale contribuye al debate:"Mi música es mi arma. A través de la canción, inspiro esperanza y valor en nuestros camaradas. Lucho por la alegría de ver a nuestro pueblo elevarse por encima de sus luchas y reclamar su dignidad".

Klaus dijo, dirigiéndose a Robin Hood:"Tus palabras y tus actos son realmente inspiradores. Venimos de un mundo en el que la justicia a menudo se ve ensombrecida por la codicia y la corrupción. ¿Qué consejo nos darías para ayudarnos a superar estos retos?".

Robin Hood aconsejó:"Mantente fiel a tus principios, cueste lo que cueste. El camino de la rectitud no es fácil, pero es el único que merece la pena recorrer. Sé valiente, mantente firme y nunca pierdas de vista tus objetivos".

Fray Tuck añadió:"Y recuerda buscar la fuerza en la unidad. Solos somos vulnerables, pero juntos somos formidables. Rodéense de aliados que compartan su visión y sus valores".

Emily:"Gracias, Robin, y gracias a todos. Vuestra sabiduría nos guiará en nuestro viaje. Nos sentimos honrados de haberos conocido y de haber compartido vuestros conocimientos".

Robin Hood:"El honor es nuestro, Emily. ¿Y realmente no eres la hermana de Mari-an?"

Esto se consideró una pregunta retórica, así que Robin Hood no esperó respuesta de nadie y continuó:"Que tus flechas vuelen certeras, y que encuentres la justicia que buscas. Recuerda, el bosque de Sherwood siempre será un refugio para aquellos que luchan por lo que es correcto".

El comandante Harris dijo:"Gracias, Robin Hood, por tu sabiduría. Tus palabras nos han dado mucho que reflexionar mientras continuamos nuestro viaje".

Robin Hood:"Ha sido un placer, comandante. Recordad, amigos míos, que la verdadera esencia del tiro con arco no reside en la diana, sino en el viaje: el viaje del autodescubrimiento, del crecimiento y de la transformación. Así que dejad que vuestras flechas vuelen certeras, y que vuestros corazones sean guiados para siempre por la sabiduría del arco".

Cuando el fuego se redujo a brasas y las estrellas empezaron a centellear en lo alto, los astronautas se despidieron de Robin Hood y su banda de Hombres Alegres. Volvieron al presente, con el corazón lleno de gratitud por la oportunidad de conocer a una leyenda del pasado. Sus mentes ardían con los ecos de su sabiduría atemporal.

"Hemos sido testigos del poder del valor y la compasión", reflexionó Emily, con la voz llena de reverencia."Y al hacerlo, hemos adquirido una comprensión más profunda del espíritu perdurable de la resiliencia humana".

Capítulo 25: La antigua Grecia (399 a.C.)

Un vistazo a la Antigüedad

En las profundidades de la pirámide marciana, los astronautas se reunieron una vez más, guiados por su insaciable sed de conocimiento y aventura. Emily, la historiadora del equipo, sugirió el próximo destino del viaje en el tiempo: la antigua Grecia, durante su apogeo intelectual y cultural.

"Grecia, alrededor del año 400 a.C.", anunció Emily, con la voz rebosante de emoción. "Seremos testigos del nacimiento de la democracia, el florecimiento de la filosofía y las maravillas de la arquitectura antigua".

Con los ojos encendidos por la expectación, el equipo intercambió miradas cómplices, ansiosos por embarcarse en este extraordinario viaje a los anales de la historia.

El portal de la pirámide marciana volvió a zumbar con energía etérea mientras los astronautas se preparaban para otro viaje en el tiempo. Querían conocer al famoso filósofo Sócrates.

Los astronautas se vistieron como los ciudadanos de la antigua Grecia y se mezclaron perfectamente con el pasado. Cada uno llevaba un discreto dispositivo de grabación, oculto entre sus ropas, para captar las maravillas de esta época pasada sin alterar su delicado equilibrio. Sophie introdujo hábilmente las coordenadas temporales en el panel de control del portal y activó la antigua tecnología con un suave zumbido. El portal formó un remolino de luz ante ellos. El comandante Harris, Emily, Klaus, Sophie e Iván formaron un círculo con las manos. Sophie susurró la frase de activación y el portal resplandeció, revelando impresionantes destellos de la antigua Atenas.

"Acerquémonos con reverencia y humildad", instó el comandante Harris.

Con un propósito común, entraron en el vórtice, dispuestos a sumergirse en las maravillas de la antigua Grecia.

Llegada a la cuna de la civilización

Cuando el vórtice se disipó, los astronautas se materializaron en el corazón de la antigua Atenas.

"Bienvenidos a la cuna de la civilización occidental", exclamó Emily, con los ojos brillantes de asombro. "Contemplad la Acrópolis, el Partenón y el bullicioso Ágora". Se maravillaron ante las maravillas arquitectónicas que les rodeaban, cuya belleza y elegancia eran testimonio del ingenio y la destreza artística de los antiguos griegos.

Guiados por los conocimientos de Emily, los astronautas se adentraron en el corazón de la sociedad ateniense, donde los filósofos debatían la naturaleza de la existencia, los poetas cantaban a héroes y dioses y los artesanos creaban obras de arte eternas.

"Esta es una tierra impregnada de sabiduría y belleza", comentó Emily, con la voz teñida de reverencia. "Presenciar el nacimiento de la democracia y el florecimiento del intelecto es realmente sobrecogedor".

Sophie, siempre rápida, activó su brazalete de camuflaje. Desapareció de la vista, provocando el asombro de los espectadores. Usando su invisibilidad para crear una distracción, volcó un carrito de frutas. Manzanas y naranjas se esparcieron por el suelo, causando un alboroto y llamando la atención de los guardias.

"¡Vamos! ¡Ahora!" La voz incorpórea de Sophie instó al equipo.

Aprovechando el caos, los astronautas se escabullen y se mezclan entre la multitud. Los guardias de la ciudad, alertados por la conmoción, empezaron a acercarse. Sus armaduras sonaron al abrirse paso entre la multitud, decididos a detener a los forasteros. Los astronautas, convertidos en objetivo, no tuvieron más remedio que huir.

El comandante Harris iba en cabeza, utilizando el cetro de plasma en modo aturdidor para inutilizar a los guardias que se acercaban demasiado. Los brillantes destellos de los pulsos de energía del cetro cortaban la tenue luz, y cada disparo hacía caer al suelo a un guardia.

La persecución discurrió por los laberínticos puestos del mercado. Los astronautas esquivaron puestos de cerámica y saltaron por encima de montones de sacos de grano. Los animales se dispersaron a su paso: las gallinas agitaron las alas alarmadas y una cabra, atada a un poste, baló frenéticamente cuando pasaron a toda velocidad.

"¡Seguid avanzando!" gritó el comandante Harris, haciendo señas al equipo para que avanzara.

Klaus, con su agilidad y rapidez de reflejos, ayudó al equipo a sortear los obstáculos. Volteó carros y se agachó bajo toldos, despejando el camino a sus compañeros. Sus acrobacias, mezcla de instinto y entrenamiento, los mantuvieron un paso por delante de los guardias.

Mientras los guardias continuaban su implacable persecución, el comandante Harris tomó una rápida decisión. "Tenemos que dividirnos. Sophie, Iván, tomen ese callejón. Emily, Klaus conmigo". Sophie e Iván se adentraron en un estrecho callejón, y las sombras los engulleron mientras corrían. Se refugiaron en la herrería, donde el calor de la fragua creaba una neblina en el aire. El herrero, sorprendido por su repentina aparición, observó confuso cómo improvisaban una barricada con herramientas y armas.

"Esto debería contenerlos un rato", dijo Iván, jadeante.

Mientras tanto, el comandante Harris, Emily y Klaus seguían zigzagueando por el mercado, a un ritmo implacable. Los sonidos de la persecución se desvanecieron ligeramente a medida que el equipo se dividía, cada grupo con la esperanza de perder a sus perseguidores en el laberinto del Ágora.

Captura de Emily

Mientras avanzaban entre la multitud, Emily tropezó con una piedra suelta. Tropezó y cayó, su dispositivo de camuflaje se le escapó de las manos y cayó al suelo. Antes de que pudiera recuperarlo, se acercó un grupo de guardias atenienses.

"¡Emily!" gritó Klaus, pero era demasiado tarde.

Los guardias se abalanzaron sobre Emily. Ella luchó, pero su agarre era férreo. Fue rápidamente dominada y arrastrada, sus gritos se perdieron en el ruido del mercado.

"¡Socorro!", gritó, pero los demás estaban demasiado lejos.

"¿Qué es esto?", preguntó uno de los guardias, cogiendo el extraño aparato. Sus ojos se entrecerraron mientras miraba a Emily. "Tú, ¿de dónde has salido?".

Emily, intentando mantener la compostura, se puso en pie. "Soy una viajera de una tierra lejana", dijo.

"Una extranjera con herramientas extrañas", murmuró el guardia. "Vendrás con nosotros para ser interrogada".

Antes de que Emily pudiera protestar, los guardias la agarraron y empezaron a arrastrarla. Los demás astronautas, que observaban desde la distancia, se dieron cuenta rápidamente de que tenían que trazar un plan.

"La han detenido. Tenemos que recuperar a Emily", dijo Klaus con urgencia. "No podemos dejarla en sus manos".

"Usaré el cetro de plasma", dijo Klaus, ajustándolo al modo aturdir. "Podemos eliminar a los guardias sin hacerles daño".

"O usaré la barra médica para asegurarme de que nadie resulte gravemente herido", añadió Klaus.

El comandante Harris negó con la cabeza. "No, más tarde. Movámonos. No podemos quedarnos aquí".

Tras una angustiosa persecución, los astronautas restantes se reunieron en un tranquilo callejón.

"Tenemos que volver a por Emily", dijo Klaus, con voz urgente.

El comandante Harris asintió. "La traeremos de vuelta. Pero necesitamos un plan. Sophie, ¿puedes averiguar adónde la llevan?".

Sophie, ahora visible, asintió. "Los seguiré. Nos vemos cerca de la gran estatua en el borde del mercado en diez minutos".

El equipo se separó una vez más, decidido a rescatar a su amiga.

Sophie regresó con noticias. "Están llevando a Emily a la prisión de la ciudad. Está fuertemente custodiada, pero tenemos el elemento sorpresa".

"Bien", dijo el comandante Harris. "Klaus, tú y yo nos encargaremos de los guardias. Iván, tú crea una distracción. Sophie encuentra la forma de abrir las celdas".

El equipo se movió rápidamente, sus acciones coordinadas y precisas. La persecución del mercado había sido caótica, pero también había revelado sus puntos fuertes. Estaban preparados para enfrentarse a lo que viniera después.

Encarcelamiento

Los guardias condujeron a Emily a una pequeña y oscura celda en el corazón de Atenas. Las paredes de piedra eran frías y húmedas, y el aire desprendía un olor a moho y podredumbre. La única luz provenía de una pequeña ventana enrejada que proyectaba sombras espeluznantes. Cuando la arrojaron al interior de la celda, Emily tropezó y aterrizó con fuerza en el áspero suelo de piedra. La pesada puerta se cerró tras ella con un sonoro portazo. Se levantó, con una mueca de dolor en las manos y las rodillas.

Pasaron las horas y cada momento se convirtió en una eternidad. Los sonidos de la bulliciosa ciudad se silenciaron, sustituidos por los ocasionales gritos lejanos de otras prisioneras y el correteo de las ratas. La mente de Emily se agitaba, llena de miedo y preocupación por sus amigos y por la misión.

Retirada estratégica: Templo de la Defensa

Cuando el sol se ocultaba en el horizonte, proyectando largas sombras sobre la antigua ciudad de Atenas, los astronautas buscaron refugio en las salas sagradas del templo de Hefesto, dios del fuego. Esperaban que la santidad del templo les protegiera de sus perseguidores.

Al anochecer, la primera oleada de fanáticos descendió sobre el templo. Armados con lanzas y escudos, cargaron hacia adelante, sus gritos resonando en la noche.

Los astronautas se mantuvieron firmes, con una determinación inquebrantable. Con una puntería precisa, el comandante Harris y Klaus liberaron ráfagas de energía del cetro de plasma, aturdiendo a sus agresores y haciéndoles retroceder.

Mientras los zelotes se reagrupaban para un nuevo asalto, Iván buscó terreno más elevado, escalando las antiguas piedras del exterior del templo. Desde su posición ventajosa en el tejado, observó el terreno circundante e intentó identificar posibles puntos débiles en la estrategia de los atacantes.

Cuando comenzó el siguiente asalto, los astronautas se prepararon para la embestida. Con un esfuerzo coordinado, se enfrentaron a los atacantes, utilizando todas las herramientas a su disposición para mantener su perímetro defensivo. El brazalete de camuflaje, manejado con destreza por Sophie e Iván, les permitió confundir y tender emboscadas a los zelotes, inclinando la balanza de la batalla a su favor.

Cuando los últimos zelotes se retiraron a la oscuridad, derrotados y desmoralizados, los astronautas respiraron aliviados. Aunque cansados por la dura prueba, sabían que habían vencido gracias a la unidad y la rapidez mental.

"Puede que seamos extraños en este tiempo", dijo el comandante Harris, mientras su mirada recorría a sus camaradas, "pero mientras permanezcamos unidos, podremos superar cualquier desafío".

Con una nueva determinación, los astronautas se prepararon para afrontar las pruebas que les esperaban, sabiendo que su unión les ayudaría a salir adelante.

El interrogatorio

La puerta de la celda se abrió con un chirrido y entró un grupo de guardias seguidos por un hombre de aspecto severo vestido con una túnica. Miraba a Emily con ojos fríos y calculadores. "¿Quién eres y de dónde vienes?", preguntó.

Emily respiró hondo. "Soy una viajera de tierras lejanas", repitió, con voz firme. "No pretendo hacer daño".

La expresión del interrogador se endureció. "Las mentiras no te salvarán", dijo. Hizo un gesto a los guardias, que se adelantaron con sonrisas crueles.

La agarraron y la arrastraron hasta una silla de madera con correas de cuero. Emily forcejeó, pero el agarre era demasiado fuerte. La ataron, y el cuero le mordió las muñecas y los tobillos.

El interrogador se acercó con un látigo en la mano. "Tenemos formas de hacer hablar a la gente", dijo con voz escalofriante. Levantó el látigo y lo descargó sobre la espalda de Emily con un chasquido repugnante.

Emily gritó de dolor y su cuerpo se arqueó contra las ataduras. El látigo golpeó una y otra vez, y cada latigazo le provocaba oleadas de agonía. Se mordió el labio, negándose a darles la satisfacción de oírla gritar.

"Dinos la verdad", exigió el interrogador. "¿Quién eres y por qué estás aquí?". Las lágrimas corrían por el rostro de Emily, pero permaneció en silencio. Su mente era un torbellino de dolor y miedo, pero se aferraba a la esperanza de que sus amigos vendrían a buscarla.

Rescate y reencuentro

El equipo se reunió para planificar la operación de rescate.

"Tendremos que usar el brazalete de camuflaje para burlar a los guardias", sugirió So-phie. "Puede hacernos invisibles, pero tenemos que tener cuidado de no llamar la atención".

"Podemos usar el cetro de plasma en modo aturdir para incapacitar a los guardias sin hacer ruido", añadió Klaus. "No queremos matar a nadie si podemos evitarlo".

"Y la vara médica", dijo Iván, sosteniendo el dispositivo. "Puede curar a Emily si la han herido".

El comandante Harris trazó su aproximación. "Klaus y yo usaremos el brazalete de camuflaje para entrar y localizar a Emily. Sophie e Iván, crearan una distracción fuera de la prisión para alejar a algunos de los guardias."

Al caer la noche, el grupo se puso en posición. Sophie e Iván se situaron cerca de la entrada de la prisión, preparándose para crear una distracción. Mientras tanto, el comandante Harris y Klaus activaron el brazalete de camuflaje, sus formas brillaron y luego desaparecieron por completo.

Sophie asintió a Iván. "¿Listos?"

"Listo", respondió Iván, empuñando el cetro de plasma.

Sophie encendió un pequeño fuego cerca del carro de un mercader, avivando rápidamente las llamas hasta llamar la atención de los guardias cercanos. "¡Fuego! Socorro, fuego!", gritó, causando una conmoción.

Los guardias se precipitaron al lugar, intentando apagar las llamas y gritando órdenes. En medio del caos, Iván utilizó el cetro de plasma para aturdir silenciosamente a unos cuantos guardias, asegurándose de que no volverían a la prisión a corto plazo.

Usando el brazalete de camuflaje, el comandante Harris y Klaus se deslizaron a través de las puertas, moviéndose silenciosamente por los pasillos de la prisión. Encontraron rápidamente la celda de Emily, que estaba atada, con el rostro pálido pero decidido.

El comandante Harris utilizó el cetro de plasma para desactivar la cerradura de la celda.

Mientras continuaba el interrogatorio, la puerta se abrió de golpe. Los guardias se giraron, pero fueron abatidos por las ráfagas del cetro de plasma en modo aturdidor. El comandante Harris y Klaus entraron a la carga y desarmaron a los guardias restantes.

Klaus desactivó el dispositivo de ocultación, revelando su presencia. "Emi-ly, estamos aquí".

Emily levantó la vista, con los ojos llenos de alivio. "Menos mal. No sabía cuánto tiempo más podría aguantar".

Klaus corrió al lado de Emily, la desató rápidamente y utilizó la vara médica para curar sus heridas. El dolor disminuyó, reemplazado por un calor calmante. "Emily, ¿estás bien?" preguntó Klaus, con los ojos llenos de preocupación.

Emily, con la voz ronca, asintió. "Estoy bien. Salgamos de aquí".

"Tenemos que movernos, ahora", instó el comandante Harris.

Reactivaron el brazalete de camuflaje, que esta vez los ocultó a los tres mientras avanzaban sigilosamente por la prisión. La distracción en el exterior había alejado a la mayoría de los guardias, facilitando su huida. Mientras huían por las calles de Atenas, Emily se apoyó en Klaus, con el cuerpo aún tembloroso por la terrible experiencia. Ya se había sentido protegida dos veces por Klaus en su instinto primario. La primera vez que lo experimentó fue cuando fue noqueada por el cetro de plasma como primer artefacto en la cámara oculta de la pirámide marciana y quedó atrapada en los brazos de Klaus. ¿Habrá pronto una tercera vez? O como Klaus ha citado inicialmente el dicho común durante su conferencia sobre volcanes y cráteres de impacto:"¡a la tercera va la vencida!". "Ya estamos otra vez, Emily, te has enamorado perdidamente", se dijo Emily.

Fuera, el grupo se reunió, la noche seguía oscura y llena de sonidos de caos lejano. Rápidamente se alejaron de la prisión, dirigiéndose hacia las afueras de la ciudad.

"Lo hemos conseguido", dijo Iván, con una sonrisa dibujada en el rostro. Emily, todavía un poco agitada pero sonriente, respondió:"Gracias a todos. No lo habría conseguido sin vuestra ayuda".

En busca de Sócrates

Con Emily de vuelta con el grupo, se dirigieron rápidamente a través de la ciudad, evitando las patrullas y mezclándose entre la multitud.

Finalmente llegaron a las afueras del Ágora, donde encontraron una pequeña reunión de gente que escuchaba hablar a un hombre.

"Ahí está", dijo Iván, señalando a una figura vestida con ropas sencillas. "Socrates".

El grupo se acercó con cautela, sin querer interrumpir la reunión. A medida que se acercaban, podían oír la voz de Sócrates, profunda y resonante, haciendo preguntas inquisitivas e involucrando a su audiencia en un debate filosófico.

"Sócrates", gritó el comandante Harris, llamando la atención del filósofo.

Sócrates se volvió hacia ellos, con los ojos brillantes de curiosidad. "¡Ah, más viajeros! ¿Qué os trae a Atenas y por qué me buscáis?". "Venimos de una tierra y un tiempo lejanos", dijo Emily, dando un paso al frente. "Buscamos tu sabiduría".

Sócrates las estudió un momento antes de sonreír. "¿Sabiduría, dices? Es algo raro y precioso. Venid, sentaos conmigo y hablemos".

Los astronautas se sentaron con Sócrates, compartiendo sus experiencias y el propósito de su viaje. Sócrates les escuchó atentamente y, de vez en cuando, les hizo preguntas que cuestionaron sus suposiciones y les hicieron reflexionar más profundamente sobre su misión.

Un encuentro filosófico
Comienza la discusión

Los astronautas se sentaron en bancos de piedra. Sócrates miró a cada uno de ellos con ojos llenos de curiosidad y calidez. "¿Qué os trae a mí, desconocidos? ¿Qué buscáis?"

El comandante Harris empezó a hablar:"Buscamos comprender la naturaleza de la justicia, el significado de la virtud y la esencia del alma humana. Sus enseñanzas han inspirado a generaciones, y esperamos poder comprender estas cuestiones eternas".

Sócrates asintió:"Sabias preguntas, desde luego. Emprendamos juntos un viaje de exploración intelectual. Pero antes, reconozcamos los límites de nuestro conocimiento. Porque la verdadera sabiduría comienza con el reconocimiento de la propia ignorancia".

Iván intervino:"¿Cómo conciliamos la búsqueda de la virtud con las complejidades de la naturaleza humana? ¿Es posible alcanzar la verdadera bondad en un mundo lleno de ambigüedad moral?".

Sócrates respondió con prontitud:"Una pregunta profunda, amigo mío. Creo que la virtud no reside en la ausencia de malas acciones, sino en la búsqueda consciente de la excelencia. Es un viaje de autodescubrimiento, guiado por la razón y templado por la humildad".

Ahora Emily planteó sus preguntas:"Sócrates, ¿cómo cultivamos la sabiduría en un mundo inundado de información? En la era de los avances tecnológicos, ¿cómo discernimos la verdad de la falsedad?

Sócrates sonrió con conocimiento de causa:"La búsqueda de la sabiduría requiere disciplina y discernimiento. Debemos aprender a cuestionar nuestras suposiciones, a cuestionar nuestras creencias y a buscar el conocimiento con una mente abierta. Sólo a través de una investigación rigurosa podemos esperar descubrir las verdades que yacen más allá del velo de la ignorancia".

Klaus, con los beneficios de su educación clásica, profundizó aún más en la compleja discusión filosófica:"Sócrates, ¿cómo navegar por las complejidades de las relaciones humanas? ¿Cómo cultivamos la amistad y fomentamos la buena voluntad en un mundo desgarrado por las luchas y la división?".

Sócrates se mostró encantado con la pregunta de Klaus:"La amistad, mi joven amigo, es un vínculo sagrado, una unión de almas unidas por el respeto mutuo, la confianza y la buena voluntad. Es a través de la auténtica conexión humana como encontramos consuelo en tiempos difíciles, alegría en tiempos de celebración y sentido en la experiencia compartida de la vida".

El sentido de la vida

El comandante Harris tomó la palabra, con voz firme. "Buscamos comprender el sentido de la vida. ¿Cómo encontramos sentido en un universo que parece indiferente a nuestra existencia? Hemos viajado a lo largo y ancho, a través del tiempo y el espacio, en busca de respuestas".

Sócrates sonrió. "Ah, el sentido de la vida, mi querido amigo, una pregunta tan antigua como el tiempo mismo. Es una pregunta que ha desconcertado a los filósofos durante milenios. Algunos creen que reside en la búsqueda del placer, otros en la búsqueda del conocimiento. Pero yo creo que el verdadero significado se encuentra en la búsqueda de la virtud, el autoconocimiento y la sabiduría. Dime, ¿qué has aprendido hasta ahora en tu viaje?".

Sophie se inclinó hacia delante. "Hemos aprendido que la vida es preciosa y frágil. Hemos visto surgir y desaparecer civilizaciones, y hemos presenciado actos de gran bondad y de terrible crueldad. Pero aún no comprendemos del todo el propósito de nuestra existencia".

Sócrates asintió. "El propósito de la vida no es algo fácil de definir. Es un tapiz tejido con nuestras experiencias, acciones y creencias. Cada hilo, cada momento, contribuye al todo".

Klaus, el oficial científico del equipo, se inclinó hacia él. "¿Pero cómo encontramos este camino de virtud y sabiduría en un mundo lleno de tanta incertidumbre y conflicto?".

Sócrates sonrió suavemente. "La incertidumbre y el conflicto forman parte de la experiencia humana. Nos desafían, ponen a prueba nuestra determinación y nos ayudan a crecer. La clave está en ser fiel a uno mismo, cuestionar los supuestos y buscar la verdad en todas las cosas. Participa en el diálogo, aprende de los demás y esfuérzate por ser la mejor versión de ti mismo".

Iván preguntó:"Pero Sócrates, en nuestro tiempo, nos enfrentamos a retos que parecen insuperables. ¿Cómo podemos aplicar tus enseñanzas para superarlos?".

Sócrates asintió, comprendiendo la gravedad de la pregunta. "Centrándote en lo que puedes controlar. Tus pensamientos, acciones y elecciones. Predica con el ejemplo, inspira a los demás con tu integridad y sabiduría. Recuerda que todo gran cambio suele empezar con un solo paso, con una sola persona dispuesta a cuestionar y a luchar por mejorar".

El comandante Harris miró a su equipo y luego a Sócrates. "Gracias, Sócrates. Tus palabras nos dan fuerza y claridad. Llevaremos tu sabiduría con nosotros mientras continuamos nuestro viaje".

Sócrates puso una mano en el hombro del comandante Harris. "Recuerda que la verdadera sabiduría viene de conocerte a ti mismo y comprender que sabes muy poco. Sigue cuestionando, sigue buscando, y encontrarás tu camino." Miró a todos:"Que encontréis lo que buscáis, viajeros. Y no olvidéis que una vida no examinada no merece la pena ser vivida".

Cuando la conversación llegó a su fin, los astronautas sintieron una profunda sensación de paz y propósito. Sabían que su viaje distaba mucho de haber terminado, pero con la sabiduría de Sócrates como guía, se sentían preparados para afrontar cualquier reto que les esperara. Con gratitud, se despidieron del gran filósofo, prometiendo llevar sus enseñanzas al futuro. Cuando activaron su dispositivo y desaparecieron de la antigua Atenas, sintieron un renovado sentido del propósito y una comprensión más profunda del significado de la vida.

Capítulo 26: La cápsula de la longevidad

La pirámide marciana se alzaba silenciosa e imponente bajo la fina atmósfera marciana, con sus lados angulosos reflejando la tenue luz del lejano sol. Tras sus diversas exploraciones a través del tiempo y de la historia, los astronautas sentían el deber de seguir descubriendo los secretos de la pirámide. A medida que los cinco astronautas restantes continuaban su exploración de la pirámide marciana, sus descubrimientos eran cada vez más asombrosos. Cada nueva cámara desvelaba reliquias y artefactos que ofrecían una imagen más rica de los avanzados conocimientos y capacidades de la civilización A'kara. Cada descubrimiento les acercaba más a la comprensión, y estaban seguros de que había muchos más secretos entre sus muros. Su búsqueda les llevó más adentro de la pirámide, hacia una cámara que desafiaría su comprensión de la vida y la mortalidad.

Emily fue la primera en fijarse en las peculiares inscripciones de una puerta oculta al final de un pasillo poco iluminado. Los símbolos no se parecían a ninguno de los que habían visto antes, eran más intrincados y elaborados e insinuaban que había una cámara significativa más allá.

"Mirad esto todos", dijo Emily, pasando los dedos por encima de las tallas.

Iván examinó los símbolos de cerca. "Estos son diferentes. Parecen representar algún tipo de tecnología avanzada". Utilizando su dispositivo de traducción portátil, que Wei ha dejado, pudieron descifrar las inscripciones. "Hablan de 'renovación' y 'preservación'. Esto podría estar relacionado de algún modo con la prolongación de la vida o la inmortalidad", dijo Emily.

Entusiasmados y cautelosos, los miembros del equipo trabajaron juntos para abrir la puerta, revelando una vasta cámara llena de un suave resplandor ambiental. En el centro de la sala había una cápsula grande y ornamentada, diferente a todo lo que habían encontrado hasta entonces.

Estaba hecha de un material liso y metálico, con los mismos símbolos intrincados. Su diseño era elegante e irradiaba un aura de sabiduría. Alrededor de la cápsula había varios paneles y consolas con glifos desconocidos pero cautivadores en sus superficies.

"Esto podría ser un gran avance. Si las inscripciones son correctas, podría tratarse de una cápsula de regeneración de longevidad o de hibernación", supuso el comandante Harris.

Sophie examinó los paneles. "Es extraordinario. La tecnología aquí parece estar años luz por delante de la nuestra. Los A'kara realmente dominan la ciencia de la vida".

Klaus asintió. "Tenemos que entender cómo funciona. Esto podría darnos una idea de sus avances biológicos".

Encontraron una cerradura que parecía encajar con la Llave Cósmica que habían vuelto a recibir del Consejo Celestial. Después de que el comandante Harris introdujera la llave en la cerradura, la cápsula se abrió con un rugido.

Con una mezcla de excitación e inquietud, el equipo decidió activar la cápsula. Emily manipuló con cuidado los controles, su experiencia en ingeniería resultó inestimable. La cápsula empezó a zumbar y sus superficies brillaron con una suave luz intermitente.

"Según los símbolos, la cápsula está diseñada para inducir un estado de hibernación y promover la regeneración celular", explicó Emily.

El comandante Harris, el miembro más veterano de la tripulación, se ofreció a probar la cápsula. "Si funciona, podría cambiar las reglas del juego de los viajes espaciales de larga duración e incluso de la prolongación de la vida en la Tierra. Yo lo haré. Si las cosas van mal, Emily estará al mando como Primer Oficial al mando. E Iván, tú serás el Segundo Oficial al mando y darás todo tu apoyo a Emily. Estoy convencido de que ambos llevaréis esta misión al éxito".

Emily e Iván asintieron de común acuerdo.

Klaus animó a la comandante Harris diciendo:"¡Muy bien, a por ello! Sin duda, usted se lo merece. Seguro que al final se envidiaré".

El equipo preparó al comandante Harris para el procedimiento, controlando sus constantes vitales y asegurándose de que se cumplían todos los protocolos de seguridad. Cuando estaba dentro de la cápsula, la tapa se cerró con un suave silbido, envolviéndole en un capullo de luz.

Dentro de la cápsula, el comandante Harris sintió una oleada de calidez y tranquilidad. El interior de la cápsula estaba diseñado para el confort, con un material suave, casi transpirable, que se adaptaba a su cuerpo. Podía sentir una suave pulsación, como el latido de un corazón, que resonaba en la cápsula, sincronizándose con el suyo.

En el exterior, el equipo controlaba las lecturas de los paneles. Los glifos indicaban que la cápsula funcionaba correctamente, iniciando el proceso de hibernación y regeneración.

Iván observaba atentamente."Sus constantes vitales son estables. Los sistemas de la cápsula se están acoplando a su estructura celular. Es notable".

Durante varias horas, el equipo observó cómo la cápsula hacía su magia. Las lecturas indicaron una disminución significativa de la actividad metabólica, consistente con un estado de hibernación profunda. Al mismo tiempo, las secuencias de regeneración mostraban signos de una mayor reparación y rejuvenecimiento celular.

Después de un tiempo determinado, el ciclo de la cápsula se completó y la tapa se abrió lentamente. El comandante Harris salió, con un aspecto visiblemente renovado y lleno de energía. Sus compañeros se apresuraron a su lado, ansiosos por conocer su experiencia.

"¿Cómo se siente, comandante? preguntó Iván, escaneándole con un aparato médico.

El comandante Harris guardó silencio y se mostró impasible. Iván se volvió de nuevo hacia el comandante y le sacudió suavemente.

Como esto no surtió efecto, se volvió de nuevo hacia él, lo sacudió con más fuerza y siguió diciendo:"¿Comandante? - ¿Comandante? - ¿John?"

Seguía sin haber reacción. Los miembros de la tripulación estaban preocupados porque su comandante seguía entumecido y yacía apático. Iván estaba convencido de sus lecturas y dijo a los demás:"A veces te pasa después de una anestesia prolongada durante las operaciones. Es una especie de resaca. Existe un antídoto como el flumazenil para tranquilizantes como las benzodiacepinas, pero aquí sólo dispongo del método bruto".

Entonces Iván se volvió hacia el comandante y trató de zarandearlo de nuevo, pero esta vez frotaba con el puño el esternón del comandante para infligirle dolor.

De repente, el comandante abrió los ojos y dijo:"¡Ay!".

"¡Bienvenido de nuevo a Marte!", dijo Iván sonriendo.

Al cabo de un rato, el comandante Harris también sonrió, con una expresión de asombro en los ojos. "Increíble. Me siento como si hubiera tenido el mejor descanso de mi vida. Hay una sensación de rejuvenecimiento, como si mi cuerpo hubiera sido reparado desde dentro".

Iván comprobó los indicadores médicos. "Tus constantes vitales son mejores que antes. Es como si hubieras sufrido un reinicio celular".

Klaus examinó la cápsula. "La tecnología de los A'kara está más allá de nuestros sueños más salvajes. Este dispositivo podría revolucionar la medicina".

El descubrimiento de la cápsula de regeneración de la longevidad abrió nuevas posibilidades a los astronautas. Se dieron cuenta de que el dominio de los A'kara sobre la vida y la longevidad era mucho más avanzado de lo que habían previsto.

Sophie resumió sus pensamientos. "Tenemos que documentar cada detalle de esta tecnología. Si logramos entender cómo funciona, podría suponer un gran avance en nuestros campos científicos".

El comandante Harris asintió."Sin embargo, debemos proceder con cautela. Tenemos que asegurarnos de que entendemos completamente las implicaciones y los efectos secundarios potenciales. Pero esto... esto es un regalo de los A'kara. Una oportunidad para ampliar los límites de la capacidad humana".

Mientras el equipo continuaba su exploración, sabían que el conocimiento que habían obtenido de los A'kara era sólo el principio. Los secretos de la antigua civilización marciana tenían el potencial de transformar el futuro de la humanidad, ofreciendo nuevos horizontes en longevidad, viajes espaciales y comprensión de la vida misma.

Con renovada determinación, los astronautas siguieron adelante, dispuestos a desvelar más misterios de los A'kara y a compartir sus descubrimientos con el mundo. El legado de la civilización A'kara se entrelazaba ahora con el suyo propio, testimonio del perdurable espíritu de exploración y búsqueda del conocimiento.

Capítulo 27: Un camino divergente

El amanecer marciano proyectaba un tenue resplandor etéreo a través de la entrada de la pirámide, pintando las paredes de la cámara con suaves tonos anaranjados y rojos. El descubrimiento del portal había planteado a los astronautas una profunda disyuntiva: regresar a la Tierra con los conocimientos recogidos en un atajo sin vuelo espacial de varios meses o quedarse y averiguar más cosas sobre la civilización A'kara. El aire estaba cargado de tensión tácita mientras el equipo se reunía para discutir los pasos a seguir.

Surge la grieta

El equipo se reunió en la cámara central, con las imágenes holográficas del Consejo Celestial aún frescas en sus mentes. En el otro extremo estaba el portal por el que Wei ya había pasado.

El comandante Harris miró a su equipo, con voz firme pero con ojos que delataban el peso de su decisión. "Hemos recorrido un largo camino y hemos descubierto conocimientos increíbles. El portal es nuestro camino de vuelta a la Tierra. Pero necesito saber cuál es la posición de cada uno de vosotros".

Sophie miró a Iván, con expresión de conflicto. Respiró hondo y se decidió a dar un paso adelante. "He tomado una decisión. Me quedo".

La habitación se quedó en silencio. Iván miró a Sophie, con una mezcla de sorpresa y preocupación en los ojos. "Sophie, ¿de qué estás hablando? Tenemos que volver y compartir lo que hemos encontrado".

Sophie negó con la cabeza. "Sólo hemos arañado la superficie del conocimiento de los A'kara. Hay mucho más por descubrir aquí, y no puedo irme sin entenderlo del todo. Esta es la oportunidad de mi vida".

El dilema de Iván

Iván sintió una punzada de angustia. Se había hecho muy amigo de Sophie durante su estancia en Marte, sus experiencias compartidas habían forjado un vínculo que iba más allá de su misión. Su decisión de quedarse le desgarraba el corazón, pero comprendía su pasión por los descubrimientos. Iván miró a Sophie con expresión preocupada:"Sophie, si te quedas, ¿qué será de nosotros? ¿A todo lo que hemos construido juntos?".

Los ojos de Sophie se ablandaron, pero su determinación se mantuvo. "Iván, no puedo dejar escapar esta oportunidad. Los secretos del A'kara podrían cambiar todo lo que sabemos sobre el universo, sobre nuestro lugar en él. Tengo que quedarme y aprender".

Iván miró el portal y luego volvió a mirar a Sophie. Tomó sus manos entre las suyas, con una voz llena de una mezcla de amor y resignación. "Entonces me quedaré contigo. No puedo dejarte aquí sola".

Sophie le apretó las manos y sus ojos brillaron de gratitud. "Gracias, Iván. Juntos podremos descubrir los demás secretos de los A'kara".

El resto del equipo intercambió miradas, procesando la gravedad de la decisión de Sophie e Iván. Emily se adelantó, con una expresión de comprensión y respeto.

Emily miró a Sophie con determinación y poco después se dirigió a Iván:"Respetamos tu decisión, Sophie. E Iván, tu lealtad es admirable".

El comandante Harris asintió. "Tenemos que pensar en el panorama general. Lo que hemos aprendido aquí tiene un valor incalculable. Pero no podemos obligarte a volver si crees que tu lugar está aquí".

Dijo Klaus con una mirada conciliadora:"Emily y yo nos aseguraremos de que la información que tenemos llegue sana y salva a la Tierra. Pero si encontráis más, buscad la forma de comunicárnoslo".

Preparativos para la salida

El equipo pasó las siguientes horas preparándose para la separación. Sophie e Iván recogieron suministros y equipos, asegurándose de que tenían todo lo que necesitaban para continuar su exploración de la pirámide. Los demás prepararon los datos que habían recogido, asegurándolos para el viaje de vuelta a la Tierra.

Emily se acercó a Sophie, con los ojos llenos de una mezcla de admiración y preocupación. "Eres valiente, Sophie. Espero que encuentres lo que buscas".

Sophie sonrió, apreciando el sentimiento. "Gracias, Emily. Espero que nuestros caminos se vuelvan a cruzar".

La despedida final

A medida que se acercaba el momento de la partida, el equipo se reunió por última vez frente al portal. El resplandeciente arco se alzaba tras ellos, símbolo tanto de separación como de esperanza.

Comandante Harris:"Sophie, Iván, habéis sido unos compañeros increíbles. Os deseo lo mejor".

Iván asintió con la cabeza, agarrando firmemente la mano de Sophie. "Y llevaremos la misión adelante aquí. Nos mantendremos en contacto".

Emily se adelantó, con la voz teñida de emoción. "Cuidaos los unos a los otros. Y recordad que no estáis solas. Todos formamos parte de esta misión, estemos donde estemos".

Con los últimos abrazos y apretones de manos, el equipo se despidió. Sophie e Iván vieron cómo sus amigos atravesaban el portal, la luz resplandeciente los envolvía antes de desaparecer de su vista.

Y ahora regresaba a la Tierra una tripulación diezmada, compuesta únicamente por tres astronautas.

Sin embargo, gracias a la llave cósmica, el comandante Harris, Emily y Klaus se libraron de dar un rodeo mediante una prueba centinela a través de varias cámaras, que Wei tuvo que superar previamente.

El ambiente era un poco espeluznante. En el otro extremo de la pasarela, la forma de una pirámide egipcia en la Tierra emergía de la pirámide marciana.

Poco después, los tres se encontraron en el desierto egipcio, donde fueron recibidos con alegría por Wei y un equipo de científicos, médicos y personal de seguridad.

El comandante Harris salió de la nave y su cuerpo tembló al sentir la gravedad de la Tierra. La transición de Marte a la Tierra fue desorientadora, un torrente de sensaciones inundó su mente. Se encontró en el suelo donde había comenzado su viaje, rodeado de un equipo de científicos y funcionarios deseosos de interrogarle a él y a los demás.

Científico jefe:"Bienvenido, comandante Harris. Su viaje ha sido un éxito. Hemos recibido todos sus datos preliminares. ¿Cómo se siente?

El comandante Harris respondió:"Un poco abrumado, pero aliviado. Hay mucho que compartir".

A pesar de los esfuerzos realizados en Marte, ahora era necesario un programa de rehabilitación durante varias semanas, ya que el rendimiento cardiovascular tenía que adaptarse cuidadosamente a las condiciones de la Tierra debido a la reducción de casi 1/3 de la gravedad en Marte en comparación con la Tierra. Sin embargo, el atajo a través de la pasarela les ahorró un vuelo de regreso en el espacio de varios meses de duración, por lo que se beneficiaron enormemente tanto física como mentalmente. Los días (y ya no soles) que siguieron fueron un torbellino de actividad. Los astronautas pasaron incontables horas en sesiones informativas, compartiendo los hallazgos de la civilización A'kara, las pruebas a las que se habían enfrentado y el increíble legado que habían descubierto. Sus contribuciones fueron inestimables y despertaron un renovado interés por la exploración espacial y el potencial de colonización humana de Marte.

Un nuevo comienzo

Sophie e Iván permanecieron de pie en la cámara, ahora silenciosa, con el peso de su decisión asentándose sobre ellos. Estaban solos en un mundo extraño, pero juntos, impulsados por un objetivo común.

Sophie miró a Iván con ojos llenos de determinación. "Tenemos mucho trabajo que hacer. Los secretos de los A'kara no se descubrirán solos".

Iván asintió, una sensación de paz y determinación le invadió. "Empecemos. Tenemos una civilización que descubrir".

Cogidos de la mano, se alejaron de la puerta y se adentraron en la pirámide, dispuestos a enfrentarse a los retos que les aguardaban. Su viaje había dado un giro inesperado, pero juntos estaban preparados para desvelar los misterios de los A'kara y llevar adelante su legado.

Epílogo: Un nuevo amanecer en Marte y en la Tierra

El sol marciano se elevaba lentamente sobre el horizonte, proyectando un cálido resplandor ámbar sobre el vasto paisaje rocoso. La antigua pirámide se erguía como un centinela silencioso, con sus piedras lisas y rojizas impregnadas de la sabiduría y los secretos de la civilización A'kara. En el interior de la pirámide, la vida había adquirido un nuevo significado para Sophie e Iván, que habían decidido quedarse y profundizar en los misterios de Marte.

Un nuevo capítulo para Sophie e Iván

Habían pasado meses desde la partida del equipo, dejando a Sophie e Iván solos para continuar su exploración. Los conocimientos que habían descubierto y el vínculo que habían forjado les hacían inseparables. Cada día traía nuevos descubrimientos, y cada noche miraban las estrellas, soñando con el futuro que estaban construyendo juntos en este mundo alienígena.

Sophie acunaba suavemente a su bebé recién nacido, el primer ser humano nacido en Marte. El niño, símbolo de esperanza y puente entre dos mundos, había traído a sus vidas un sentido de propósito y alegría sin precedentes.

Sophie se volvió feliz hacia Iván:"Mira, Iván. Nuestro pequeño es tan perfecto. El primer ser humano nacido en Marte".

Iván sonrió, con los ojos llenos de amor y orgullo. "Nuestro legado, Sophie. Un símbolo del vínculo entre la Tierra y Marte".

La vida en Marte

La vida en Marte tenía sus retos, pero Sophie e Iván los afrontaron con una determinación inquebrantable. Habían establecido un hábitat pequeño pero funcional dentro de la pirámide, utilizando la tecnología y los recursos dejados por sus compañeros de equipo. Los paneles solares les proporcionaban energía y un huerto hidropónico les suministraba alimentos frescos.

También habían seguido investigando y descubriendo más cosas sobre los A'kara y su avanzado conocimiento del universo. Las paredes de la pirámide parecían resonar con su presencia, como si la propia civilización ancestral les diera la bienvenida y les guiara.

Sophie:"El legado de los A'kara es cada vez más claro. Su conocimiento de las energías cósmicas y su comprensión de la vida y la inmortalidad van más allá de lo que podríamos haber imaginado."

Iván:"Y nuestro hijo crecerá con este legado, Sophie. Estamos creando un nuevo capítulo en la historia de la humanidad".

La vida en la Tierra

En la Tierra, el regreso del comandante Harris, Emily y Klaus y su reencuentro con Wei desencadenó una revolución en el pensamiento y la investigación científica. Habían compartido sus descubrimientos, inspirando una nueva ola de interés en la exploración espacial y el potencial para la colonización humana de Marte.

El destino de Wei

El peso del conocimiento

A pesar de los elogios profesionales y la emoción que rodeaba sus descubrimientos, Wei sentía un vacío en su interior. Los lazos que había establecido con sus compañeros astronautas en Marte habían dejado una huella indeleble en su corazón, y los echaba profundamente de menos.

Regresó a su apartamento de Pekín, una ciudad llena de vida que contrastaba con el ambiente estéril de la torre de marfil del control de la misión o con la silenciosa extensión de Marte. Su apartamento le resultaba a la vez reconfortante y extraño, un recordatorio de la vida que había dejado atrás.

Reconectar con la familia

Una de las primeras cosas que hizo Wei fue reencontrarse con su familia. Sus padres esperaban ansiosos su regreso, y su alivio fue palpable cuando por fin la abrazaron.

Madre de Wei:"Wei, estábamos tan preocupados por ti. Has sido muy valiente".

Padre de Wei:"Has hecho cosas increíbles, Wei".

Wei respondió:"Os he echado mucho de menos. Marte fue increíble, pero me alegro de estar en casa".

Pasaron horas hablando, Wei compartiendo sus experiencias y sus padres escuchando con asombro. Estaban orgullosos de sus logros, pero también preocupados por los efectos que la misión había tenido en ella. Cuando Wei se reincorporó a su vida en la Tierra, luchó por encontrar un equilibrio entre sus responsabilidades profesionales y sus necesidades personales. Los descubrimientos de Marte eran un hervidero para la comunidad científica, que la solicitaba constantemente para entrevistas, charlas y conferencias. Pero en medio del caos, Wei anhelaba paz y tranquilidad. Se reencontró con viejos amigos, buscando consuelo en rostros familiares y en los sencillos placeres de la vida cotidiana.

Una amiga del colegio le dijo:"Es como si hubieras estado en otro mundo, Wei. ¿Cómo puedes describirlo?".

Wei respondió:"Es difícil expresarlo con palabras. Fue hermoso y desafiante, pero estoy contenta de haber vuelto".

Mientras navegaba por su nueva realidad, Wei se sintió atraída por alguien inesperado: el Dr. Michael Chen, un científico que había formado parte del equipo que analizaba los datos de Marte. Michael era amable, inteligente y compartía su pasión por la exploración. Pasaban largas horas hablando de su trabajo, sus sueños y sus experiencias. A Michael le fascinaban las historias de Wei desde Marte, y ella se sentía reconfortada por su comprensión y apoyo.

Michael se dirigió a ella con coquetería:"Has pasado por mucho, Wei. Admiro tu fortaleza".

Wei respondió con una sonrisa:"Gracias, Michael. Ha sido un viaje, pero siento que por fin he encontrado mi lugar".

Su amistad floreció en romance, y Wei sintió una nueva sensación de felicidad y plenitud. Michael la ayudó a ver la belleza del presente y juntos soñaron con el futuro.

Seguir adelante

Con Michael a su lado, Wei empezó a mirar hacia delante, en lugar de pasado. Hablaron de futuras misiones, de la posibilidad de volver a Marte e incluso de formar una familia algún día.

Wei le explicó a Michael:"Marte siempre formará parte de mí, pero estoy entusiasmada con lo que está por venir".

Michael añadió:"Y sea lo que sea lo que nos depare el futuro, lo afrontaremos juntos".

Un nuevo amanecer

Wei siguió trabajando incansablemente para compartir el legado de la

Civilización A'kara. Escribió artículos, dio conferencias y colaboró con científicos de todo el mundo para comprender mejor y difundir los conocimientos que habían descubierto.

Sus esfuerzos no sólo se centraban en el descubrimiento científico, sino también en tender puentes entre mundos: entre la Tierra y Marte, y entre el pasado y el futuro.

Con el paso de los años, Wei encontró el equilibrio y la paz. Ella y Michael construyeron una vida juntos, basada en el amor y el respeto mutuo. Continuaron su trabajo, impulsados por la certeza de que formaban parte de algo más grande que ellos mismos.

Una tarde, cuando el sol se ponía en Pekín, Wei se asomó a su balcón para contemplar el cielo nocturno. Las estrellas centelleaban y ella sintió una profunda conexión con el universo.

Wei le dijo a Michael:"No hemos hecho más que empezar a explorar. Hay mucho más ahí fuera".

Michael se unió a ella, rodeándola con sus brazos. "Y lo exploraremos juntos, Wei".

Con una sonrisa, Wei se volvió hacia él, sintiendo una sensación de satisfacción y esperanza. Ambos habían encontrado su lugar en el mundo, y el legado de los A'kara seguiría inspirándoles a ellos y a las generaciones futuras.

Mientras miraban juntos las estrellas, Wei supo que su viaje estaba lejos de terminar. Las posibilidades eran infinitas y estaba preparada para afrontar lo que viniera, de la mano del hombre al que amaba.

Comandante Harris

Regreso a la Tierra como viudo

Una vez que el comandante Harris hubo regresado a la Tierra, completado las sesiones informativas y recibido el reconocimiento, regresó a su casa en Houston, Texas. Le invadió un profundo sentimiento de soledad. Había perdido a su esposa Rachel en un accidente de tráfico un año antes de la misión a Marte. La casa estaba llena de recuerdos de Rachel: su risa, su calidez y la vida que habían construido juntos. Recorre las habitaciones, toca los recuerdos de su vida juntos y se siente reconfortado y desconsolado al mismo tiempo. Su ausencia era un dolor constante, un vacío que ni siquiera las maravillas de Marte podían llenar.

El comandante Harris se dirigió a la foto de recuerdo:"Rachel, ojalá hubieras podido ver Marte. Era todo lo que habíamos soñado y más".

Apoyo de amigos y colegas

Los amigos íntimos y colegas del comandante Harris se unieron en torno a él, ofreciéndole apoyo y compañía. Su mejor amigo, Mark Thomp-son, que había sido su confidente desde sus días en el Ejército del Aire, fue una presencia constante.

Mark dijo:"Me alegro de que hayas vuelto, John. Te hemos echado de menos. ¿Cómo lo llevas?"

Comandante Harris:"Ha sido duro, Mark. Volver a una casa vacía... es más duro de lo que pensaba".

Mark asintió, comprendiendo el peso de la pena de John. "Estamos aquí para ti, amigo. Siempre que nos necesites".

El comandante Harris se volcó en su trabajo, aceptando un alto cargo en la agencia espacial como director de Investigación y Exploración de Marte. Su experiencia en Marte le convertía en un activo inestimable, y estaba decidido a garantizar la continuidad del legado de la misión. Pasó largas horas en el laboratorio y en reuniones, trabajando en nuevas estrategias para futuras misiones a Marte y asesorando a jóvenes astronautas. Este trabajo le proporcionaba una sensación de plenitud y una forma de procesar su dolor. La Dra. Sarah Mitchell, una de sus discípulas, admiraba su dedicación y a menudo le pedía consejo.

Sarah le elogió:"Comandante Harris, sus conocimientos son inestimables. Nos ha inspirado a todos".

El comandante Harris respondió, algo avergonzado:"Gracias, Sarah. Es importante seguir superando los límites de lo que sabemos. Eso es en lo que Rachel siempre creyó".

Un encuentro fortuito

Una noche, mientras asistía a un acto benéfico para familias de astronautas, John conoció a la Dra. Laura Bennett, una psicóloga especializada en ayudar a los astronautas y sus familias a afrontar los retos psicológicos de los viajes espaciales. Laura Bennett vivía separada de su pareja y era madre soltera de dos hijos. Había oído hablar de la pérdida del comandante Harris y se acercó a él con una cálida sonrisa.

Laura Bennett se presentó al comandante:"Comandante Harris, soy Laura Bennett. He leído todo sobre su misión. Es un honor conocerle".

Comandante Harris:"El honor es mío, Dra. Bennett. Por favor, llámeme John".

Su conversación fluyó con facilidad y el comandante Harris se encontró abriéndose a Laura Bennett como no lo había hecho con nadie desde la muerte de Rachel. La empatía y comprensión de Laura Bennett le proporcionaron una sensación de confort que no había sentido en mucho tiempo.

A medida que avanzaba la velada, se entregaron a un baile juntos con la tranquila música de jazz de fondo. Disfrutaron de su tiempo juntos y la soledad del comandante Harris pareció olvidarse por un momento.

Una amistad floreciente

En los meses siguientes, John y Laura entablaron una estrecha amistad. Se reunían a menudo para tomar café y hablar de su trabajo, sus vidas y su pasión común por la exploración espacial. La presencia de Laura se convirtió en una fuente de consuelo y curación para John.

Un día, Laura le dijo a John:"Has pasado por mucho, John. Está bien que te permitas llorar".

John respondió, asintiendo:"Gracias, Laura. Tu apoyo significa para mí más de lo que puedo expresar".

A medida que su vínculo se hacía más fuerte, John empezó a sentir los primeros atisbos de esperanza y felicidad. Se dio cuenta de que, aunque el recuerdo de Rachel siempre formaría parte de él, no tenía por qué afrontar el futuro solo.

Con el apoyo de Laura, John empezó a aceptar la vida fuera del trabajo. Asistían juntos a actos sociales, hacían excursiones y compartían veladas tranquilas observando las estrellas, actividades que devolvían a John su sentido de la maravilla y la alegría.

Una tarde, mientras estaban sentados en una colina con vistas a la ciudad, Laura se dirigió a John con una suave sonrisa.

Laura le dijo directamente a John:"John, sé que siempre querrás a Rachel. Era una persona increíble. Pero quiero que sepas que estoy aquí para ti, sea lo que sea lo que te depare el futuro".

John le contestó agradecido:"Gracias, Laura. He tenido miedo de seguir adelante, pero tú me has demostrado que es posible. Te estoy agradecido cada día".

John siguió sobresaliendo en su trabajo en la agencia espacial, pero ahora tenía un renovado sentido de propósito. Su relación con Laura se fue estrechando y pasó de ser una amistad a algo más profundo. Con Laura a su lado, John se sentía preparado para afrontar cualquier reto o aventura que se le presentara.

Su relación floreció y John empezó a vislumbrar un futuro lleno de nuevas posibilidades. Él y Laura hablaron de sus sueños, tanto personales como profesionales, y de cómo podían apoyarse mutuamente para alcanzarlos.

El legado de los A'kara

John siguió dedicado al legado de la civilización A'kara. Escribió extensamente sobre sus descubrimientos, dio conferencias públicas y trabajó incansablemente para inspirar a futuras generaciones de exploradores.

Extracto del discurso de John:"Los A'kara nos enseñaron que el universo es vasto y está lleno de maravillas. Nuestro viaje a Marte fue sólo el principio. Debemos seguir explorando, aprendiendo y superando los límites del conocimiento humano".

Con el paso de los años, la relación entre John y Laura se hizo más fuerte. Se enfrentaron juntos a los retos de la vida y su vínculo se hizo más profundo cada día que pasaba. Los hijos de Laura, Jordan y Mia, acogieron a John como parte de su familia y se alegraron de la nueva vida que estaban construyendo.

En un cálido día de primavera, rodeados de amigos y seres queridos, John y Laura intercambiaron sus votos, comprometiéndose a una vida llena de amor, exploración y descubrimiento.

Laura declaró:"John, me has mostrado la fuerza para seguir adelante y el valor para soñar. Me siento honrada de recorrer este camino contigo".

John respondió:"Laura, has devuelto la luz a mi vida. Juntos afrontaremos lo que venga y aprovecharemos al máximo cada momento".

Con el apoyo de Laura, John siguió inspirando y liderando, tanto en la agencia espacial como en su vida personal. Sabía que Rachel siempre formaría parte de él, pero había encontrado una nueva compañera para compartir su viaje.

Mientras observaban juntos la puesta de sol en el horizonte, John sintió paz y satisfacción. Había recorrido un largo camino desde el hombre solitario y apesadumbrado que había regresado de Marte. Con Laura, sus hijos y su trabajo, había encontrado un nuevo comienzo.

Y mientras miraba las estrellas, sabía que el futuro estaba lleno de infinitas posibilidades, un testimonio de la resistencia del espíritu humano y del poder duradero del amor.

La contribución de Klaus al transhumanismo

El interés de Klaus por la genética y el ADN no era meramente académico, sino que estaba profundamente arraigado en su creencia en el transhumanismo. Este movimiento filosófico aboga por el uso de la tecnología para mejorar las capacidades físicas y cognitivas humanas, ampliando los límites de lo que significa ser humano. Tras regresar de la expedición marciana, Klaus vio la oportunidad de contribuir a esta visión de forma significativa. A su regreso a la Tierra, Klaus transformó su laboratorio de última generación en un centro de investigación transhumanista. Era un lugar donde la tecnología punta se encontraba con ideas audaces y progresistas. Su laboratorio albergaba herramientas avanzadas de edición genética, sofisticados sensores biométricos y sistemas de análisis basados en IA, todos ellos diseñados para explorar y mejorar las capacidades humanas.

Definición de los objetivos de investigación

Klaus estableció unos ambiciosos objetivos de investigación que se ajustaban a los principios básicos del transhumanismo:

1. Aumento de la resistencia física: Hacer a los humanos más resistentes a las enfermedades, el envejecimiento y los entornos extremos.

2. Mejora cognitiva: Para potenciar las facultades mentales, incluyendo la memoria, la velocidad de aprendizaje y la capacidad de resolución de problemas.

3. Aumento sensorial: Ampliar los sentidos humanos más allá de sus límites naturales, incorporando capacidades como la visión nocturna y una mayor sensibilidad a los campos electromagnéticos.

Experimentación e innovación

El planteamiento de Klaus fue sistemático y riguroso. Empezó centrándose en mejorar la resistencia física, inspirándose en los organismos extremófilos que había estudiado en Marte. Los extremófilos son organismos adaptados a condiciones ambientales extremas. Su primer gran proyecto fue integrar genes de estos organismos resistentes en el ge-noma humano.

1. Integración de genes:

Klaus aisló genes específicos de organismos extremófilos, como los tardígrados y el Deinococcus radiodurans, conocidos por su increíble resistencia a la radiación y a condiciones extremas. Utilizando CRISPR-Cas9, las "tijeras genéticas", insertó con éxito estos genes en células madre humanas.

2. Cultivo celular y pruebas:

Las células modificadas se cultivaron en un entorno controlado. Klaus las sometió a varias pruebas de estrés, como exposición a radiación y fluctuaciones extremas de temperatura. Los resultados fueron prometedores: estas células mostraron un aumento significativo de su resistencia en comparación con las no modificadas.

3. Ensayos clínicos:

Klaus pasó entonces a realizar ensayos clínicos con voluntarios. Estos ensayos se diseñaron meticulosamente y se supervisaron de cerca para garantizar la seguridad y eficacia de las modificaciones genéticas. Los voluntarios declararon una mayor resistencia a enfermedades comunes y una recuperación más rápida.

Mejora cognitiva

A continuación, Klaus centró su atención en la mejora cognitiva. Exploró el potencial de los nootrópicos ("fármacos inteligentes") y las tecnologías de interrelación neuronal para potenciar la función cerebral. Mediante la integración de sistemas de neurorretroalimentación basados en IA, pretendía crear una interfaz perfecta entre el cerebro humano y las tecnologías digitales.

1. Estimulación de la neuroplasticidad:

Klaus desarrolló protocolos para estimular la neuroplasticidad, la capacidad del cerebro para reorganizarse. Mediante una combinación de modificaciones genéticas y estimulación cerebral selectiva, los voluntarios mostraron mejoras significativas en la velocidad de aprendizaje y la retención de la memoria.

2. Aprendizaje potenciado por IA:

Mediante algoritmos de IA, Klaus creó programas de aprendizaje personalizados que se adaptaban al perfil cognitivo de cada individuo. Este enfoque no solo aceleró el aprendizaje, sino que también ayudó a identificar y abordar los puntos débiles cognitivos.

Aumento sensorial

El objetivo final de Klaus era ampliar las capacidades sensoriales humanas. Inspirándose en animales con sentidos extraordinarios, trabajó en la integración de estas capacidades en el sistema sensorial humano.

1. Visión nocturna:

Mediante la integración de los genes responsables de la visión nocturna mejorada de ciertos animales, Klaus fue capaz de dar a los voluntarios la capacidad de ver con claridad en condiciones de poca luz.

2. Sensibilidad electromagnética:

Otro avance fue la integración de genes que permitían a los humanos detectar campos electromagnéticos. Esta capacidad, común en tiburones y ciertas aves, abrió nuevas posibilidades para la navegación y el conocimiento del entorno.

Consideraciones éticas

A lo largo de su investigación, Klaus fue muy consciente de las implicaciones éticas de su trabajo. Creía que el transhumanismo no sólo debía mejorar las capacidades humanas, sino también ser accesible y equitativo. Participó en diálogos continuos con especialistas en ética, responsables políticos y el público en general para asegurarse de que su investigación cumplía las normas éticas y tenía en cuenta las repercusiones sociales más amplias.

Impacto y legado

El trabajo de Klaus sobre el transhumanismo atrajo una gran atención y suscitó un amplio interés y debate. Sus investigaciones se publicaron en destacadas revistas científicas y se convirtió en una figura prominente de la comunidad transhumanista. Sus contribuciones no sólo hicieron avanzar el campo de la ingeniería genética, sino que también acercaron la visión del transhumanismo a la realidad.

El enfoque innovador de Klaus para mejorar las capacidades humanas demostró el potencial de la ciencia y la tecnología para ampliar los límites del potencial humano. Su legado fue la experimentación audaz, la responsabilidad ética y una fe inquebrantable en el poder transformador de la ciencia. Cuando la humanidad miraba al futuro, el trabajo de Klaus servía de faro de lo que podía lograrse con ingenio y determinación.

El profundo vínculo entre Emily y Klaus

Los astronautas habían regresado a la Tierra, con su misión cumplida, pero sus vidas cambiaron para siempre.

Emily estaba feliz por la constante presencia de Klaus. Su pasión común por desentrañar misterios se había convertido en algo más profundo: una conexión forjada entre los antiguos jeroglíficos de Marte.

Klaus, el pragmático biólogo y químico, había creído alguna vez que las ecuaciones tenían todas las respuestas. Pero Emily le había demostrado que el amor desafiaba a la lógica. Emily y Klaus habían encontrado consuelo el uno en el otro, sus experiencias compartidas en Marte fortalecieron su vínculo. Habían decidido casarse, una celebración de la vida y el amor en medio del telón de fondo de su increíble viaje.

El día de su boda, ante sus amigos y compañeros, Emily pensó en Sophie e Iván. "Espero que estén mirando", le susurró a Klaus. "Espero que sepan cuánto los echamos de menos".

Klaus asintió, apretando su mano alrededor de la de ella. "Ellos son parte de esto, Emily. Su elección ha allanado el camino para todos nosotros. Su hijo ya es una leyenda". Al decir esto, le guiñó un ojo con picardía a Emily. Se casaron en una pequeña ceremonia, rodeados de sus compañeros astro-nautas y de los recuerdos de Marte.

Su hogar se convirtió en una mezcla de instrumentos científicos y rincones acogedores: un laboratorio donde Emily analizaba muestras de suelo marciano y una cocina donde Klaus preparaba su famoso café.

Y entonces llegó la noticia: su propio milagro cósmico. Las carcajadas de Emily llenaron su pequeño apartamento mientras sostenía la imagen de la ecografía. Emily estaba embarazada. Los ojos de Klaus se abrieron de par en par y tropezó con las palabras, abrumado por la idea de convertirse en padre. Los ecos marcianos susurraban secretos a su hijo nonato, tejiendo historias de civilizaciones antiguas y puertas interestelares.

A medida que la barriga de Emily crecía, también lo hacía su amor. Klaus le leía cuentos antes de dormir, historias de valientes astronautas y planetas lejanos. Emily tarareaba melodías que había oído en Marte y el bebé respondía con patadas. Juntos eligieron un nombre, Aria, un guiño a la sinfonía cósmica que los había unido.

Cuando Aria nació, tenía la mente analítica de Klaus y la insaciable curiosidad de Emily. Sus ojos tenían el mismo asombro cuando miraban las estrellas. Los tres se sentaban en la azotea, envueltos en mantas, y señalaban las constelaciones. El dedito de Aria trazaba las líneas imaginarias que unían el Cinturón de Orión, y Klaus susurraba:"Quizá haya otras civilizaciones ahí fuera, esperando a ser descubiertas". Emily se apoyó en él, con la cabeza en su hombro. "O quizá", dijo, "somos el eco de algo más grande: una historia de amor escrita a través del tiempo y el espacio".

Y así, en los momentos de tranquilidad entre los cambios de pañal y las comidas de medianoche, Emily y Klaus soñaban con volver a Marte. Aria crecería escuchando historias sobre la pirámide de cinco lados, la cara de piedra alienígena y el portal que unía mundos. Heredaría su pasión por la exploración, su amor por lo desconocido. La risa de Aria resonaba en su casa, y Klaus le enseñaba a equilibrar ecuaciones mientras Emily pintaba paisajes marcianos. Colgaron una fotografía de la pirámide sobre la chimenea, un recuerdo de su aventura compartida y del amor que había florecido en Marte. Y así, en el calor de su familia, Emily y Klaus encontraron su mayor descubrimiento: su propio pequeño universo, unido por el amor, la curiosidad y los ecos del horizonte rojo de otro mundo.

Un futuro brillante

De vuelta en Marte, Sophie e Iván vieron los mensajes grabados de sus amigos de la Tierra. A Sophie se le llenaron los ojos de lágrimas con la ceremonia de la boda, e Iván sintió una profunda conexión con el mundo que habían dejado atrás.

Sophie dijo con un sollozo:"Son tan felices, Iván. Emily y Klaus están

Emily y Klaus se han casado y pronto serán padres. Y mira todo el apoyo que están recibiendo para seguir explorando".

Iván consoló a Sophie:"No estés triste. Aunque no pudiéramos crear una ceremonia de boda con gente a nuestro alrededor, mira lo que hemos conseguido en su lugar. Hemos empezado algo increíble, Sophie. La generación de nuestros hijos verá un esfuerzo unido por comprender el universo".

Mientras el sol marciano se ponía, proyectando largas sombras sobre la pirámide, Sophie e Iván se miraron, con su bebé acurrucado entre ellos. Habían tomado la valiente decisión de quedarse y, al hacerlo, se habían convertido en pioneros de una nueva frontera.

Sophie dijo con determinación:"Esto es sólo el principio, Iván. El futuro de nuestro hijo es brillante, lleno de promesas de descubrimiento y del legado de los A'kara".

Iván reafirmó lo que Sophie había dicho:"Juntos, seguiremos descubriendo los secretos de Marte y más allá. Nuestro viaje está lejos de terminar".

Un mensaje para las generaciones futuras

En su mensaje final a la Tierra, Sophie e Iván expresaron sus esperanzas y sueños para el futuro de la exploración humana y el nuevo mundo que estaban construyendo en Marte.

Sophie empezó a pronunciar el mensaje:"A nuestros amigos y colegas de la Tierra, queremos que sepáis que aquí estamos prosperando. Nuestro hijo está sano y fuerte, y seguimos investigando. El legado de los A'kara es profundo, estamos comprometidos a descubrir sus misterios".

Iván concluyó:"Esperamos que nuestra historia inspire a las generaciones futuras a alcanzar las estrellas. Marte es sólo el principio. Juntos podemos explorar el cosmos y desvelar los secretos del universo".

El cielo nocturno marciano resplandecía de estrellas, una vasta extensión de potencial y maravillas.